KB046055

Little witch at the edge of the forest.

[저자] 야나기 YANAGI [일러스트] 히하라 유우

숲 변두리의 꼬마 마녀

2

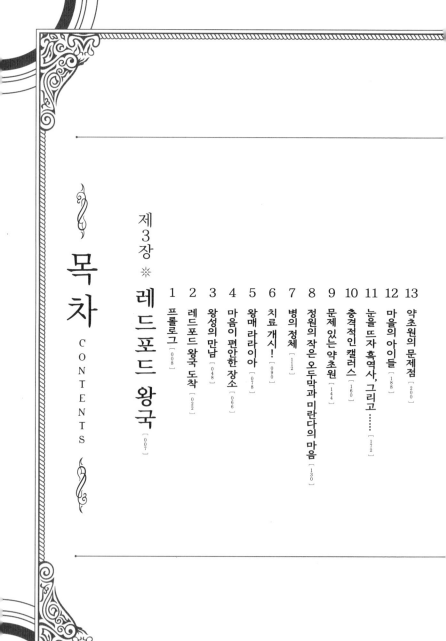

목차 CONTENTS

제3장 ※ 레드포드 왕국 [007]

[일러스트] 히하라 요우
[디자인] SAVA DESIGN

CHARACTER

숲의 백성

미샤
약사.
숲속 깊은 곳에서 '숲의 백성'인
어머니의 손에 자랐다.
세상물정을 잘 모른다.

렌
미샤가 여행 도중에 주운
새끼 늑대.

라인
미샤의 외삼촌.
방랑 중.

블루하이츠 왕국

카이트
미샤의 아버지를
모시는 기사.

레드포드 왕국

지올드
왕국의 실력파 기사.
이명은 '검은 번개'.

미란다
숲의 백성.
미샤 어머니의 친구.

제 3 장 ✳ 레드포드 왕국

1 프롤로그

레드포드 왕국.

카마인 대륙에서 오래된 역사를 자랑하는 대국 중 하나다.

대륙의 남단에 있기 때문에 기후는 온난하고 1년 내내 일교차가 작다. 국토의 거의 중앙에 지하수가 솟는 커다란 호수가 있으며, 평지가 많아 농업과 낙농업이 활발하다. 남아돌 정도로 풍부한 식량을 비축하여 유사시에 대비하고 가난한 이웃 국가에 지원해줄 여유도 있었다.

더불어 대대로 국민을 위하며 선정을 펼치는 왕에 축복받아 국민에게 사랑받는 왕가로도 유명하다.

그 결과 지난 수백 년 동안 기세가 저물지 않고 탄탄한 영화를 구축하며 대국으로서 확고한 명성을 누리고 있다.

그런 레드포드 왕국의 현 국왕인 라이언 류 레드포드는 6년 전에 왕위에 올라 당시 혼란스러웠던 왕국을 놀라운 카리스마로 통일시킨 현군으로서 이름을 떨치고 있었다.

물론 본인은 왕족이면서도 측실에게서 태어난 넷째 왕자라는, 스페어조차 되지 않는 애매한 포지션으로 태어나 최소한의 제왕학은 배우긴 했어도 왕위 계승권과 거리가 먼 태평한 신분으로서 자유롭게 살아왔다.

장래에는 신하가 되어 형을 보좌할 생각으로 견문을 넓히기 위해서라는 명목 하에 동맹국에 유학까지 갈 만큼 자유를 누렸다.

그런데 어디서 삐끗해서 왕위에 오르게 되었는지는, 완전히 운명적인 타이밍이었다고밖에 할 말이 없었다.

라이언의 아버지는 새로운 일을 시작하기에는 적절하지 않지만 지금 있는 것을 지키고 키워내는 일에 뛰어난 왕이었다.

평화로운 시대에 잘 맞는 존재.

강렬한 카리스마는 없어도 평화롭고 너그러운 아우라가 있었다.

그런 왕에 매료되어 뛰어난 인재가 모였으니 평화로운 치세가 이어질 터였다.

그랬는데…….

라이언이 동맹국인 존브리앙 왕국에 유학을 가고 곧바로 수도에서 수수께끼의 병이 발생했다.

수수께끼의 병은 처음엔 가벼운 감기 같은 증상으로 시작한다. 그러는 사이에 고열, 구토, 심한 기침으로 인한 호흡 곤란 등의 증상이 나타나며, 마지막에는 의식을 잃고 전신 곳곳에 지렁이가 기어간 듯한 얼룩이 생기면서 죽음에 이른다.

또 시신의 흰자위가 붉은색으로 물드는 특징으로 인해 '홍안병(紅眼病)'이라고 불렸다.

감염되면 절반 이상의 인간이 사망하는 무시무시한 병이었다.

감염자는 귀천을 불문하고 나타나, 빈민가에도 귀족 저택에서도 발생했다.

무시무시하게도 평소 왕성에 머무르며 밖에는 거의 나가지 않는 후궁의 시녀에게도 그 마수가 닥쳤다.

하지만 신기하게도 수도 밖에서는 그 병이 발생했다는 이야기는 들리지 않았다.

왕은 곧바로 수도 봉쇄 결정을 내렸다.

전국에 이 병이 퍼져나가게 할 수는 없다.

대처법도 감염원도 수수께끼인 병이었기 때문에, 감염을 퍼트리지 않기 위해서는 사람을 잡아둘 수밖에 없었다.

하지만 수도를 봉쇄한다는 건 그곳에 사는 왕족과 귀족도 가둔다는 뜻이다.

이유는 알아도 자신의 목숨이 달려있다면 사람은 감정적으로 행동하게 된다.

그것을 억제하기 위해서도 자신이 도망칠 수는 없다며, 왕은 측근과 함께 수도에 머물렀다. 반대가 거셌지만, 아직 병의 입김이 닿지 않은 아들들을 피난시키는 것으로 덮어버렸다.

다만 제3왕자는 '태자와 스페어인 차남, 더불어 넷째는 때마침 타국에 유학 간 상태입니다. 다음 세대는 세 명이나 있으면 충분할 테죠. 힘이 센 삼남이라면 왕의 수족이 되어 일하기에도 딱 적절할 것입니다'라며 그 명령을 거부하고 수도에 잔류를 표명했다.

평소 '나는 바보라서 어려운 건 똑똑한 형제들에게 맡겨야지'라고 공언하고 어릴 때부터 기사들 사이에서 검술을 갈고 닦았던 제3왕자는 적재적소라며 웃고는 병사들과 함께 병이 만연한 수도를 동분서주했다.

그렇게 왕은 자신을 필두로 본인의 의사로 남은 왕비, 측비와 함께 병에 괴로워하는 백성을 위로하고 격려했다.

그런 왕족의 모습을 보고 수도에 사는 귀족과 백성들은 각오를 다진 모양이었다.

폭도가 되거나 억지로 도망치지도 않았으며, 수도에서 피난하려는 사람들도 정해진 대로 중간 지대에서 며칠을 보낸 뒤 증상이 없는 사람만이 조용히 피난을 떠났다.

그렇게.

특효약을 발견하지 못한 채 추운 계절로 넘어가자 신기하게도 병이 서서히 사라져갔다.

현명하고 다정한 왕과 수많은 백성의 목숨과 함께.

그 단계에서 수도에 머물렀던 왕족의 절반이 숨을 거두었다.

전국이 슬픔에 잠긴 가운데 살아남은 태자가 왕위를 이어받아 어둡고 쓸쓸한 겨울을 견뎠다.

그대로 잔잔한 봄을 맞을 수 있으리라 여겼을 때, 지방도시에서 폭동이 일어났다는 보고가 들어왔다.

수도에서 멀리 떨어진 마을일수록 정확한 정보가 가지 않는다.

야심을 품은 누군가가 정보를 조작하여 선왕은 많은 백성을 길동무로 끌고 간 우왕이 되었고, 어리석은 왕족을 용서하지 말라며 백성을 선동한 것이었다.

급히 제2왕자가 병으로 숫자가 줄어든 국군의 절반 이상을 이끌고 폭동에 대처하러 떠나게 되었다.

혼란스러운 백성이 필요 이상 다치는 것을 막기 위한 배려였으나, 그 폭동이 군대를 분단시키기 위한 함정이었다. 경비가 얇아진 수도로 이웃 나라가 갑자기 침공해 들어왔다.

모든 것은 긴장 관계에 있던 이웃 나라의 계략이었다.

속았다는 걸 깨달은 제2왕자는 서둘러 수도로 돌아가려고 회군

했다. 하지만 이웃 나라와 밀약을 맺은 지방 도시의 영주가 뒤에서 기습을 가했다. 믿었던 아군의 배신에 제2왕자는 실의 속에서 속수 무책으로 숨을 거두었다.

수도가 공격받았다는 소식을 들은 라이언은 바로 유학 중이던 동 맹국의 병사를 빌려 고국으로 돌아왔다.

하지만 그때는 이미 때가 늦어, 수도는 괴멸적인 타격을 받았고 갓 즉위한 왕 또한 목숨을 잃은 뒤였다.

갑작스럽게 쳐들어온 적군에 손쓸 수도 없이 도망쳐온 시민들과 함께 농성에 들어갔는데, 아군이라고 생각했던 자국민 내에도 마수 가 섞여 있었던 것이었다.

농성 셋째 날 심야.

약간의 틈을 타고 **내부에서** 왕성의 문이 열렸다.

더욱이 병사들의 식사에 마비약이 섞여있었다.

차마 왕족이나 그에 가까운 자에게까지 손을 뻗지는 못한 건지 무 사했지만, 그래도 그렇지 않아도 약했던 병력의 절반이 날아가자 어찌할 수 없었던 모양이었다.

왕성 안은 즉시 적병으로 가득 찼다.

그런 가운데 왕성으로 도망친 여자와 아이들이 도망칠 수 있도록 방패가 되어 최후를 맞았다.

라이언은 가까스로 도달한 왕성에서 목이 없는 형의 몸을 끌어안 고 울부짖었다.

이것이 사람이 할 짓이냐! 욕망을 위해서라면 모든 것을 짓밟아도 괜찮다는 말이냐!

라이언은 동맹국의 지원을 받으며 자국의 잔병을 모아 전장을 누벴다.

온화한 아버지나 형들과는 달리 전쟁에 재능이 있었던 라이언은 온갖 전략을 세워서 적국을 몰아세웠다.

무엇보다 그동안 국민을 위해 노력해왔던 역대 국왕들의 모습이 백성들의 마음을 하나로 모아준 것이 컸다.

움직일 수 있는 사람이라면 나이가 많든 적든 솔선하여 무기를 들고 모여들었다.

오합지졸이라고 해도 숫자는 힘이다.

게다가 한 명 한 명의 각오가 남달랐다.

그렇게 어느새 승리를 손에 넣고 개선한 라이언은 왕위에 오르게 되었다.

아버지도 형제도 잃고 살아남은 측근들이 무릎을 꿇어서 왕좌에 앉은 라이언의 심정은 이루 말할 수 없으리라.

하지만 살아남아서 그 자리에 앉은 이상 라이언에게는 나라를 지킬 의무가 있다.

가슴속에 맴도는 감정을 삼키고 무겁게 느껴지는 왕관을 쓴 라이언은 고개를 들었다.

시초가 된 병의 발생으로부터 2년이 흘러 라이언이 19살이 된 해였다.

그 후에도 수많은 고난이 닥쳤지만, 부왕 시절에서부터 이어진 중진들의 힘을 빌리고 젊은 세대 측근과 함께 성장하며 새로운 시대를 개척해왔다.

어린 왕이라며 무시하는 상대에게는 미소와 함께 호되게 갚아주었고, 알랑거리는 상대에게는 미소로 방심하게 하며 속내를 캐냈다.

'성격 다 버렸어……'라며 투덜거리는 라이언에게 당시의 노재상은 웃으면서 '현군이라 불리는 왕일수록 호락호락하지 않은 법입니다'라고 대답했다.

아버지는 착한 사람이었다는 라이언에게 당시 측근이었던 사람들은 아무 말도 하지 않고 웃으면서 서로를 쳐다보았다. 그 모습에 눈빛이 아득해졌던 라이언을 위로한 건 차세대 측근들뿐이었다.

"아버지를 빼다 박았다고 생각했던 형도 착하기만 한 사람은 아니었던 거겠지."

적에게 포위되어 왕성에서 농성하는 극한 상태에서 자신의 목숨을 방패로 삼으면서까지 지켜야 할 대상을 지켰던 큰형을 생각했다.

본래대로라면 무슨 짓을 해서라도 살아남기를 바랐지만, 형은 차세대를 지키는 걸 선택했다.

아니, 단순히 사랑 때문이었던 건지도 모른다.

성인이 되고 바로 태어났을 때부터 약혼자로 정해져 있던 소꿉친구 후작 영애와 혼인하여 어떤 때라도 서로 힘이 되어주던 사이 좋은 부부였다. 애초에 성인이 되자마자 혼인하기를 바란 것도 형 쪽이었다고 들었다. 때로는 지나칠 정도로 사랑을 속삭이며 폭주하는 큰형을 아내가 기가 막혀서 말리는 모습은 성의 명물이 될 정도였다.

그런 두 사람이었지만 좀처럼 아이가 태어나지 않았기에 고민하는 태자비에게 왕비가 '부모의 사이가 너무 좋으면 아이도 눈치를 보는 법이야'라며 위로하자 '둘만의 신혼을 더 만끽하라는 거겠지'

라면서 당당히 주장하는 형에게 철권을 떨어트리는, 그런 나날이었다.

그런데 무슨 기적적인 운명인지, 홍안병에서 도망치기 위해 피난 갔던 태자비의 배에 새 생명이 깃들어 있었다. 하필이면 이런 타이밍이냐고 놀라워하면서도 병의 종식과 거의 동시에 태어난 생명은 나라의 희망이 되었다.

형은 그 희망을 지키기 위해 목숨을 던졌다.

무사히 수도 밖으로 도망친 왕비와 어린 왕자는 항구도시 카난테에 숨어있었다.

무너진 마을 한구석에서 두 사람을 발견했을 때 라이언은 없다고 생각했던 신에게 진심으로 감사드렸다.

주변의 소음 같은 건 모른다는 양 포동포동한 뺨으로 행복하다는 듯 웃는 아기를 안고 이 아이가 웃을 수 있는 나라로 만들겠다며 맹세했다.

라이언은 즉위 후 아내를 들이는 걸 권유하는 주위 사람들에게 자신은 중간 다리 왕이라고 선언하고, 자칫 자식이 생기면 내전의 원인이 된다며 결혼을 거부했다.

그리고 반발이 오는 걸 두려워하여 형수와 조카를 몰래 어딘가에 숨겨버렸다.

전쟁 후, 아직 어수선한 시기에 주위가 일치단결하지 못하는 걸 경계한 모양이었다.

선대 재상과 결탁하여 정말로 신뢰할 수 있는 측근에게만 장소를 알려줄 정도로 철저했다.

그 후에도 건강하게 자란다는 건 널리 알려져 있으나, 두 사람은 공식 석상에는 모습을 드러내지 않았다. 이제는 은근히 '환상의 왕자'라고 불릴 정도다.

라이언이 즉위하고도 4년이라는 세월이 흐르고 부왕 시절의 측근들은 '이 이상은 젊은이들의 앞길을 막게 되겠죠'라며 젊은이들에게 모든 것을 맡기고 일선에서 물러났다.

물론 우왕좌왕 고생하는 젊은이들을 히죽거리며 구경하다가 정말로 난감할 때면 손을 내밀어주며 '단련'시키기 위한 퇴진이기는 했지만.

왕국은 서서히 종래의 평화로운 나날을 되찾아갔다.

하지만 선대와 다르게 국군의 보강을 꾀했다.

"힘은 도외시할 수 없지."

그것이 난세를 헤쳐나온, 라이언 세대의 판단이었다.

하지만 그걸 안팎으로 휘두르는 것이 아니라 지키기 위한 힘으로 삼았기에 일반적인 군사 국가와는 선을 그었다.

정보는 힘이 된다.

타국의 밀정으로 내란이 일어났던 경험에서 배운 바를 살려 각 지역에 국가 소속 상주군을 늘리고 정보 통제를 꾀했다.

또한 일반인에게도 문을 열어 병사를 널리 모집했다. 각 지역의 인간을 고용해서 단련함으로써 마을 경비병을 늘려 범죄를 단속했다. 그렇게 국가에서 관리받는 게 아니라 '우리 마을을 우리 손으로 지킨다'는 인식을 키웠다.

수많은 생명을 떠나보낸 후회로 인해 라이언과 측근들은 '지키는 힘'을 무엇보다 필요로 했다.

그런 흐름이 있었기에 레드포드 왕국이 의료 발전에 힘을 쏟은 것도 당연한 귀결이었다.

여유가 생긴 작금에서는 의사와 약사를 육성하는 기관의 기반을 만드는 중이기도 하며, '숲의 백성'의 정보에 달려든 것도 그런 연유였다.

"그래서, 그 녀석은 언제 돌아오는 겁니까?"

실용성을 추구한, 어느 의미 살풍경한 집무실에 퉁명스러운 목소리가 울린다.

집무실에 들어오자마자 꺼낸 부하의 첫마디에 라이언은 조금 어안이 벙벙한 시선을 보냈다.

확실히 딱딱한 절차 같은 건 싫어하고, 달리 보는 사람도 없어 어느 의미 사적인 공간이다.

이 정도로 부하를 책망할 마음은 터럭만큼도 없지만 평상시였다면 그런 주인의 태도를 못마땅한 표정으로 힐난하는 인물이 서두도 잘라먹고 이런 언동을 하는 건 드문 일이다.

심지어 입실 허락과 동시에 문이 열렸다.

놀란 나머지 빤히 쳐다보자 본인의 행동에 다소 찔리는 바가 있었던 듯한 재상 트리스는 크흠 헛기침을 하며 무마했다.

"항구에서 파발이 온 모양이었으니까요. 지올드가 보낸 연락이 아닌 겁니까?"

평소 같은 냉정한 표정과 목소리에 라이언은 간신히 정신을 차렸다.

"그래. 도라에서 배를 탈 예정인데, 마침 용신 축제가 있으니까 그걸 보고 돌아온다고 해. 그리고 동행자가 늘어났으니 받아들일 준비를 추가해달라고 부탁하더군."

"네? 축제 견학…… 은, 그렇다 쳐도. 동행자라고요?"

고개를 갸웃거리면서도 라이언이 내민 종이를 받은 트리스는 내용을 읽을수록 점점 표정이 험악해졌다.

"또 다른 '숲의 백성'이요. 심지어 이번에는 진짜……. 터무니없는 걸 낚아오는군요."

쏟아낼 뻔한 한숨을 삼키며 트리스가 눈을 감았다.

그 일족은 혈연을 무엇보다도 존중한다고 들었다.

어머니를 잃은 소녀를 보호하겠다고 나선 것은 확실히 이상한 일이 아니다.

아버지 곁에 있는 것이라면 모를까, 타국의 인간과 여행하고 있다면 더욱더.

"무서운 '보호자'가 나타난 모양이야. 자칫 잘못하면 나라가 망하려나?"

재미있다는 듯 큭큭 웃는 라이언을 향해 트리스는 사나운 시선을 던졌다.

"웃을 일이 아닙니다. 농담이 아니라 임신한 암사자의 굴에 손을 집어넣은 셈이라고요."

트리스의 머릿속에 비참한 말로를 걸었던 인물과 나라의 이야기가 떠올랐다 사라졌다.

이후 대책을 생각하고 있을 트리스의 모습에 라이언은 기가 막힌다는 시선을 보냈다.

"너무한데. 유괴하려고 한 것도 아니고 오히려 상황상으로는 '보호'인걸. 나쁜 짓을 꾸민 것도 아닌 데다, 분별없이 닥치는 대로 물어뜰을 만큼 어리석은 사자도 아니잖아? 그보다 묘령의 여성이라는데. 그 일족에는 미인이 많다고 들었어. 기대되네."

지나치게 태평한 라이언의 태도에 트리스는 무의식중에 긴장했던 어깨에서 힘을 뺐다.

확실히 그 말이 맞지만, 미샤에게 다소의 호기심과 흑심이 있었던 몸으로서는 순순히 동의하기 어려웠다.

"지올드의 보고로는 여행을 떠날 때까지 미샤 주변에 '숲의 백성'의 그림자는 없었다고 했으니, 우연히 발견한 일족 중 누군가가 모습을 드러낸 거겠지. 운이 좋잖아. 잘 풀린다면 인맥을 만들 수 있어."

책상에 턱을 괴고 싱글싱글 맑게 웃는 라이언의 눈동자가 한순간 반짝 빛났다.

『가능하다면 제대로 포섭해.』

소리 없는 왕의 목소리를 똑똑히 들은 트리스는 확 마음을 다잡았다.

호쾌하고 적당적당 넘기는 것처럼 보이는 가면 뒤에서 라이언은 두 수, 세 수 앞을 생각하고 있다.

그렇지 않고서야 아직 20대 중반의 몸으로 이 대국의 고삐를 잘 조종할 수는 없다.

"명 받들겠습니다."

살짝 무릎을 굽힌 뒤 트리스는 자신이 직접 손님을 맞을 준비를 지휘하기 위해 집무실을 뒤로했다.

"……뭐라더라? 이런 방식의 낚시가 있었던 것 같은데……. 아, 놀림낚시다. 놀림낚시."

고지식한 뒷모습을 배웅한 뒤, 짝 손뼉을 친 라이언이 흘린 말은 다행인지 불행인지 아무도 듣지 못했다.

숲 변두리의
꼬마 마녀

Little witch
at the edge of the forest.

2 레드포드 왕국 도착

바닷바람이 기분 좋다.

갑판에 나온 미샤는 모자가 바람에 날아가지 않도록 손으로 누르며, 불어오는 바람에 눈을 가늘게 휘었다.

발치에는 처음 만났을 때와 비교하면 조금 몸집이 커진 하얀 늑대가 미샤의 원피스와 세트로 맞춘 짙은 남색 리본을 목에 매고 얌전히 앉아있었다. 고작 한 달 정도지만 이 시기의 동물은 정말 빠르게 성장한다.

"렌, 항구가 보이기 시작했어."

발치에 있는 새끼 늑대를 안아 들고 가까워지는 항구를 함께 바라보았다.

"뭔가…… 큰 마을이네."

도라도 크다고 생각했지만, 여기는 그보다 더 커 보였다.

먼저 항구의 규모가 다르다.

굳이 따지라면 어선이 절반을 차지했던 도라 항구와는 다르게 여기는 미샤가 탄 것 같은 커다란 배가 많이 드나드는 게 보였다.

개중에는 미샤가 탄 배보다 두 배 가까이 큰 배도 있었다.

지나가는 배를 저도 모르게 넋을 놓고 쳐다보고 있었더니 누군가가 옆에 슥 섰다.

고개를 돌리자 미란다였다.

오늘은 변장 버전으로 머리카락과 눈동자를 갈색으로 물들인 상태였다.

"저건 설리번의 배야. 여기는 레드포드의 수도와 가까운 항구니까 다른 대륙에서 오는 사자나 교역선이 많거든."

미샤가 쳐다보던 커다란 배를 가리키며 미란다가 가르쳐주었다.

"……설리번."

미샤는 옛날에 아버지가 선물해준 도감에서 본 다른 대륙의 배라는 걸 알고는 멀어지는 배를 한층 더 빤히 쳐다보았다.

이 세계에 있는 세 대륙 중 하나인 설리번은 미샤가 사는 카마인 대륙의 동쪽에 있다. 카마인 대륙에 비해 3분의 1정도 크기이지만 200년 정도 전에 통일되어 나라가 하나밖에 없다 보니 전쟁이 별로 없고 문화적으로도 번영했다고 한다.

백자라고 불리는 하얀 도자기가 유명한데, 그 푸른 빛이 감도는 하얀 광택을 즐길 수도 있고 그 위에 그려진 극채색의 정교한 그림을 즐기는 맛도 좋아서 귀족이나 부유한 집에서는 부의 상징으로서 장식하는 게 자격증처럼 유행하였다.

미샤도 아버지의 저택에 장식된 걸 보았다. 50센티미터 정도 되는 커다란 접시에 다양한 꽃이 곱게 피어있는, 무척 아름다운 작품이었다.

민족적으로는 중간 체격, 중간 키에 온화한 성격이 많고, 전쟁보다 대화를 선호하는 경향이 강하다고 한다. 그렇다고 무력이 떨어지는 것도 아니며 필요하다면 주저 없이 반격할 정도로는 강하다.

시골뜨기라고 우습게 보고 설리번의 군주를 조롱했던 어떤 귀족이 제 몸의 반쪽밖에 되지 않는 소년에게 메치기를 당하고, 더불어 그 귀족의 호위 기사들까지 혼자 때려눕혔다는 에피소드가 유명하다.

폭이 좁고 곧게 뻗은 외날검과 신기한 무술을 사용하며, 듣기로는 어릴 때부터 교양의 일환으로 국민 대부분 무언가 무술을 배운다고 한다.

다른 대륙에 국가의 대표로서 방문하니, 개중에서도 문무에 뛰어난 사람들을 선발해서 보내는 건 당연하다.

그 후 사과를 받아들인 일행이 보여준 무술 시범은 아름다움과 예리함을 겸비한 훌륭한 솜씨였다고 전해진다.

천천히 나아가는 거대한 배의 뱃머리에는 알록달록하게 칠해진 신기한 짐승 조각이 마치 앞길을 응시하듯 바라보고 있다.

그것이 뱃길을 무사히 마치도록 기도하기 위한 것이라고 전에 도감에서 봤던 걸 떠올린 미샤는 멀리서도 알 수 있는 그 정교한 세공 기술에 감탄의 한숨을 내쉬었다. 아버지의 저택에 장식되어 있던 접시의 세공도 굉장했는데, 그 대륙 사람들은 무술만 대단한 것이 아니라 손재주도 무척 뛰어난 모양이었다.

"지금부터 고국으로 돌아가는 걸까?"

"아마 그렇겠지."

배를 쳐다보는 미샤의 눈동자에는 아직 보지 못한 세상에 대한 동경이 가득 번져 있었다. 그 호기심을 미란다는 흐뭇해하는 마음으로 바라보았다.

"언젠가 가 보고 싶어."

"그래. 언젠가."

소녀의 동경에 온화한 미소를 지은 미란다는 퍽 가까워진 마을을 향해 손가락질했다.

"이제 도착하는 곳이 항구도시 카난테야. 아까도 말했듯 수도에서 가장 가까운 항구이자 이 나라의 교역을 짊어지고 있지. 지난 전쟁에서 상당한 타격을 받았지만 그걸 기회로 활용해서 마을을 확 정비했다더라. 도로가 반듯하지?"

손가락을 따라가자 항구에서 똑바로 뻗은 커다란 도로가 있었다. 마차가 세 대쯤 나란히 달릴 수 있을 만큼 넓은 그 도로는 돌로 포장되어있는 게 보였다.

이 길이 수도로 이어져 있다면 그걸 유지할 수 있는 이 나라는 무척이나 풍족할 것이다.

그 길을 중심으로 건물이 펼쳐져 있다.

이어지는 길도 격자무늬를 그리는 것처럼 각이 잡혀있어서, 어수선한 아랫마을 같은 분위기였던 도라와는 다르게 어딘가 세련된 분위기가 느껴졌다.

"지난 전쟁?"

고개를 갸우뚱 기울인 미샤의 질문에 미란다는 미샤가 숲속에 숨다시피 하며 자랐다는 걸 떠올렸다. 같이 살던 사람이 레이어스뿐이었다면 외부 정세도 그리 가르쳐주지 않았을 것이다.

들어보니 레이어스도 고향을 떠난 뒤 상당히 이른 단계에 숲으로 이동한 모양이고, 관심 없는 일에는 눈도 주지 않는 건 일족의 특성이라고 해도 무방할 정도다. 레이어스도 예외는 아니다.

자신이 살던 나라에 관한 건 기본 지식으로 가르쳤을지도 모르지만, 숲에 틀어박혔던 이상 다른 나라의 사건은 상관없는 일이라며 교육 대상에서 빼버렸으리라는 게 상상이 갔다. 설마 미샤가 고국을 떠나 이웃 나라에 가게 될 줄은 생각지도 못했을 것이다.

'하지만 앞으로 신세 지게 되는 나라에 대해 아무것도 모르는 건 문제가 되겠지.'

레드포드 왕국의 근간을 뒤흔들 정도의 사건과 내전, 더불어 침략 전장을 거치고 현왕 즉위에 이르기까지 최근에 일어난 일만 봐도 알려주고 싶은 게 넘쳐났지만, 우선 이 마을의 역사부터.

"타국의 침략으로 왕성이 한 번 함락되었어. 그때 살아남은 왕족이 이 마을로 도망쳤지. 우선 다른 대륙으로 도망치려고 생각했을 테지만, 항구는 이미 적에게 제압당한 상태. 하지만 카나테의 주민은 왕족을 침략자에게 바치는 걸 선택하지 않았어. 숨겨주면서 살아남은 기사들과 공모해 게릴라전을 이어갔지. 원래 오래된 항구 마을이라 증축을 거듭한 결과 마을 전체가 복잡한 미로 같은 공간이었으니, 타국에서 온 병사에게는 분명 공략하기 힘든 장소였을 거야."

"병사가 아닌 사람들도 싸웠어?"

미샤의 뇌리에 아버지의 저택에서 만난, 전장에서 돌아온 부상병들의 모습이 떠올랐다.

전쟁에 익숙한 병사라고 해도 그렇게 다쳤을 정도다. 마을 사람들의 피해는 얼마나 컸을까.

"그래. 당시 움직일 수 있는 사람은 다들 무기를 들었다고 해. 미샤보다 어린아이들조차."

"세상에……. 어린아이까지?"

충격을 받은 듯한 미샤를 보고 미란다는 쓰게 웃었다.

"강요한 건 아니라더라. 살기 위한 싸움이었지. 애초에 전쟁에 지면 패전국의 국민은 지독한 대우를 받거든. 노예가 되거나, 살기 곤란할 정도로 무거운 세금을 뜯기거나. 그렇게 되지 않기 위해 필사적으로 저항한 거야. 무엇보다 이 나라의 왕족은 정말로 국민에게 사랑받았거든. 소중한 사람을 지키고 싶었던 거겠지."

미샤는 눈을 깜빡였다.

미샤에게는 '국왕'도 '왕족'도 먼 존재였다.

아버지가 왕위 계승권을 포기했다고는 하나 왕제(王弟)라는 건 알지만 실감도 없다. 아무튼 숲속에서 조용히 살고 있었으니까.

친삼촌인 국왕과도 이번 여행 직전에 인사한 게 첫 만남이었다.

그 인사도 가족 간의 대화라기 보다는 부하를 대하는 대외적인 느낌이었다.

그 어딘가 먼 존재인 '국왕'을 이 나라의 국민은 목숨을 걸고 지키려 했다고 한다.

"그 후 타국으로 유학 갔던 막내 왕자가 동맹국의 지원군과 함께 돌아와서 나라를 되찾았지. 그리고 이번에는 침략했던 국가를 역침공해서 원수를 갚았어. 그게 지금 국왕이야."

"마치 소설 같아."

전화가 덮친 나라를 무사히 구해낸 왕자님.

"그래. 실제로 연극으로 만들어지기도 한 모양이니까 기회가 있다면 보러 가자."

지나치게 미화되었다며 현 국왕이 상당한 난색을 표했다는 소문을 들었던 미란다는 쿡쿡 웃고는 다시 항구를 바라보았다.

"마을 안에서 게릴라전을 펼친 탓에 적병을 몰아내고 나니 마을의 8할이 파괴된 상태라, 아예 처음부터 다시 만들기로 하고 정비했대. 가장 피해가 컸던 땅이자 가장 먼저 탈환한 지역이기도 하니까 부흥의 상징이 되기도 했지.”

미란다가 가리킨 곳에는 마을에서 가장 큰 첨탑이 있었다.

“이 마을의 교회야. 안에는 무너진 교회에서 기적적으로 상처 없
이 발견되었다는 여신상이 장식되어 있어. 그리고 종전일에 전쟁의
희생자를 애도하면서 밝혔던 등불의 불꽃이 꺼지지 않고 계속 타오
르고 있지.”

수많은 생명이 사라지고 수많은 피와 눈물이 흘렀다.

그것은 그 아픔의 기억을 가슴에 품고, 절대 같은 역사를 반복하
지 않겠다는 국가의 결의 표명이었다.

“……어쩐지 압도당하는 기분.”

아름다운 거리 풍경 뒤에 숨어있는 슬픈 역사에 한숨을 내쉰 미
샤가 혼잣말을 중얼거린 순간, 배가 덜컹 소리를 내며 항구에 도착
했다.

직후 배와 부두 양쪽에서 밧줄이 날아가고 선원들이 분주히 움직
이기 시작했다.

“방해하면 안 되겠지? 부르러 올 때까지 방에 있자.”

조금 더 바라보고 싶은 마음도 있었지만, 미샤는 미란다의 재촉
에 순순히 고개를 끄덕이고 선실로 돌아갔다.

미란다는 박식했다.

그 지식은 약에만 한정되지 않고, 국가 정세부터 젊은이들 사이
에 유행하는 물건까지 다방면에 걸쳐 있었다.

항구에 내리자마자 납치되듯 마중 마차에 타게 된 미샤는 좋은 기
회라며 미란다에게 예법 강좌를 받게 되었다.

벼락치기라고 해도 아무것도 하지 않는 것보다는 낫겠지.

그런 생각으로 들은 예법이 의외로 대부분 '복습'이라는 사실을 깨닫고 미샤는 눈이 휘둥그레졌다.

숲에서 생활하는 가운데 어머니가 내킬 때마다 개최했던 '공주님 놀이'.

특별한 홍차와 다과를 예쁜 다기와 접시에 담고, 복장도 옷자락이 긴 드레스와 머리카락을 높이 틀어 올린 본격적인 놀이였는데 그때는 말도 정중한 말씨를 써야 했다.

평소에는 볼 일이 없는 섬세한 레이스를 사용한 드레스며 아름다운 장신구.

숲을 자유롭게 뛰어노는 활달한 미샤도 공주님을 동경하는 소녀였다.

역시 예쁜 드레스를 입혀주는 건 즐거웠다.

마치 동화책 속의 공주님 다과회 같아서, 미샤도 특별히 의젓한 얼굴로 공주님과 하나 되어 즐겼다.

그런 미샤에게 레이어스는 '이렇게 하는 게 더 공주님 같아서 멋있어'라며 손수 모범을 보여주었다.

'공주님 놀이'의 배경 설정은 다양했다. 다과회일 때도 있고 식사일 때도 있고, 그 외에도 무도회나 만약 왕의 부름을 받는다면 같은 상황도 있었다.

그림책의 내용을 따라 하는 그 놀이를 미샤는 위화감 없이 즐겁게 받아들였는데, 그 모든 게 사실은 귀족으로서 필요한 행동거지를 가르치는 본격적인 예법이었다.

미샤는 놀이를 통해 자기도 모르는 사이에 실전에 가까운 형태로 예법을 배웠다는 사실에 경악했다.

언젠가 필요해지는 날이 왔을 때 딸이 난처해하지 않도록.

그건 딸을 위하는 어머니의 마음이었다.

울 것 같은 얼굴로 웃으며 어머니와 한 '공주님 놀이'에 대해 설명하는 미샤를 미란다가 말없이 끌어안았다.

세간에서 숨듯이 생활하는 와중에도 언젠가 올지도 모르는 '만약'을 위해 제대로 대비했던 레이어스를 향해 마음속으로 '레이어스답네'라고 중얼거리면서.

그 광경을 복잡한 표정으로 곁눈질하면서도 지올드는 밖을 쳐다보는 척했다.

그리고 갑작스레 딸을 남기고 떠나야만 했던 어머니의 마음을 생각하며 살며시 기도를 바쳤다.

미력하게나마 당신의 딸에게 도움이 되기를…… 하고.

결국 가볍게 점검해 보니 이후 알현에 문제가 없을 정도의 예법은 몸에 익히고 있는 것 같았기에, 이 나라에 대한 간단한 강의로 바뀌었다. 그래봤자 건국사 같은 게 아니라 풍토나 국민성, 선호하는 복식이나 음식 같은 생활에 밀접한 내용이었기에 옆에서 듣고 있던 지올드조차 감탄하며 즐겁게 들을 수 있었다.

"잘 조사했잖아. 이것도 숲의 백성이 지니는 지식의 일환인가?"

무심코 묻는 지올드의 말에 미란다가 웃었다.

"그렇다고도 할 수 있고 아니라고도 할 수 있지. 바깥세상에 동화하려면 필요한 지식이긴 하지만 애초에 동화할 생각조차 안 하는 사람들도 있거든. 굳이 따지라면 나라별 차이를 아는 즐거웠던 내 취미라는 부분이 더 커."

쿡쿡 웃으며 아무것도 아니라는 듯 말하지만 지올드는 내심 전율했다.

이번에 레드포드 왕국에 오게 되면서 급히 입수한 지식인 줄 알고 가볍게 던진 질문이었다. 하지만 지금 미란다가 한 말이 사실이라면 미란다는 취미로써 국가의 성립과 그곳에 사는 사람들의 특징, 풍토 같은 지식을 망라하고 있다는 소리다. 심지어 '나라별 차이를 아는 게 즐겁다'고 하니 비교할 수 있을 만큼 여러 나라에 대해 비슷한 깊이로 알고 있다는 뜻이 된다.

정보는 힘이다.

군부에 오래 몸을 담고 있는 지올드는 그 사실을 잘 알고 있다.

그리고 타국의 정보를 알기 위해 비밀리에 밀정이 오가고 있지만, 당연히 먼 나라일수록 정보를 얻는 건 힘들다.

대체 얼마나 많은 나라의 정보를 쥐고 있는 걸까. 호기심을 누르지 못한 지올드는 슬쩍 입을 열었다.

"대단한데. 몇 개국 정도를 망라한 거야?"

그 말에 미란다는 고개를 갸웃거렸다.

"글쎄. 대략적인 수준이라면 카마인 대륙에 있는 모든 나라 정도는 알 테지만. 다른 대륙에는 간 적이 없으니까 소문 수준밖에 안 돼."

"진짜? 미란다 씨, 대단해! 나 다른 나라 이야기도 듣고 싶어."

천진난만하게 신이 난 미샤에게 자상하게 고개를 끄덕이는 미란다 옆에서 지올드는 살짝 파랗게 질린 얼굴로 입을 다물었다.

'숲의 백성은 의료 기술이나 약 지식도 그렇지만 정보망도 흉악한 거 아니야? 그러고 보면 왕성이나 귀족의 저택같이 경비가 장난 아닌 곳에 혼자 쳐들어간 이야기도 있었던가? 혹시 개개인의 은신 기술도 뛰어난 건가? 긁었더니 부스럼이 생기는 걸 넘어서 죽을병에 걸린 기분인데…… . 나는 아무것도 못 들었어. ……못 들었다고.'

계속 이어지는 미란다의 강의에 마음속으로 귀를 틀어막은 지올드는 팔짱을 끼고 눈을 감아 잠을 자기로 했다.

그렇게 잘 정비된 도로 덕분에 흔들림도 거의 느껴지지 않아서 한 명을 제외하면 몹시 쾌적한 마차는 예정대로 3시간 정도 후에 수도에 도착했다.

목을 꺾어서 올려다봐야 할 정도로 높은 벽이 한 바퀴 감고 있는 수도는 동쪽과 서쪽에 하나씩 있는 거대한 문으로만 안으로 들어갈 수 있도록 해 놓았다. 항시 문지기 병사가 서서 신분증명서를 제시해야만 안에 들어갈 수 있다. 도보로 서는 줄과 마차를 타고 서는 줄이 있는데, 둘 다 이미 길게 늘어져 있었다.

하지만 미샤 일행을 태운 마차는 둘 중 어디에도 서지 않고 문으로 향했다.

아무래도 마차 밖에서 말을 타고 함께 달리던 호위 기사 중 한 명이 미리 가서 소식을 알린 모양이었다. 마차가 오는 것에 맞춰서 닫혀있던 다른 문이 천천히 열렸다.

명백한 특별 대우에 미샤는 당황하며 창밖을 살펴보았다.

여태까지 여행하면서 몇 번 이런 관문을 통과했는데, 그때마다 꼬박꼬박 줄을 섰기 때문에 어쩐지 새치기를 하는 것 같아서 마음이 불편했다.

마차는 멈추지 않고 문을 통과했다. 그 뒤에서 다시 문이 닫히는 기척을 느꼈다.

저 문은 오직 미샤가 탄 마차를 들여보내기 위해서 열린 것이다.

"왕족이나 귀족 전용인 특별한 문이야. 미샤는 이웃 나라의 정식 대사로 온 거니까 당연한 조치지."

눈이 휘둥그레진 미샤와 달리 미란다가 만족스럽다는 듯 고개를 끄덕이며 중얼거렸다.

"그런 거야?"

"그래. 마차를 세운다는 건 암살 기회를 주는 셈이기도 하니까, 일정 이상의 신분은 사전에 요청해두면 타이밍을 맞춰서 조금 전처럼 문을 열어 바로 지나가는 일이 많아. 줄을 서는 쪽도 익숙하니까 신경 쓸 건 없어."

미샤의 당황을 알아차린 지올드가 가벼운 어조로 대답했다.

"마차 밖에 깃발이 걸려있잖아? 그건 왕의 증표인데, 이 마차가 공용 마차라는 걸 알려주는 거야. 미샤가 국왕의 정식 손님이라는 증거지."

창밖을 가리키는 손을 따라 살펴본 미샤는 연지색 천에 금색과 파란색으로 문장(紋章)이 그려진 깃발이 나부끼는 걸 발견했다.

"저거…… 지올드 씨도 같은 문장이 그려진 카드를 갖고 있지 않았던가?"

"눈썰미가 좋네. 이건 국왕에게 받은 특수한 신분증명서야. 이래저래 융통성을 발휘하게 해 줘서 편리하지."

지올드가 품에서 꺼내어 건네준 손바닥 크기의 금속 카드는 얇아 보이는 생김새와 달리 묵직했다. 섬세하게 조각된 문장으로 꾸며진 카드는 그 자체로도 예술품처럼 아름다웠다.

"가볍게 건네줘도 되는 물건이 아니잖아."

그걸 옆에서 보고 있던 미란다가 황당하다는 듯 어깨를 으쓱했다.

"중요한 거야?"

미란다의 드문 표정에 미샤가 고개를 갸웃거렸다.

"나도 실물을 본 적은 없지만, 아마 그걸 보여주면 국내 어디든 프리패스고 국군이나 귀족을 움직일 수도 있는 수준의 신분증명서야. 타국에서도 어느 정도라면 통하지."

"그렇게까지 만능은 아니야. 내 뒤에는 왕이 있으니까 잘 부탁한다는 거라, 소위 호랑이의 위세를 빌린 여우가 될 수 있는 카드지."

미샤는 온도차가 나는 두 사람을 번갈아 바라본 뒤 살며시 지올드에게 카드를 돌려주었다.

'그러고 보면 이 카드를 본 건 도라에서 높은 신분인 듯한 사람들과 대화할 때나 카러프 가의 문제에 휘말렸을 때였던 것 같아. 그리고 관문을 통과할 때도……. 분명 미란다 씨의 반응이 정답인 거야.'

블루하이츠에서 여기까지 오는 여행 도중 지올드가 귀찮아하고 대충 넘기는 스타일이라는 걸 미샤는 눈치챘다.

"잃어버리지 마."

새삼스러운 말이라고 생각하면서도 작게 중얼거리는 미샤에게 지올드가 씩 웃었다.

"미샤, 왕성이 보여."

분위기를 전환하듯 미란다가 창밖을 가리켰다.

창문에서 보이는 왕성은 딱 한 번 봤던 자국의 왕성과 비교해 상당히 으리으리했다.

두 개의 거대한 탑이 중앙에 우뚝 서 있고, 그곳을 중심으로 대칭을 이루며 건물이 뻗어있다.

벽은 새하얗게 빛나고, 여럿 있는 첨탑은 지붕만 진한 빨간색이었다. 지붕 끝부분이나 창틀에는 섬세한 릴리프로 장식해놔서 마치 동화 속에 나오는 성처럼 우아하고 아름다웠다.

이번에도 마차를 세우지 않고 타이밍에 맞춰 왕성의 문이 열렸다. 줄을 지어 선 문지기가 가슴에 주먹을 대고 예를 갖추는 게 얼핏 보였다. 자세히 보려고 목을 길게 빼기 전에 미란다가 두꺼운 커튼으로 휙 가려버렸다.

"여기서부터는 사람이 많아지니까 조금 참아."

마을 안을 달릴 때는 하지 않았던 미란다의 말에 의아하게 생각하면서도 물어볼 타이밍을 놓쳐버린 미샤는 입을 다물었다. 마차는 왕성 안으로 들어온 뒤에는 속도가 느릿해졌으니 그것도 원인일 지도 모른다며 미샤는 스스로를 수긍시켰다.

그 후 시간이 제법 지나 마차가 멈추고 밖에서 문이 열렸다.

《귀빈은 마지막에.》

마차로 이동하던 도중 미란다에게 단단히 주의를 받은 미샤는 다소 마음이 불편해지는 걸 느끼면서도 처음에 지올드, 이어서 미란다가 마차에서 내리는 걸 기다린 뒤에 일어났다.

그러자 마차 밖에서는 지올드가 손을 내밀고 기다리고 있었다.

'이 정도는 혼자서 내릴 수 있는데⋯⋯.'

순간 망설이며 시선을 배회하다 자신을 물끄러미 바라보는 미란다와 눈이 마주치자 미란다가 희미하게 고개를 끄덕였다.

미샤는 작은 손을 지올드에게 살며시 맡기고 고작 3칸밖에 안 되는 계단을 내려갔다.

지올드도 여느 때의 장난기 어린 태도가 환상이었던 것처럼 진지한 표정으로 에스코트했다.

'으, 어쩐지 굉장히 민망해…….'

울상이 되어 아래로 향하려는 고개를 의식적으로 들어 올리며 미샤는 바닥에 내려섰다.

그후 정면을 보자 조금 떨어진 위치에 청년이 한 명 서 있었다.

뒤에 시녀와 호위인 듯한 사람을 몇 명 거느린 청년은 우아한 동작으로 손을 가슴 앞에 들고 가볍게 무릎을 굽혔다.

"기다리고 있었습니다. 저는 미숙하게나마 이 나라의 재상을 맡고 있는 트리스 틴 윌킨슨이라고 합니다. 귀하의 방문을 진심으로 환영합니다."

온화한 어조와 귀에 편안한 테너.

은색의 직모를 길게 길러 등에서 느슨하게 묶고 있다. 눈동자는 제비꽃색으로, 이목구비도 친절한 인상이다.

입꼬리가 살짝 올라갔고 부드럽게 휜 눈매와 맞물려 말 그대로 환영한다는 분위기가 전해졌다.

비유하자면 따스한 봄의 초원.

긴장했던 미샤는 그 온유한 분위기에 몸에서 괜한 힘이 스르륵 빠지는 게 느껴졌다.

"손수 마중해 주셔서 감사합니다. 미샤 드 린드버그라고 합니다."

머리를 숙이려고 하는 걸 어떻게든 참으며 살짝 무릎을 굽히는 모습은 미샤의 외모와 맞물려 무척 가련해 보였다.

유명한 약사 일족의 소녀라고 하기에 얼마나 재능에 취한 건방진 어린이가 올지 우려했는데 상당히 온순해 보인다며 마중 나왔던 일동은 가슴을 쓸어내렸다.

'뭐, 그런 어린아이라면 저 녀석이 마음에 들어 할 리가 없나.'

그런 생각을 하며 트리스는 미샤 옆에 서 있는 지올드에게 힐끗 시선을 보냈다.

무표정을 가장하면서도 자세가 완전히 움츠러든 걸 보면 사람 좋은 인상을 전면에 내세운 트리스에 대한 무언의 항의일 것이다.

'바보 같기는, 처음 만나는 사람에게 이런 장소에서 본성을 드러낼 리가 없는데.'

미소 뒤에서 힐난하며 아직 표정이 조금 딱딱한 미샤에게 시선을 돌렸다.

"막 도착하셨으니 피곤하실 테죠. 방을 준비해놓았으니 그곳에서 편히 쉬십시오. 알현실의 준비가 끝나면 사람을 보내겠습니다."

트리스의 말에 뒤에서 대기하고 있던 시녀가 스윽 앞으로 나왔다.

"이쪽입니다."

미샤는 자신보다 훨씬 고급스러운 옷감으로 만든 시녀복을 입은 시녀의 뒤를 얌전히 따라갔다.

보고해야 한다며 지올드가 같이 오지 않았기에 조금 불안함을 느끼면서도 미란다가 있어 줘서 다행이라고 절절히 느꼈다.

그런 미란다는 미샤가 데려온 시녀인 척하는 건지 천연덕스러운 얼굴로 맨 뒤에서 따라오고 있었다.

참고로 손에는 가방이 하나.

안에는 미샤가 약사로써 사용하는 도구가 들어있다.

옷과 생활용품은 그렇다 쳐도 이것만큼은 손에 없으면 마음이 불편하기에 손에 들 수 있는 짐으로 정리해놓은 것이었다.

직접 들겠다고 주장했는데 빼앗기고 말았다.

상대는 미란다고 안에 뭐가 들어있는지 잘 알고 있을 테니 함부로 다루지는 않을 것이라며 포기했기에 지금 형태가 되었다.

문득 발치에서 따라오려는 렌의 모습에 주변의 시선이 향하는 걸 알아차렸다.

'성에 늑대를 들여보내는 건 안 되려나? 하지만 계속 같이 있었는데 다른 곳으로 데려가는 건 불쌍해. 렌은 아직 어린걸……'

망설인 것도 잠시.

미샤는 빠르게 몸을 숙여 누가 막기 전에 렌을 안아 들었다.

떨어지게 되는 것도 바라지 않고, 데려온 이상 미샤에게는 렌을 지킬 의무가 있다.

굳게 결심하고 렌을 꼭 끌어안았는데, 다행히 아무도 막지 않았다.

그건 지올드가 미리 렌의 존재를 보고해놓은 덕분이었지만 미샤가 그걸 알게 되는 건 조금 나중 일이었다.

그렇게 도착한 방은 넓은 발코니가 달렸고 해가 잘 들어오는 3층 방이었다.

"짐을 정리하는 동안 어수선할 겁니다."

시녀가 그렇게 설명하며 발코니에 있는 테이블로 안내해주더니 티세트를 바로 갖춰주었다.

막힘없이 매끄러운 일련의 동작에 무슨 말을 할 여지도 없었다.

이번에도 빠르게 포기한 미샤는 얌전히 테이블에 앉아 찻잔을 들었다.

확실히 마차로 이동하는 동안 아무것도 먹지 않았기 때문에 목이 말랐다.

부드러운 꽃향기가 나는 차가 목을 넘어가자 개운한 청령감을 남겼다.

"으음~ 역시 좋은 찻잎을 쓰는구나."

맞은편 의자에 앉은 미란다가 우아한 동작으로 찻잔을 기울였다.

정말 시녀였다면 주인과 같은 테이블에 앉는다는 건 말이 되지 않지만, 둘 다 신경 쓰지 않았다.

미샤와 미란다의 관계를 정확하게 파악하지 못하는 왕성 시녀들도 아무 말도 하지 않았기 때문에 두 사람은 느긋하게 차를 즐겼다.

"방이 좋네. 붙여준 시녀도 교육이 잘 되어있는 모양이고."

척척 움직이는 시녀들을 관찰하며 미란다가 싱긋 웃었다.

본래대로라면 강한 첫인상을 위해 정복을 갖춰 입힌다는 선택지도 있었다.

시간이 없었다고는 해도 아무튼 공작가.

왕족의 만찬회에 참석해도 지장이 없을 정도의 옷을 포함하여 데이타임 드레스도 잘 챙겨주었다.

하지만 일부러 원피스만 입힌 이유는 그 모습을 보고 왕성의 인간이 어떻게 반응할지 봐주겠다는, 미란다의 심술 굳은 시험이었다.

미샤의 이번 입장은 공작가의 딸이자 왕가가 초대한 손님이다.

그런 미샤를 겉모습이나 상황만 보고 무시한다면, 그건 그거대로 무례하다며 데리고 돌아갈 좋은 계기라고 생각했다.

실제로 제대로 된 시녀도 없이 평민 소녀보다는 조금 괜찮은 옷차림인 미샤는 무시당하기에는 충분했다.

급하게 정해진 여행길이었다는 이유가 있다고 해도.

하지만 시녀도 집사도 안색 하나 바꾸지 않고 이런 미샤를 자연스럽게 받아들였다.

지금은 발치에 웅크리고 얌전히 있는 새끼 늑대라는 희귀한 손님에게도 급히 접시에 물을 받아 제공해주기까지 할 정도로 환대했다.

"그런, 거야? 너무 호화로워서 주눅 드는데."

미샤는 과자를 집어 먹으며 작게 어깨를 웅크렸다.

공작 영애라고 해도 실제로는 숲속 깊은 곳에서 조용히 살던 미샤다.

번쩍번쩍한 환경에 주눅 들지 말라는 게 더 가혹하다.

그런 미샤를 보고 미란다는 웃으며 찻잔을 기울였다.

"자연스럽게 행동하면 돼. 다소 장식이 요란해도 결국은 도구인 걸. 금방 익숙해져. 다행히 다들 호의적인 모양이니까."

"……미란다 씨는 계속 변장한 채로 있을 거야?"

주위를 힐끗 둘러보며 이목이 없는 걸 확인한 미샤가 작게 소곤거렸다.

"글쎄……. 왕과 그 측근에게는 지올드가 보고했을 테니 지금 당장은 필요성을 못 느껴. 오히려 혼란스럽게만 할 것 같으니까 비밀로 하자."

어린아이처럼 입술에 손가락을 대고 쉿 제스처를 날리는 미란다의 제안에 미샤는 고개를 끄덕였다.

"긴 여행 수고 많았다…… 고 하기에는 신나게 놀고 온 모양이던데, 지올드."

미샤와 헤어진 뒤 트리스에게 끌려가듯 연행당한 집무실에서 지올드는 오랜만에 주인과 대면했다.

"지금 막 귀환했습니다. 왕명을 무사히 수행하고 어전에 나설 수 있게 된 것을 영광으로 여깁니다."

한쪽 무릎을 꿇고 한쪽 손을 가슴에 올리며 머리를 숙이는 정식 예를 취하면서 정형문을 입에 담자 코웃음이 들렸다.

"빈말은 됐고. 일어나서 보고해. 제법 즐거운 여행길이었던 모양이잖아?"

웃음기가 묻어나는 재촉에 지올드는 고개를 들었다.

"뭐, 오랜만에 지루함과는 거리가 먼 나날이었죠. 재미있는 애더라고요, 미샤."

그렇게 말하며 일어나려고 한 순간 오금을 걷어차인 지올드는 다시 무릎을 꿇게 되었다.

심지어 일어나지 못하게 하려는 건지 종아리를 가차 없이 짓밟아 댔다.

"폐하는 너무 무르십니다. 왕명을 곡해해서 자유 여행이라니. 조금은 반성하세요."

얼음보다도 차가운 시선과 함께 절대영도의 말이 쏟아졌다.

조금 전의 온화한 표정이 환상이었던 양 희미한 미소를 지은 트리스를 보고 지올드의 등에 오싹함이 쫘아악 올라왔다.

냉정침착.

나라를 위해서라면 어떤 극악한 결단이든 즉결할 수 있는, 적으로 돌리고 싶지 않은 존재.

그것이 트리스를 잘 아는 사람의 평가다.

이목구비는 더없이 아름답고 부드럽게 미소 지으면 어지간한 인간은 방심하므로 정신을 차리고 나면 이미 품속에 스윽 파고든 뒤다.

어릴 때는 콤플렉스일 뿐이었던 여리여리한 얼굴도 지금은 편리한 도구로 잘 활용하고 있다.

참고로 지나친 미인이라 무표정이 되면 남들의 두 배는 더 무섭다.

"그래, 잘못했어. 선물도 많이 가져왔으니까 기분 풀어."

하지만 어지간한 인간이라면 받는 순간 부들부들 떨게 되는 트리스의 차가운 눈빛도 지올드에게는 아쉽게도 효과가 흐릿했다.

짓밟힌 종아리도 트리스의 발 하나밖에 안 되는 무게로는 썩 효과가 없었던 건지 가볍게 일어나버렸다.

보통은 불가능할 텐데, 단순히 힘에서 밀렸다.

세 사람밖에 없다고 하지만 라이언 앞에서 꼴사나운 실랑이를 벌이는 건 트리스의 미의식이 용서하지 않았기 때문에 진심으로 밟지 않았던 탓이기도 했다.

"……선물이라면, 또 다른 '숲의 백성'을 말하는 겁니까?"

"갑자기 직구를 던지네."

"당신 상대로 우회적인 대화를 거쳐봤자 시간 낭비니까요."

적나라한 트리스의 말에 아무리 지올드라도 쓰게 웃었다.

아무래도 상상했던 것보다 더 화가 난 모양이다.

"아니, 다른 것도 많이 있지만 뭐, 그건 제쳐놓고. 사자의 코털을 건드린 것까진 아니어도 감시 대상이 된 건 확실한 모양입니다. 자세한 움직임은 알려주지 않았지만, 자칫 잘못했다간 전면적으로 적이 되겠다는 선언은 받았습니다."

직전의 장난기 어린 태도를 거두고 진지한 눈빛이 된 지올드의 말에 트리스는 숨을 삼키고 라이언은 생각에 잠긴 표정이 되었다.

그러나 바로 고개를 들고 어깨를 으쓱했다.

"트리스도 말했지만 딱히 긴장할 필요도 없겠지. 일단 붙여주는 시녀와 시종은 내 심복으로 수배해 놨고, **집사**인 키노에게는 간단한 상황도 설명해놨어. 괜한 불똥이 튄다면 키노가 처리할 거다."

"그런 옷을 입고 나왔길래 무슨 일인가 했는데, 키노를 끌어내셨던 겁니까."

"상당히 떨떠름해했지만."

황당하다는 얼굴인 지올드를 향해 라이언은 사악하게 씨익 웃었다.

키노란 라이언이 어릴 때부터 곁에 두었던 호위 중 한 명으로, 뒷세계에 정통하여 대외적인 무대에는 거의 나오지 않는 존재. 소위 왕가의 그림자였다.

라이언이 평범한 제4왕자였던 시절부터 함께 했으며, 당연히 라이언의 신뢰도 두텁다.

"뭐 그 녀석도 호기심이 왕성하니까 지금쯤 희희낙락 관찰하고 있지 않을까."

그런 존재를 미샤에게 붙인다는 건, 외부의 적으로부터 보호하고 동시에 미샤 주위를 관찰한다는 이중적 역할이 있다는 소리다.

사람 좋아 보이는 미소 뒤에서는 역시나 호락호락하지 않은 제 주인을 향해 지올드는 씩 웃었다.

"얼굴에 안 어울리게 귀여운 걸 좋아하니까 홀랑 감화되는 거 아니야?"

"그것도 나쁘지 않지. 그런데 미샤 뒤에 있던 **갈색 머리** 여성이 바로 그?"

조금 설레는 얼굴로 상반신을 앞으로 기울이는 라이언을 향해 트리스가 기가 막힌다는 표정을 지었다.

"또 어디선가 훔쳐보셨던 겁니까? 예절을 지키셔야죠."

"마중 나가려고 했더니 트리스가 막았잖아? 그렇다면 몰래 볼 수밖에 없지."

가슴을 펴고 주장하는 라이언을 보고 트리스는 깊은 한숨을 쉬었고 지올드는 깔깔 웃었다.

"어린아이도 아니지 않습니까. 나중에 정식으로 만날 때까지 얌전히 기다리시면 될 것을. 당신은 일단 일국의 왕이시거든요?"

"아~ 알았어, 알았다고. 아무튼 어떤 느낌이야? 눈동자 색까지 달랐던 것 같은데."

설교 모드에 들어가려는 트리스에게서 고개를 돌린 라이언은 자신의 호기심을 채우기 위해 지올드에게 손짓했다.

"어~~ 그러니까요."

자신이 보고 들은 것을 이야기하자 라이언과 트리스가 서로를 쳐다보았다.

"머리카락은 그렇다 쳐도, 눈동자 색까지 바꿀 수 있는 겁니까."

"약 하나로 자유롭게 눈 색을 바꾸다니. 마치 소설 속에 나오는 마법 같은데."

두 사람의 놀란 얼굴에 당시 자신이 느꼈던 경악을 새삼 떠올린 지올드는 만족스럽다는 듯 고개를 끄덕였다.

"오랫동안 색을 바꿀 수 있는 건 아닌 것처럼 말하긴 했었지만."

"짧은 시간이라고 해도 충분히 유용한 기술입니다. 머리카락 색이 바뀌기만 해도 인상이 확 달라지죠. 그런 데다 눈동자 색도 바꿀 수 있다면 다른 사람은 비슷하게 생긴 타인이라고 판단할 겁니다."

"그렇지. 신분 위장에 최적이야. 아쉽게도 만드는 법은 가르쳐주지 않았지만."

어깨를 움츠리는 지올드에 이어 트리스도 어깨를 축 떨궜다.

"만드는 법은 안 된다고 해도 약 자체를 나눠달라고 할 수는 없을까? 최소 개인이 사용하는 정도라면."

문득 생각났다는 듯 눈을 빛내는 라이언의 말에 트리스가 질색했다.

"개인적으로 사용한다니, 어디에 쓸 생각이십니까. 그렇지 않아도 잠행이라면서 몰래 빠져나가는 바람에 고생하는데 좀 봐주시죠."

휴식이라면서 몰래 마을로 내려가는 라이언 때문에 애를 먹는 트리스로서는 흘려들을 수 없는 말이었던 건지 분위기가 팽팽해졌다.

"뭐 숲의 백성의 비전약을 그리 쉽게 나눠줄 리가 없겠지. 약 하니 말인데, 미샤도 약을 조제하지? 지올드가 봤을 때 어땠어?"

재차 날아오르려는 설교의 기척을 느끼고 불리함을 알아차린 라이언은 화제를 바꾸는 걸 선택했다.

"네. 상처약 같은 걸 몇 개 나눠 받았는데, 우리나라의 약보다 효과가 좋았습니다."

트리스의 설교가 시작하면 길어진다는 걸 아는 지올드가 도와주듯 화제 전환에 편승했다. 죽이 척척 맞는 주종의 대화에 한숨을 쉬면서도 흥미가 있었던 트리스도 말을 삼켰다.

그렇게 보고라는 이름의 잡담은 '이제 그만 일하세요!'라는 트리스의 불호령이 떨어질 때까지 계속 이어졌다.

3 왕성의 만남

"어디~ 차도 마시고 잘 쉬었으니 국왕 폐하를 만날 준비라도
하자."

미샤의 짐을 정리하기 위해 분주하던 실내가 차분함을 되찾자 미
란다가 짝 손뼉을 쳤다.

"준비……?"

마지막 과자를 입 안으로 집어넣은 미샤는 우물우물 씹으면서 고
개를 갸웃거렸다.

마치 다람쥐처럼 귀여운 동작에 눈을 휘면서도 미란다는 근엄하
게 끄덕였다.

"그래. 알현하는데 그 옷차림은 영."

그 말에 미샤는 자신이 입은 원피스를 내려다보았다.

짙은 남색의 심플한 원피스는 확실히 미샤 또래의 소녀가 입기에
는 수수하지만, 옷감도 고급이고 풍성한 플레어스커트가 호화롭다.

"그 원피스도 예쁘지만, 정식 자리에는 역시 드레스를 입어야지.
머리카락도 바닷바람을 맞아서 끈적거리고 헝클어졌으니까 한 번
목욕하고 나와. 그 사이에 옷을 준비해놓을게."

미란다는 쫓아내듯이 미샤를 욕실로 집어넣었다.

어느새 부탁한 건지 욕조에 뜨거운 물이 가득 담겨 있었다.

어머니가 입욕을 즐겼기 때문에 숲속 오두막에도 호화로운 욕실
이 있었다.

미샤도 목욕은 좋아하니까 거부감은 없지만…….

"저기…… 저 혼자서 할 수 있으니까 괜찮아요."

미샤는 옆에서 도와주려고 손을 뻗는 시녀에게서 도망쳤다.

혼자 옷을 갈아입을 수 있게 된 뒤로는 어머니와도 같이 목욕한 적이 없었으니 목욕 시중을 받는 건 불편했다. 어느 정도 나이가 찬 소녀답게 처음 만난 사람에게 피부를 보여주는 것도 부끄럽다.

빨개져서 도망치는 미샤와 직무를 완수하려는 시녀들의 공방은 욕조에 넣을 허브를 가져온 미란다의 손에 마침표가 찍혔다.

"미샤, 이 향을 싫어하는 게 아니라면 욕조에 넣어. 그리고 너희들. 여기는 됐으니까 저기서 나를 도와줘."

시원스러운 지시에 시녀들은 조금 아쉬워하면서도 떠나갔다.

자신이 부탁했을 때는 꼼짝도 하지 않았던 시녀들이 손바닥을 뒤집듯 태도를 바꿔버리자 미샤는 털썩 무릎을 꿇었다.

그 모습을 보고 웃은 미란다가 등을 팡팡 두드리며 위로해주었다.

"다들 미샤를 귀여워하고 싶어서 안달이 난 거야. 아까까지 내가 독점하고 있었잖아. 목욕하고 나오면 조금 교류해봐. 앞으로 신세 지게 될 사람들이니까, 여기까진 되고 여기부턴 안 된다 같은 선은 확실하게 그어 놔야지."

미란다는 쿡쿡 웃으며 허브 주머니를 욕조에 휙 던져 넣었다.

부드러운 향기가 솔솔 피어올랐다.

"진정 효과와 피부가 매끄러워지는 작용이 있어. 다음에 만드는 법을 가르쳐줄게."

드디어 혼자가 된 미샤는 빠르게 옷을 벗은 뒤 가볍게 샤워한 후 욕조에 들어갔다.

상큼한 허브 향기와 달콤한 꽃향기. 물을 휘휘 젓자 살짝 끈기가 있는 것 같기도 했다.

만족스러움에 '후우……' 하는 한숨이 새어 나왔다.

몸을 쭉 펼 수 있을 만큼 넓은 욕조는 무척 기분 좋다. 미샤는 무의식중에 굳어있던 근육을 주무르며 천천히 풀어주었다.

이만큼 넓은 욕조에 뜨거운 물을 받는 건 참 힘들었을 것이다.

미샤는 목욕하는 걸 도와주는 건 곤란하지만, 나중에 꼭 고맙다고 인사하기로 결심했다.

긴 백금색 머리카락이 물속에서 살랑살랑 흔들리는 걸 멍하니 바라보았다.

같은 색을 지닌 어머니를 떠올리면 불현듯 눈물이 치밀어오를 것 같다.

아버지가 다쳤다는 소식에 숲속의 집에서 나온 게 아직 석 달도 지나지 않았다니 믿어지지 않는다.

어머니의 죽음에서 도망치듯 이런 곳까지 와 버렸다.

여유가 없으면 깊게 생각하지 않아도 되니까 아버지의 저택에서 지내는 생활에 적응할 새도 없이 뛰쳐나온 여행길은 마침 좋았다.

하지만 가슴을 조이는 쓸쓸함은 이렇게 불현듯 미샤를 덮치고 움직이지 못하게 만든다.

이 외로움을 받아들일 수 있는 날이 언제일까. 미샤는 따뜻한 물을 휘저으며 생각했다.

언젠가 평온한 마음으로 어머니와의 추억을 그리워할 수 있게 될까?

문득 떠올리는 어머니의 얼굴이 마지막으로 봤던 창백한 낯이 아니라, 정말 좋아했던 미소가 되는 날이…….

"미샤, 슬슬 나와."

멍하니 있는 사이에 상당한 시간이 지난 모양이다.

문밖에서 들린 미란다의 목소리에 미샤는 정신을 차렸다.

서둘러 머리카락과 몸을 씻은 뒤, 구석에 놓여있던 뚜껑 달린 물통을 가져와 샤워용의 깨끗한 물로 몸을 헹궜다.

수건으로 머리카락의 물기를 털자 몸에서 은은한 허브향이 났다. 목욕물의 향기가 옮을 정도로 오래 넣을 놓고 있었다는 걸 깨달은 미샤는 어깨를 축 떨궜다.

'지금이 따뜻한 계절이라 다행이야. 도착하자마자 감기라도 걸리면 큰일인걸.'

우선 옷을 갈아입자.

부드러운 옷감으로 만들어진 심플한 하얀색 원피스를 입은 뒤 미샤는 드디어 욕실을 나왔다.

"이리로 와."

미란다가 커다란 화장대 앞에 놓인 의자에 앉으라고 한 뒤 차가운 물을 건넸다.

민트 잎이 떠 있어서 상큼한 냄새가 코를 찔렀다.

"머리카락을 정돈하겠습니다."

즉시 등 뒤에 있던 시녀가 미샤의 손에서 수건을 가져갔다.

순간 당황했지만 미란다가 눈으로 제지해서 포기했다.

허리 부근까지 내려가는 긴 머리카락은 확실히 혼자서 말리려고 하면 중노동이다.

평소에는 어느 정도 물기를 닦은 뒤엔 자연 건조로 내버려 두는데, 왕을 만나는데 그런 꼴로 갈 수도 없다는 건 물정에 어두운 미샤라고 해도 상상이 갔다.

"무척 아름다운 머리카락이시네요. 색도 윤기도…… 감촉도 찰랑찰랑해서 계속 만지고 싶어질 정도입니다. 게다가 마치 머리카락 자체에서 빛이 나는 것처럼 반짝거리는 것처럼 보여요. 신기해라……."

황홀한 얼굴로 미샤의 머리카락을 수건 사이에 끼워 세심하게 말려주는 시녀는 불타는 듯한 빨간 머리카락을 목 뒤에서 한 갈래로 묶고 있었다.

"당신의 빨간 머리카락도 아주 예뻐요. 샐리 꽃 같아."

여름에 피는 크고 빨간 꽃잎이 특징인 꽃의 이름을 꺼내자 시녀는 조금 간지럽다는 듯 웃었다.

"저는 미샤입니다. 이름을 물어도 괜찮을까요?"

"저는 티아입니다. 저 같은 시녀에게 그렇게 존댓말을 하시지 않아도 괜찮습니다."

웃으며 대답하는 티아의 말에 미샤는 난처한 듯 어깨를 움츠렸다.

"저는 이런 생활을 한 적이 없어서 그렇게 말씀하시면 오히려 곤란해요. 티아 씨는 연상인 것 같은데. 규칙 같은 문제라면 사람들의 눈이 없을 때만이라도 평범하게 해도 괜찮을까요? 저한테 말씀하실 때도 격식을 차리는 게 아니라 평범한 게 좋아요. 너무 정중하게 대하면 벽이 느껴져서 좀 외로우니까요. 티아 씨…… 만이 아니라, 다들."

쓸쓸하게 미소 짓는 소녀의 말에 그 자리에 있던 사람들은 심장이 꿰뚫린 기분이었다.

위로하고 달래고 뭐든 해달라는 대로 해줘서 그 쓸쓸한 얼굴을 환한 미소로 바꾸고 싶다. 그런 충동이 치밀어 올랐다.

미란다가 참을 수 없다는 듯 미샤를 와락 끌어안았다.

"그래. 계속 같이 있는데 남 같은 태도는 쓸쓸하지. 친하게 지내자."

어깨 너머로 그 자리에 있던 두 명의 시녀와 구석에 서 있는 집사복의 남자를 향해 생긋 웃었다.

목소리는 쾌활하지만, 눈은 웃지 않고 있다.

그 눈동자는 '이렇게 귀여운 미샤의 부탁을 설마 거절하진 않겠지?'라고 웅변하고 있었다.

이미 미샤의 매력에 푹 빠져있던, 아직 어린 티아는 바로 고개를 끄덕였다.

"미샤 님께서 원하신다면 기꺼이!"

티아보다 조금 나이가 있는 시녀는 망설이듯 시선을 배회한 뒤 작게 무릎을 굽혀 동의했고, 집사복의 남자도 잠시 침묵한 후 살짝 고개를 끄덕여 동의를 표했다.

"그럼 옷을 갈아입고 예쁘게 꾸미자. 알현한 뒤에 조금 이른 만찬에 초대받았거든."

생긋 웃는 미란다의 목소리가 끝나자마자 두 명의 시녀가 움직이기 시작했다.

드레스로 갈아입고 머리카락을 맡긴 사이 티아 말고 다른 시녀가 '이자벨라', 집사는 '키노'라는 것. 티아가 16살이고 이자벨라는 22

살이자 기혼이라는 걸 알았다.

처음 입는 정식 드레스는 조금 답답했다.

짙은 암청색 드레스는 조금 광택이 나는 재질로, 잘 보면 같은 색의 실로 자수가 놓여있었다. 허리 부분은 조금 높은 위치에 폭이 넓은 리본을 묶었고, 스커트는 개더와 드레이프를 가득 넣어 풍성하게 퍼진다. 목둘레와 소매, 스커트 밑단에는 섬세하게 짜인 하얀 레이스를 달아 어두운색인 드레스에 화사함을 더해주었다. 악센트로 드레스와 같은 색의 보석을 군데군데 꿰매어 미샤의 움직임에 맞춰서 반짝반짝 빛을 흩뿌렸다.

얼핏 얌전해 보이지만 보는 사람이 본다면 정성과 시간이 들어간 호화로운 의복이라는 걸 알 수 있다.

성에 도착했을 때 입은 원피스와는 완전히 대극에 있는 이 드레스를 보면 미샤가 공작가에서 얼마나 귀한 대우를 받는지 바로 알 수 있으므로 무시당하지도 않을 것이다.

그건 멀리 떨어진 땅에 보내야만 하는 사랑하는 딸을 위해 아버지가 최선을 다한 지원이었다.

미샤와는 다르게 상대의 복장으로 가치를 가늠하는 인간이 있다는 걸 잘 아는 미란다는 만족스럽게 미소 지었다.

이런저런 뒷사정은 제외하고 봐도 소위 프린세스 라인으로 불리는 그 드레스는 아직 성인이 되지 않은 미샤에게 잘 어울렸다.

그리고 반묶음으로 올리고 나머지는 등에 자연스럽게 늘어트린 백금빛 머리카락이 어떤 보석보다 아름다운 광채를 더해주었다.

오히려 색이 진한 드레스 덕분에 머리카락이 한층 아름답게 보인다.

꼼꼼하게 빗질하고 기름을 발라 광택을 더한 머리카락은 찰랑찰랑해서 무심코 만져보고 싶은 매력이 흘렀다.

마지막으로 핑크 다이아몬드를 박은 꽃 모양 초커와 귀걸이를 달고, 약하게 화장을 하면 완성이다.

거울 속 소녀는 부끄러운 듯 희미하게 웃으며 그 눈동자에는 당황을 머금고 있었다.

무심코 끌어안고 싶어질 정도로 보호본능을 자극하는 표정에 미란다와 티아의 얼굴이 히죽거렸다.

"어쩐지 내가 아닌 것 같아서 이상한 느낌."

여느 때보다 조금 붉은 입술이 풋풋한 매혹을 연출하며 미샤를 조금 어른스럽게 보여주고 있었다.

"자, 조금 더 시간이 있는 것 같으니 미샤는 소파에서 쉬고 있어. 나도 간단히 옷을 갈아입고 올 테니까."

미란다가 생긋 웃으며 소파로 유도하긴 했으나, 익숙하지 않은 드레스로는 더럽힐지도 모른다고 생각하니 무서워서 차도 마실 수가 없었다.

게다가 그리 세게 조인 건 아니라고 해도 처음으로 입은 코르셋은 충분히 갑갑했다.

그 결과 편안하게 기대지도 못하고 소파에 어울리지 않게 반듯한 자세로 앉게 되었다.

심지어 파니에가 방해되어서 아마 이 낮은 소파에서 혼자 일어나지도 못할 것이다.

"……공주님은 힘들구나. 존경스러워."

저도 모르게 한숨을 쉬자 티아와 이자벨라가 웃었다.

"뭐, 익숙해지면 괜찮을 거예요."

"무척 잘 어울리세요."

아직 성인이 아닌 소녀이니 정복 차림에 익숙하지 않을 거라며 호의적으로 해석하고 격려해주는 티아와 이자벨라를 향해 미샤는 난처한 듯 웃었다.

'익숙해질 만큼 이런 옷을 입고 싶지 않아.'

본심이 머리를 스쳤지만, 미샤는 현명하게도 입 밖에 내지 않았다.

그때 무언가가 스커트를 살며시 건드리는 감각이 들어 시선을 아래로 내렸다.

"끼웅."

거기에는 어딘가 당황한 얼굴로 미샤를 올려다보는 렌이 있었다.

"왜 그래? 렌."

"앗, 안 됩니다. 드레스에 털이 묻어버리니까요."

평소와 상태가 다른 렌을 보고 의아하게 생각한 미샤가 손을 뻗기 전에 티아가 재빨리 렌을 안아 들었다.

"끙, 앙!"

갑자기 품에 안긴 렌은 불평하듯 짖었지만 버둥거리지는 않았다.

"많이 친해졌네."

경계심이 강해서 레드포드로 향하는 여행 도중에도 지올드나 다른 기사들이 몸을 건드리게 해줄 때까지 제법 시간이 걸렸다.

그런데 만난 지 얼마 되지 않은 티아가 안아 들어도 저항하지 않고, 항의하는 소리도 어딘가 어리광을 부리는 것처럼 들렸다.

"제 본가는 시골의 남작가인데, 사냥개를 키우는 게 생업이라서

개를 다루는 건 익숙하거든요. 그래서 미샤 님이 입욕하시는 동안 교류했죠."

"……사냥개."

확실히 설마 야생 늑대를 주워와서 데리고 다니는 줄은 모를 테지만, 개로 대하는 게 렌의 기분상 괜찮은 건지 염려하며 미샤는 렌을 쳐다보았다.

하지만 티아의 품 안에서 얌전히 있는 렌은 은근히 좋아하는 것처럼 보였다.

"……렌 바람둥이."

"컁?!"

앞으로 여기에 머무르는 동안 신세 지게 되는 사람들이니 친해지는 건 좋은 일이다.

하지만 어쩐지 심통이 나서 툭 중얼거린 미샤의 말에 렌이 눈을 부릅떴다.

처음 온 장소에서 미샤가 입욕하느라 없어지고, 아는 사이인 미란다도 어쩐지 바빠 보였기에 혼자 남은 렌은 조금 불안했었다.

그런 렌의 상태를 알아차린 티아가 미란다의 허락을 받아 미샤가 사용하던 손수건을 가져와 주었다. 미샤의 냄새에 조금 마음이 편안해진 렌에게 말린 고기(짜지 않았어! 맛있었어!)를 가져다주었다. 그 절묘한 타이밍에 마음을 열지 말라는 게 무리다. 그걸 비난하다니 너무 뜻밖이다.

애초에 미샤에게 느끼는 감정과는 전혀 달랐다.

렌에게 티아의 존재는 '눈치도 좋으니까 시중 담당으로 인정해줄 수도 있지'라는 수준이었다.

"캉! 앙!! 아우웅~~!!"

"앗! 왜 그러세요? 렌 님."

오해를 풀려고 필사적으로 호소하며 버둥거리자 티아는 놓칠 뻔해서 깜짝 놀랐다.

그 품에서 도망쳐 멋지게 착지한 렌은 곧장 미샤에게 달려갔다. 하지만 도착하기 전에 이번에는 다른 손에 들려 올라갔다.

"안 됩니다. 아가씨의 드레스가 더러워진다고 했죠?"

귓가에서 살며시 속삭이는 목소리에 렌은 우뚝 굳었다.

절대 거친 목소리는 아닌데도 털이 확 곤두섰다. 어째서인지 거역하면 안 된다고 야생의 감이 소리치고 있었다.

"조금 전의 이상한 행동은 아마도 아가씨가 낯선 모습을 하고 있었기에 혼란스러웠던 모양입니다. 실례지만 입욕으로 체향이 흐려진 데다 입욕제의 향기로 미샤 님이 맞는지 헷갈렸던 게 아닌지 추측됩니다."

"그런 거야? 렌."

어째서인지 키노의 품속에서 얼어있는 렌을 살펴보는 미샤를 렌은 매달리는 듯한 얼굴로 바라보았다. 귀가 납작하게 내려가고 눈이 울먹울먹했다.

"화 안 났어. 깜짝 놀랐구나. 나도 심술부려서 미안해. 티아 씨에게 질투했어."

"끄우웅."

부드러운 털을 조심스레 쓰다듬자 렌이 서럽게 울었다.

미샤가 얼굴을 다져가자 렌이 미샤의 코끝을 날름 핥았다.

쿡쿡 웃은 미샤가 렌의 코에 자신의 코를 살며시 비볐다.

"화해하자."

"앙!"

렌이 귀를 뾰족하게 세우고 힘차게 대답했다. 그리고 여느 때처럼 미샤의 품에 안기기 위해 뛰어들려다가 자신의 몸이 움직이지 않는다는 걸 깨달았다.

우악스럽게 힘을 줘서 잡고 있는 것도 아닌데 어째서인지 키노의 품속에서 조금도 도망칠 수 없었던 렌은 다시 풀이 죽어 귀가 축 내려갔다.

"아가씨는 정복을 갖추셨습니다. 털이 묻는 행위는 허락할 수 없습니다. 만찬회에서 돌아오실 때까지는 저로 참으시지요."

무표정이긴 하나 렌의 머리를 쓰다듬는 손은 다정하다.

하지만 렌의 표정은 계속 어두웠다. 어쩐지 이 사람은 무섭다며 꼬리가 다리 사이에 숨어서 나오질 않았다.

"저기~ 키노 씨. 제가 상대할게요."

확연히 스트레스를 느끼는 모습인 렌을 보고 안쓰러워진 티아가 조심스레 손을 들었다.

"그렇게 하시겠습니까?"

키노는 아쉽다는 듯 렌을 넘기려고 했으나, 렌은 그 틈을 타고 키노의 품에서 뛰어내린 뒤 방의 구석으로 터덜터덜 가 버리고 말았다.

그곳에는 렌을 위해 여러 개의 쿠션과 모포로 아늑하게 만들어둔 침상이 있었다. 거기에 놓인 미샤의 손수건을 코 밑에 깔고 엎드린 뒤 눈을 감았다.

"렌?"

미샤의 목소리에 꼬리를 한 번 흔들었지만 눈은 계속 감고 있다.

아무래도 그대로 한숨 잘 생각인 모양이었다.

"다들 막는 데다 옆에 있으면 뛰어들고 싶어지니까 거리를 둔 것뿐이겠지. 걱정하지 않아도 괜찮아. 렌은 똑똑하니까."

그렇게 말하며 욕실 방향에서 나온 미란다는 티아나 이자벨라처럼 시녀복 같은 드레스를 입고 있었다.

"미란다, 그렇게 입고 갈 거야?"

"그래. 잘 어울려?"

눈이 휘둥그레진 미샤를 향해 미란다는 생긋 웃은 뒤 한 바퀴 빙글 돌았다.

발목이 가려질 정도로 길긴 하지만 파니에를 넣어 부풀리지 않은 드레스는 무척 움직이기 편해 보였다. 아무래도 미란다는 시녀 흉내를 계속할 모양이었다.

"······좋겠다. 나도 저게 좋은데."

공주님처럼 예쁜 드레스는 기뻤지만, 익숙하지 않은 압박감을 동반하기에 미샤는 벌써 질리기 시작했다. 더불어 렌이 당황하며 쳐다본 데다 껴안는 걸 금지당한 것도 컸다.

"아직 시작도 안 했는데 벌써 엄살이야?"

"하지만 이걸 입고 밥을 먹을 수 있을 것 같지 않아."

미란다는 우는소리를 흘리는 미샤의 머리를 살며시 쓰다듬었다.

"그래. 알현이 끝나면 아예 코르셋을 벗겨줄게. 원래 미샤의 체형에는 굳이 조일 필요도 없었고, 드레스의 디자인을 봐도 문제없을 거야."

미란다가 벽 앞에 있는 이자벨라와 티아에게 힐끗 시선을 주자 두 사람은 고개를 끄덕였다.

원래 혈류가 나빠지고 골격을 뒤틀 가능성이 있는 코르셋에 부정적이었던 미란다는 만족스러워하며 주억거렸다.

건강을 해치면서까지 미를 추구하는 근성은 감탄스럽지만, 찬성할 수 있냐고 한다면 별개의 문제다. 그것 말고도 체형을 교정하는 방법은 있으니 다른 방향으로 근성을 보여주면 된다고 생각했었다.

심지어 미샤는 성장기의 어린아이다. 식사도 만족스럽게 먹지 못하는 건 학대다.

"모처럼 성에서 먹는 진수성찬인걸. 맛있게 먹고 싶지."

"응! 폐하를 알현할 때만이라면 참을 수 있을 거야!"

미란다가 싱긋 웃자 미샤도 기쁘다는 듯 미소를 돌려주었다.

조금 흐트러진 미샤의 앞머리를 고쳐주고 한 걸음 물러난 미란다는 달리 부족한 건 없는지 미샤의 전신을 확인했다.

"마치 달의 여신처럼 예뻐. 처음이 중요한 법이니까 가슴 잘 펴고."

미샤의 긴장을 풀어주듯 등을 살며시 쓰다듬는 미란다의 손길에 미샤는 등을 곧게 펴고 웃었다.

"음, 완벽해. 미샤."

그날 레드포드 왕국 왕성의 알현실에는 나라의 주요 귀족들이 모여있었다.

이웃 나라에서 공작가의 영애가 도착했다는 소식을 듣고 몰려든 사람들이다.

본래 왕의 측실로 이야기가 오갔으나, 우여곡절 끝에 손님으로 초대하는 것으로 변경되었다.

아직 미성년자이기 때문에 피로연 같은 건 딱히 예정하지 않았다.

이 사실은 널리 알려져 있었으나, 아직도 미혼인 '왕의 측실'이라는 이야기가 나온 소녀가 도착했다니 좋게도 나쁘게도 호기심을 자극당해 모여든 사람들을 모두 돌려보낼 수가 없었기 때문이었다.

정확하게는 어느 정도 지위가 있고 공헌도 한 사람들을 함부로 대할 수도 없지만 한 명 한 명 상대하는 것도 귀찮아진 라이언이 급히 알현실에 참관하는 걸 허락했다.

그 대신 조용히 있어야 하며 교류 시도는 아직 허락하지 않겠다고 엄명해두었다.

귀가 밝은 자들은 그 소녀가 '숲의 백성'과 인연이 있는 인물이라는 소문까지 파악했으며, 진위를 확인하려는 속셈도 있었다.

그런 사람들에게는 우선 겉으로 확인하는 것만으로도 충분했기에 얼핏 불만이 있을 법한 조건도 불문이 되었다.

섣불리 말을 걸었다가 그 자리에서 쫓겨나는 게 더 곤란하기 때문이다.

그 결과 희망자가 늘어나 예정했던 방에 들어가지 못하게 되어서 급히 알현을 위해 마련된 홀에는 말없이 서 있는 남자들이 빼곡하게 들이찼다.

알현실의 문이 천천히 열리고 안으로 들어온 소녀의 모습에, 옥좌 위에 앉아있던 라이언의 눈이 살짝 커졌다.

짙은 남색 드레스에 투명하리만치 하얀 피부와 연한 백금발이 대비된다.

조금 불안한 듯한 기색을 머금은 눈동자는 아름다운 숲의 색을 고스란히 옮겨놓은 것 같은 짙은 녹음의 색. 희미하게 붉은 뺨과 연한 화장으로 물들인 입술이 그 나이대의 풋풋한 싱그러움을 보여주고 자연스럽게 시선을 끌어당겼다.

숲의 요정이 모습을 드러낸다면 이런 모습이 아닐까?

그런, 자신답지 않은 생각이 라이언의 뇌리에 떠오를 만큼 소녀의 아름다움은 비현실적으로 보였다.

소중히 손바닥 안에 두고 지켜주고 싶어지는 듯한, 반대로 마구 망가트리고 싶어지는 듯한…….

비슷하게 느낀 사람도 많은 모양이었다. 알현실에서 노골적으로 목소리를 내는 불경한 자는 없었지만 공기가 술렁거리는 느낌이 들었다.

어딘가 긴장된 분위기 속에서 좌우로 즐비한 귀족들 사이, 옥좌까지 이어진 외길을 소리 없이 걸어온 소녀는 한 칸 높이 올려놓은 옥좌 앞에서 무릎을 굽히고 고개를 숙였다. 긴 머리카락이 사르르 흘러내리며 가느다란 목덜미가 드러났다.

마치 심지가 들어가 있기라도 한 듯 곧은 자세가 아름다운 커트시는 극상의 품격을 보여주었다. 낮게 상체를 내린 자세는 우아하게 보이지만 실제로는 자세를 유지하려면 근육이 필요하다.

하지만 소녀의 자세는 과하지도 부족하지도 않게 내려갔으며 그럼에도 조금의 흔들림도 보이지 않았다.

많이 본 광경인데도 어째서인지 무척 우아해 보이는 소녀를 내려다보며 라이언은 살며시 호흡을 흘렸다.

"고개를 들어라. 긴 여행 수고가 많았다."

무겁게 울리도록 계산된 목소리로 말을 건네자 소녀가 고개를 들었다.

굴러떨어지는 게 아닌가 걱정이 될 정도로 커다란 눈동자가 라이언을 똑바로 바라보았다.

"블루하이츠 왕국 린드버그 공작가의 딸, 미샤라고 합니다. 초대해주셔서 감사합니다."

낭랑하고 맑은 목소리가 조금 어색하면서도, 아마도 누군가 가르쳐준 대로 인사를 읊었다.

그 나이에 어울리는 모습에 흐뭇함을 느끼면서도 라이언은 너그럽게 고개를 끄덕였다.

"갑작스러운 초대를 받아들인 것을 감사히 여긴다. 무언가 불편한 점이 있다면 기탄없이 말해다오. 최대한 대처하도록 하지."

느릿하게 웃자 수줍은 미소가 돌아왔다.

말 뒤에 숨겨진 뜻을 파헤치려고 하지 않는 솔직한 반응에 라이언은 눈앞의 소녀가 정말 귀족사회에서 격리되어 자랐다는 걸 느꼈다.

그 눈동자는 더없이 맑았고, 다소 불안한 색은 있어도 그 안에 두려움이나 아첨은 없었다.

곧은 시선을 기분 좋게 느낀 라이언은 어느새 만들어진 것이 아닌 자연스러운 미소를 짓고 있었다.

지올드에게서 들은 여행 이야기가 뇌리를 스쳤다.

솔직하고 노력가. 호기심이 왕성하며 곤경에 처한 사람을 위해서는 노력을 아끼지 않고, 자신이 지닌 모든 걸 주려고 하는 선량함.

그건 귀족사회에서 좋게도 나쁘게도 이어지는 두뇌전과 수 싸움에 지쳐있던 라이언의 마음을 보드랍게 다독여주는 이야기였다.

　"이래저래 생각하는 바는 있겠지만 우리나라를 즐겨주길 바란다, 미샤. 편안히 지낼 수 있도록 다들 신경 쓰도록."

　"명 받들겠습니다."

　예상치 못하게 날아온 화살에 그 자리에 있던 귀족들은 일제히 가슴에 손을 올리고 가볍게 머리를 숙였다.

　등 뒤에서 낮게 울리는 목소리가 마치 하나의 소리처럼 깔끔하게 겹치자 놀란 미샤는 눈이 휘둥그레져서 뒤를 돌아보고 싶은 충동을 꾹 참았다.

4 마음이 편안한 장소

그 후 한두 마디 대화를 나눈 뒤 알현은 끝났다.

무슨 일이 일어날지 조마조마했던 미샤는 정말로 얼굴을 보고 인사만 하는 게 전부이자 허탕을 친 듯한 기분이 들었다.

'우선 블루하이츠의 폐하와 아버지가 맡긴 헌상품 목록은 건넸으니까 괜찮겠지.'

한번 방으로 돌아와 약속대로 갑갑한 코르셋에서 해방된 미샤는 안도의 숨을 내쉬었다.

'이젠 만찬회인가……. 몇 명밖에 없는 가벼운 식사 자리라고 했지만, 예법 괜찮으려나.'

여행을 떠나기 전에 주입식으로 교육받을 때는 문제가 없었고, 미란다도 보증해주긴 했으나 상대는 일국의 왕이다.

조금 우울한 기분으로 식사를 위해 아까와는 다른 방으로 안내받은 미샤는 눈을 깜빡였다.

미란다가 '만찬'이라고 해서 긴장했는데, 이번에 온 방은 알현실보다 훨씬 아담한 방이었다.

기껏해야 일반가정의 응접실 정도.

중앙에 둥근 테이블이 있고, 그걸 둘러싸듯 의자가 몇 개 놓여있었다.

"이쪽으로 오십시오."

안내를 위해 앞장섰던 키노가 그 의자 중 하나를 스윽 당겨서 앉으라고 권했다.

"감사합니다."

반사적으로 인사하며 의자에 앉았다.

같은 타이밍에 맞은편 의자에 라이언이 앉는 것이 보였다.

"미란다 님도 앉으시지요."

키노가 미샤 바로 옆 의자를 당겨 미란다에게 앉으라고 권유했다.

미샤의 뒤를 따라왔던 미란다는 조금 생각에 잠긴 뒤 순순히 앉았다.

그러자 재상 트리스가 요리가 가득 실린 카트를 손수 밀면서 들어왔다.

그 뒤에는 음료와 잔을 든 지올드가 따라왔다.

'서빙은 보통 메이드가 하는 거 아니었어?'

바로 옆에 붙은 키노가 접시를 세팅하기 시작하는 걸 보고 미샤는 그 광경에 눈을 깜박였다.

"정찬에서는 접시가 하나씩 나오지. 하지만 그렇게 하면 편안하게 먹을 수 없고 느긋하게 대화도 못 할 테니까. 사실은 피로연 만찬회도 기획했었는데 측실이 아니라 '유학'이라는 형태가 되었으니 너무 대대적으로 맞이하는 것도 이상하잖아?"

어리둥절한 미샤가 재미있었던 건지 라이언이 쿡쿡 웃으며 설명해주었다. 그런 라이언도 조금 전과는 다르게 조금 간소한 복장을 입고 표정도 자연스러워 보였다.

"오늘은 정말로 가까운 사람들만 모였어. 사실은 여동생이 있는데, 몸 상태가 좀 안 좋아서. 나중에 소개하지."

그런 대화가 오가는 사이에 세팅이 끝난 건지 빈 자리에 트리스와 지올드가 앉았다.

키노만이 입구 부근에 있는 음료 카트 옆에 서 있었다.

"그럼 다시금, 우리나라에 온 것을 환영한다. 이 만남이 서로에게 유익하기를 기원하며."

라이언이 잔을 가볍게 들어 올리자 식사가 시작되었다.

예쁘게 플레이팅된 접시들이 미샤 앞에 놓여있다.

전채며 빵, 수프, 메인디시까지 이미 다 나와 있었다.

미샤는 조금 망설인 뒤 살며시 수프를 먹었다.

끈기가 없는 유백색 수프는 차가운 감자 수프였다. 감자와 우유의 은은한 단맛이 목을 타고 넘어갔다.

그 소박한 맛에 미샤의 몸에서 힘이 슥 빠졌다.

"맛있어요."

미샤의 얼굴에 자연스러운 미소가 퍼졌다.

긴장이 사라진 그 표정에 곁눈질로 살펴보던 어른들이 안도의 숨을 내쉬었다.

"거봐, 내가 그랬지? 미샤는 맛있는 걸 먹으면 기분이 좋아져."

이 안에서 가장 오래 알고 지낸 지올드가 히죽히죽 웃으면서 의기양양한 얼굴로 고개를 끄덕였다.

"그…… 그렇지 않거든!"

뺨이 확 붉어진 미샤가 반사적으로 반론하는 모습에 주변에서 웃음이 터졌다.

왕 앞에서 실례를 저질렀다며 입을 틀어막고 빨개진 얼굴로 쩔쩔매던 미샤도 결국은 그 웃음소리에 동화되어 같이 웃어버렸다.

그 후에는 평온한 분위기 속에서 식사가 이어졌다.

"그러고 보면 미란다 님. 당신도 '숲의 백성'의 일원이시죠?"

문득 생각났다는 듯 트리스가 질문을 던졌다.

미란다는 입가를 냅킨으로 닦으며 지올드를 힐끗 쳐다보았다.

지올드가 어깨를 으쓱한 뒤 고개를 저었다.

"음, 그렇죠. 저는 일족의 일원입니다. 방랑파가 아니라 보조역이지만요."

"……보조, 라고요?"

뜻밖의 단어에 트리스는 고개를 갸웃거렸다.

처음 듣는 이야기에 미샤까지 눈을 반짝반짝 빛내며 이쪽을 보고 있다는 걸 알아차린 미란다는 쿡쿡 웃으며 고개를 끄덕였다.

"다들 자유롭게 돌아다니기만 하면 문제가 많이 발생한다는 걸 알고 있으니까요. 최소한의 연락 지점으로서 몇 군데 거점을 만들어둡니다. 밖으로 나가는 자의 규칙으로서 생존 확인을 위해 정기적으로 거점에 방문하라는 게 있는데요……. 뭐, 지키는 사람이 드물죠."

"그런 장소가 있었습니까. 확실히 약초 상점을 경영하고 있었다고 들었는데, 다른 장소에도?"

흥미롭다는 듯 물어보는 트리스에게 미란다는 고개를 저었다.

"꼭 그런 건 아니에요. 저도 이번에 우연히 그랬던 것뿐이라서요. 미샤가 관심을 보이고 들러준 게 행운이었죠."

미란다는 부드러운 미소를 지으며 미샤를 바라보았다. 그 미소는 뚜렷한 애정을 외치고 있었다. 그 시선에 미샤도 수줍게 웃었다.

"어디에 있는지, 누가 그 역할을 맡고 있는지 알려드릴 수는 없습니다. 그건 일족의 규정을 위반하니까요. 여기에 제가 있는 것도 사실은 그리 좋은 일은 아닙니다. 따라서 저를 미샤의 시녀 정도로 생각해주시면 감사하겠습니다."

미란다는 이 이상의 질문에 대답할 마음은 없다고 단호하게 선을 그었다.

그 확고한 태도에 트리스와 라이언은 쓴웃음을 지었다.

일단은 일국의 왕을 앞에 두고도 이렇게까지 대놓고 'NO'를 들이밀 수 있는 사람은 거의 없다.

어떤 상대에게도 아첨하지 않는다는 소문은 헛소문이 아닌 모양이다.

라이언이 슬쩍 눈짓을 보내자 트리스도 이 이상의 질문은 거두었다.

"우리 재상은 호기심이 왕성하거든. 기분이 상했다면 사과하지."

자연스럽게 사죄를 입에 담은 라이언을 보고 미란다의 눈썹이 살짝 올라갔다.

아무리 사람을 물린 사적인 공간이라고 하나 왕이 직접 사과를 언급하는 건 이례적인 일이다.

일단 머리를 숙이지 않은 만큼 세이프일지도 모르지만, 그 부분에 깐깐해 보이는 트리스도 아무런 반응이 없는 걸 보면 이 멤버 내에서는 자주 있는 일이라고 미란다는 판단했다.

"미샤는 무언가 바라는 게 있어? 해 보고 싶은 일은?"

갑자기 화제가 날아온 미샤는 당황해서 입에 있던 게 목을 틀어막을 뻔하는 바람에 급히 물을 마셨다.

미란다가 손을 뻗어 등을 살며시 문질러 주었다.

"그게……."

지올드를 힐끔 쳐다보자 '지금 말해~'라고 하듯 생글거리며 작게 손을 흔들고 있었다.

"저…… 커다란 도서관이 있다고 들었습니다. 거기에 가 보고 싶어요. 모르는 걸 조사하는 것도 책을 읽는 것도 좋아하거든요."

숲속의 집에는 아버지가 선물로 가져다준 책이 많이 있었다.

기본적으로 책은 한 장 한 장 필사로 옮기기 때문에 책 자체가 고가인 만큼 귀족이라고 해도 어떤 것은 좀처럼 입수할 수 없어서, 읽고 싶을 때는 대여점을 이용하거나 도서관에 가는 것이 주류이기 때문에 상당한 사치라고 할 수 있다.

그래도 개인이 손에 넣을 수 있는 양에는 한계가 있다.

지올드가 이야기해준 도서관은 말 그대로 미샤가 꿈꾸는 장소였다.

"국립 도서관을 말하는 건가? 그럼 열람 카드를 만들도록 수배해두지. 키노에게 맡길 테니까 데려가 달라고 해."

"감사합니다."

선뜻 허가가 떨어지자 미샤는 기뻐하며 웃었다.

"무슨 책을 읽고 싶은데? 역시 약학 쪽인가?"

마치 예쁜 보석이나 드레스를 손에 넣은 것처럼 신이 나서 웃는 미샤를 보며 라이언은 흐뭇해하면서 물어보았다.

"그것도 관심이 있지만, 지방에 전해지는 민담이나 공상 소설도 좋아합니다. 읽으면 아주 두근거리니까요."

나이대에 어울리는 귀여운 대답이 돌아오자 라이언의 표정이 한층 풀어졌다.

"그런 거라도 괜찮다면 굳이 국립 도서관까지 갈 필요 없이 여기

도서실에도 많이 있어. 나중에 가 봐."

"성에도 도서실이 있다고요?! 우와!"

라이언의 말에 미샤는 무심코 잔뜩 들떠서 외쳤다가 급히 입을 틀어막았다.

하지만 그 순수한 반응을 지적하는 꽉 막힌 사람은 여기에는 없었다.

"그래. 키노, 시간이 있을 때 안내해주도록 해. 아마 우리가 옛날에 읽었던 책도 지금은 거기에 옮겨놨었지?"

"네. 알겠습니다."

느긋하게 고개를 끄덕이며 내린 라이언의 지시에 키노는 반듯하게 인사하며 대답했다.

화기애애한 분위기 속에서 끝난 저녁 식사 후 미샤는 자신이 받은 방으로 돌아왔다.

사실은 방금 들은 도서실에 가 보고 싶었지만, 그 후에도 여행 이야기도 하면서 대화에 물이 오르는 바람에 시간이 조금 늦어져서 오늘은 포기하기로 했다.

돌아왔더니 다시 입욕 준비가 되어있었다. 익숙하지 않은 머리 기름이며 화장품 냄새에 조금 진저리가 났던 미샤는 감사히 뜨거운 물로 씻어내기로 했다.

머리카락을 감고 화장을 지워서 개운해진 미샤를 미란다가 거울 앞으로 데려가 머리카락을 빗겨주었다.

아직 약간 습기를 머금은 백금빛 머리카락을 꼼꼼하게 빗기며 윤기를 더해간다.

"미란다 씨는 옆방에서 잘 거야?"

거울 너머로 자신의 뒤에 선 미란다를 향해 묻자 '그래.'라는 긍정이 돌아왔다.

미란다가 받은 방은 실내에서 이어져 있는 옆방이었다.

사이의 벽에 어느 쪽에서도 잠글 수 있는 작은 문이 달려있으므로 굳이 복도로 나오지 않아도 언제든 서로의 방을 오갈 수 있는 구조다.

낯선 장소에서 혼자 있는 건 불안할 것이라는 배려였다.

그건 무척 고맙지만…….

미샤는 세심하게 머리카락을 빗기는 미란다를 무언가 하고 싶은 말이 있다는 시선으로 빤히 바라보았다.

미란다는 그런 미샤의 눈빛에 의아한 얼굴로 고개를 갸웃거렸다.

"왜 그래? 뭐 마음에 걸리는 게 있다면 말해봐."

부드럽게 재촉하자 미샤는 망설이듯 몇 번 입을 달싹이기를 반복한 뒤 작은 목소리로 말했다.

"……그게…… 그러니까. 마음에 걸린다기보다는…….."

"응? 뭔데?"

어째서인지 부끄러운 듯 시선을 숙이는 미샤. 미란다는 계속 머리카락을 손질하며 다정하게 재촉했다.

"계속 같은 방을 썼잖아? 그래서……. 이 방은 너무 커서 어색하고…… 침대도 크고……."

우물쭈물하던 미샤가 갑자기 몸을 휙 돌리더니 놀란 미란다를 올려다보았다.

"오늘만이라도 같이 자 주세요!"

숨도 쉬지 않고 쏟아낸 말에 미란다는 놀라움과 충격으로 굳어버렸다.

커다란 녹색 눈동자가 미란다를 사랑스럽게 올려다본다.

조용해진 미란다의 반응에 미샤는 조금 불안을 느끼면서 갸우뚱 고개를 기울였다.

"안, ……될까요?"

"아니, 돼. 나도 잘 준비하고 올 테니까 먼저 침대에 가 있어."

생긋 웃으며 침대를 가리키자 바람이 이뤄져서 기뻐진 미샤는 싱글벙글 씩씩하게 '네!' 하고 대답하며 침대로 파고들었다.

"빨리 돌아와."

갈아입기 위해 옆방으로 가려는 미란다의 등을 향해 던지자 미란다는 돌아보지 않은 채 손만 들어서 가볍게 흔들었다.

'에헤헤. 어린애 같다고 잔소리할 줄 알았는데 과감하게 부탁하길 잘했어.'

숲속의 집은 작아서 각방을 써도 어머니의 기척을 느낄 수 있었다.

혼자라도 태연하다고 생각했던 미샤였지만, 짧은 여행 속에서 옆 침대에 미란다가 있다는 사실에 무척 안심하면서 혼자는 쓸쓸하다는 걸 떠올리고 말았다.

심지어 으리으리하긴 해도 너무 넓은 방은 인기척을 딱 차단해 주는 데다 침대도 광활했다. 혼자라는 걸 강조하는 느낌이라 잘 시간이 오자 마음이 무거웠다.

'오늘만이라고 했지만, 내일도 부탁하면 같이 자 주지 않을까? ……물론 여기에 익숙해질 때까지만. 익숙해지면 혼자서도 괜찮아.

'……아마도.'

아무도 듣는 사람이 없는데 마음속으로 슬쩍 변명하며 미샤는 미란다가 돌아오기를 설레는 마음으로 기다렸다.

침대에서 가만히 문을 바라보는 모습은 마치 주인을 기다리는 강아지 같았다.

침대 다리 부근에 마련된 쿠션 위에서 그런 주인을 물끄러미 응시한 렌은 참을 수 없다는 듯 침대 위로 뛰어올랐다.

그러고는 미샤에게 달려들어 화장을 지운 얼굴을 마구 핥아댔다.

"꺅! 렌! 왜 그래?"

갑작스러운 렌의 기행에 미샤는 작은 비명을 지르며 렌을 붙잡으려 했다.

하지만 렌은 절묘하게 그 손을 피하며 미샤에게 달려들었다.

손을 가볍게 잘근거리고 옷 소매를 잡아당기는 등 자유분방하다.

처음에는 당황하던 미샤도 렌의 행동이 같이 놀고 싶을 뿐이라는 걸 깨닫고 웃었다.

생각해 보면 왕성에 도착한 뒤로 반나절 동안 거의 혼자 있어야 했던 렌은 외로웠을 것이다.

미샤를 만난 뒤로 이렇게 오래 떨어져 있었던 적이 없었으니까.

"두고 봐~. 반드시 잡을 테니까!"

한 명과 한 마리는 넓은 침대 위를 종횡무진 돌아다녔다.

서로에게 달려들어 구르고, 미샤가 깃털을 채워 넣은 부드러운 베개로 렌을 덮으려고 하자 그걸 피한 렌이 반격하며 미샤의 등에 달려들어 깔아뭉갰다.

소란을 알아채고 상황을 보러 온 티아는 까르르 웃으면서 노는 미샤와 렌을 보고 쿡쿡 웃으며 갈아 끼울 침구류를 가지러 갔다. 휘둘러댄 베개는 깃털이 빠져나와 휘날리고 여기저기 밟힌 이불도 시트도 구깃구깃해서 도저히 그냥 잘 수 없을 것이다.

'한창 놀고 싶은 새끼 강아지에게는 흔한 일이지.'

티아가 웃으며 침구류를 가지러 간 사이 돌아온 미란다는 침대의 참상을 보고 기가 막힌다는 표정을 지으면서 술래잡기가 끝나기를 기다린 뒤 어른의 의무로서 설교를 쏟아주었다.

베개에서 튀어나온 하얀 깃털에 뒤덮여 풀이 죽은 미샤와 렌이 너무 귀여워서 내심 몸부림쳤다는 건 비밀이다.

5 왕매 라라이아

'다음은 뭘 읽을까~.'

미샤는 콧노래를 부르고 싶은 기분으로 제 키보다 더 큰 책장을 올려다보았다.

레드포드 왕국에 온 지 사흘째.

아직 가장 큰 목적지였던 국립 도서관에는 가지 못했지만, 몹시 만족스러운 나날을 보내고 있었다.

왜냐하면 첫날 가르쳐준 '왕성의 도서실'이 미샤의 예상보다 더 규모가 컸기 때문이었다.

대대로 왕족이 수집한 서적을 보관하는 장소라고 하는데, 장르는 다양하고 오래된 책은 고어로 적힌 것까지 섞여 있었다.

그런 게 천장까지 가는 책장에 빼곡히 꽂혀 있다. 그 책장도 벽을 한 바퀴 채우고도 부족해서 일정 간격으로 실내 한복판에 세워져 있었다.

책을 좋아하는 왕족도 많았던 건지 다른 나라에서 선물한 책도 있어서 말 그대로 옥석혼효(玉石混淆).

대략적인 장르 구분은 해 놓았으나 기본적으로 관리하는 사람이 없다 보니 원래 있는 장소에 돌려놓지 않은 책도 많이 섞여 있었다.

소설을 모아둔 서가에서 갑자기 요리책을 발견했을 때는 저도 모르게 웃어버렸다.

왜냐하면 그 옆에 있던 그림책이 요리를 좋아하는 소녀의 이야기였기 때문이다.

분명 그림책 속 요리가 궁금해서 실제 만드는 법을 자세히 조사해 본 것이리라.

책장 사이를 천천히 걸으며 미샤는 가득한 책등을 바라보고 관심이 가는 책을 찾았다.

'어제는 민담집을 읽었으니까 오늘은 역사서도 좋겠어.'

오늘의 일정은 아무것도 없다.

어제까지는 키노가 왕성을 안내해주기도 하고 미란다와 함께 정원을 산책하며 차를 마시기도 했지만, 오늘은 미란다는 볼일이 있다며 외출했고 이래저래 바빠 보이는 키노나 시녀들에게 매일 부탁하는 것도 미안했기에 아침부터 도서실에 틀어박히기로 했다.

렌은 밖에서 운동할 필요도 있다며 티아가 데려가 버렸다.

왕성에서도 사냥이나 경비를 위해 개를 기르므로 그곳의 훈련에 참가시키는 걸 추천받았다.

미샤 옆에 있다면 인간을 상대로 싸우는 법을 알아두는 게 유익할 거라며 미란다가 찬성하고 밀어붙였다. 다치는 걸 걱정하는 미샤에게 티아가 렌은 아직 새끼라서 본격적인 훈련보다는 강아지들 사이에서 친구를 사귀는 방법이나 인간과의 교류가 메인이니 괜찮다고 위로해주었다.

결국 렌은 개가 아니라 늑대라는 사실을 밝히지 못했지만, 미샤는 별 차이는 없을 거라며 신경 쓰지 않기로 했다.

참고로 지올드는 보고서를 작성해야 한다면서 지난 이틀 동안 얼굴도 보지 못했다.

라이언과 트리스와는 하루 한 번은 식사와 차를 같이 했는데, 최근 계속 같이 있던 사람과 만나지 못한다는 상황이 미샤에겐 어쩐지 신기한 느낌이었다.

몇 권 눈에 띈 책을 고른 미샤는 책장 사이에 놓인 소파 중 하나에 앉았다.

도서실에서 책을 가지고 나오지 않아도 읽을 수 있도록 한 건지 이 방에는 의자와 소파가 여기저기 놓여있었다.

책장 사이의 자투리 공간을 적절히 이용했기 때문에, 거기에 앉으면 설령 다른 사람이 도서실에 들어와도 책장이 시야를 가려줘서 신경 쓰이지 않았다.

소파의 모양도 다양해서 개중에는 두툼한 러그에 쿠션을 바로 쌓아 올린 코너도 있었다.

미샤도 몇 군데의 장소를 체험한 뒤 마음에 드는 장소를 발견했다.

2인용 소파에다 바로 뒤에는 채광용 반쪽 창문이 있어서 햇빛이 적당히 들어온다.

부드러운 초여름의 햇살이 기분 좋아서 미샤에게는 독서하기에 최적의 장소였다.

자국은 그렇다 쳐도 이 나라에 대해서는 벼락치기 수준으로밖에 몰랐던 미샤는 조금은 공부해놓고자 이 나라의 건국에서부터 이후 역사를 자세히 적은 책을 쌓아놨다. 마치 사전처럼 한 권 한 권이 상당히 두툼한 책이 총 10권.

우선은 1권부터 3권까지 안고 왔다. 정확하게는 미샤의 힘으로는 한 번에 세 권을 나르는 게 고작이었다.

읽기 시작하자 건국 부분은 마치 신화 같아서 제법 흥미로웠다.

어느새 미샤는 시간 가는 줄도 모르고 책에 몰두했다.

"······그거, 그렇게 재밌어?"

문득 머리 위에서 떨어진 목소리에 미샤는 놀라 고개를 들었다.

언제 온 건지 눈앞에 자신과 비슷한 나이의 여자아이가 서 있었다.

햇빛을 받은 적이 없는 건지 의심스러울 만큼 새하얀 피부에 부러질 듯 가느다란 손목이었다.

뺨도 어린아이다운 동글동글함이 없고 창백하다.

그런 몸으로 레이스와 프릴이 가득 달린 긴 드레스를 입고 있으니 옷에 파묻힌 것처럼 보였다.

"뭐야. 귀 안 들려?"

갑작스러운 낯선 소녀의 등장에 어안이 벙벙해서 올려다보는 미샤의 태도에 소녀의 미간에 주름이 파였다.

명백하게 기분이 나빠진 소녀를 향해 미샤는 고개를 저었다.

"들려요. 갑작스러워서 놀라는 바람에. 책은······ 재밌어요."

탁 덮어서 표지를 보여주며 대답하자 소녀는 미간을 구긴 채로 고개를 갸웃거렸다.

"너 특이하네. 애초에 이 도서실에 사람이 있는 건 오랜만에 봤어. 네가 이웃 나라에서 왔다는 아이지?"

"네. 그런······ 데요."

고개를 끄덕이던 도중 미샤는 문득 의문이 들었다.

왕성에 있는 이 도서실은 한없이 왕족의 사적 공간에 가까운 장소이자 왕족의 허락이 없으면 이용하지 못한다는 키노의 설명을 떠올렸기 때문이다.

즉 자연스럽게 여기에 서 있는 소녀도 왕족이나 그에 가까운 인물이라는 뜻이 아닐까?

"그게, 미샤 드 린드버그라고 합니다. 여기는 제대로 허가를 받고 이용하고 있습니다!"

다급히 일어나며 이름을 대자 소녀는 어리둥절한 얼굴로 쳐다보았다.

"알아. 들었으니까. 나는 라라이아."

짧게 대답한 소녀는 발걸음을 돌려 책장 사이로 사라졌다.

"라라이아 님…… 이라면, 폐하의 동생 공주님이었지?"

갑자기 나타나더니 또 순식간에 사라진 소녀의 모습을 떠올렸다.

라이언과 같이 식사할 때 들은 이름이었다.

나이 차이가 많이 나는 여동생이 있는데, 태어날 때부터 몸이 약했고 거의 모든 시간을 침대에서 보낸다고.

지금도 감기가 악화되어 한 달 정도 앓아눕는 바람에 나은 뒤에 소개한다고 했었다.

'확실히 안색이 별로 안 좋았어. 몸도 아주 야위었고. 영양 섭취가 제대로 안 되고 있는 걸까?'

지나치게 하얀 피부를 떠올린 미샤는 살짝 눈썹을 찡그렸다.

하지만 왕족인 이상 이 나라의 고명한 의사가 봐주고 있을 터.

갑자기 튀어나온 약사의 차례는 없을 것이다.

미샤는 그렇게 스스로를 설득한 뒤 다시 책으로 시선을 내렸다.

하지만 그때 무언가가 바닥에 떨어진 듯한 소리가 들려서 미샤는 반사적으로 일어나 소리가 들린 쪽으로 향했다.

"라라이아 님!"

그리고 책장 건너편에 있는 좁은 통로에 작은 몸이 쓰러져있는 것을 발견하고 서둘러 달려갔다.

엎드린 자세로 쓰러진 라라이아의 몸을 옆으로 눕힌 뒤 맥을 짚으며 안색을 살폈다.

하얗던 얼굴이 한층 파래졌고 몸이 차가웠다.

맥박도 약하다.

아랫눈꺼풀을 뒤집어서 색을 확인한 뒤 이번에는 라라이아의 몸을 똑바로 눕혀 책장에서 적당히 꺼낸 책을 다리 밑에 받쳐서 높이를 만들었다.

그 후 서둘러 복도로 나와 사람을 찾았다.

그러자 마침 키노가 티세트를 실은 왜건을 밀며 저쪽에서 다가오는 게 보였다.

"키노 씨! 라라이아 님이 쓰러지셨어요. 아마도 빈혈인 것 같아요. 방으로 모셔주세요."

말을 걸자 눈이 살짝 커진 키노가 왜건을 복도 구석에 세우고 부리나케 도서실로 걸어왔다.

"이쪽이에요."

미샤는 앞장서서 라라이아가 있는 장소로 안내했다.

"일단 머리를 최대한 흔들리지 않게 하는 게 좋아요. 들것이 있다면 그런 걸로 모시는 게 좋은데요."

누워있는 라라이아를 확인하는 키노에게 미샤가 살며시 말을 건넸다.

"죄송하지만 바로 준비해올 테니 라라이아 님 곁을 지켜주실 수 있겠습니까?"

"물론이죠."

다리 밑의 책을 쿠션으로 살며시 교체하며 고개를 끄덕인 미샤에게 살짝 머리를 숙인 키노가 떠나갔다.

달리는 것도 아닌데 재빠른 움직임에 상황도 잊고 감탄하면서도 미샤는 라라이아의 몸에 담요를 덮어주었다.

맥박을 확인할 겸 손끝으로 목을 만지자 역시 서늘했다.

호흡이 불편한지 미간에 주름이 간 모습을 보고 라라이아의 목둘레를 조금 풀어주었다.

'평균보다 마른 몸. 저체온. 맥박이 빠르고 심한 빈혈 증상. 확인하지 않으면 알 수 없지만 영양실조일 가능성도 있겠는데?'

라라이아의 몸 상태를 확인하는 건 거의 무의식적으로 한 일이었다.

드레스의 리본과 단추를 풀어 편안하게 해주면서 키노가 도착하길 기다리자 두 명의 시종과 함께 돌아왔다.

봉에 천을 묶어놓았을 뿐인 간이 들것 위에 라라이아의 작은 몸을 올려놓았다.

축 늘어진 채 의식이 없는 라라이아의 안색은 변함없이 안 좋았다.

"……의사 선생님은 부르셨어요?"

할 수 있다면 따라가고 싶다는 얼굴로 배웅하는 미샤의 질문에 키노는 고개를 저었다.

"라라이아 님께선 선천적으로 몸이 약하셔서 이렇게 쓰러지는 것도 일상입니다. 표현은 안 좋지만, 이 정도의 일로 굳이 의사를 부르시진 않을 겁니다."

키노의 말에 미샤의 안색이 어두워졌다.

"의식을 잃는 걸 너무 가볍게 보는 것처럼 들려요. 그게 '일상'이 되었다는 건 라라이아 님의 몸에 그만큼 부담이 간다는 뜻인데."

이미 보이지 않게 된 라라이아의 모습을 떠올리듯 복도 저편을 바라보는 미샤를 키노는 흥미롭다는 듯 곁눈질했다.

미샤의 독특한 출생이나 '숲의 백성'이라는 배경. 자국에서 이 나라에 오는 동안 일으켰던 각종 일들. 전부 키노의 관심을 끌기에는 충분했다.

그래서 라이언이 미샤 곁에 붙이겠다고 명령했을 때도 별다른 거부 없이 받아들였다.

그 존재가 자신이 섬기는 왕에게 유익한지, 아니면 해악이 될지 가늠해야 한다고 생각했으며 무엇보다 재미있어 보였기 때문이었다.

무표정 뒤에서 관찰하고 있는 줄도 모른 채 미샤는 입술을 깨물고 아무도 없는 복도를 노려보고 있었다.

어째서?

미샤의 머릿속은 그런 의문으로 가득했다.

어딘가 벽을 치는 듯한 키노의 말.

익숙하다는 듯 안색 하나 바꾸지 않고 의식을 잃은 라라이아를 데려가는 시종들의 모습.

안색이 나쁘고 눈빛이 어두운 소녀.

한숨을 한 번 쉰 미샤는 도서실로 발걸음을 돌렸다.

궁금한 건 조사하자.

그러기 위해서는 우선 꺼내놓은 책을 정리해야만 한다.

사람을 부린다는 생각조차 하지 못한 미샤는 뒷정리를 하고자 돌아간 것뿐이었지만, 사람에게 부려지는 데 익숙한 키노는 순간 미샤의 의도를 읽을 수 없었다.

한숨은 라라이아 문제를 포기한 것으로 의심했고, 묵묵히 책을 정리하는 미샤의 행동에 고개를 갸웃거렸다.

저도 모르게 지켜봤던 키노는 전부 원래대로 돌려놓은 미샤가 방으로 돌아가고 싶다고 요구하자 당황하며 앞장섰다.

말없이 뒤를 따라오는 소녀의 심리를 도저히 읽을 수 없어서 어쩐지 불편했다.

그렇게 혼자서 상황을 복잡하게 보고 있던 키노의 심정 같은 건 알 리가 없는 미샤는 자신이 알고 싶은 정보를 어떻게 모을지 고민하고 있었다.

소문은 여자가 더 잘 알 것이다.

안이하게 그런 결론을 내린 미샤는 방으로 돌아온 뒤 티아와 이자벨라에게 같이 차를 마시자고 권유했다.

두 사람 말고는 이 나라에선 아는 여자가 없었고, 미란다는 외출한 채 아직 돌아오지 않았기 때문이다.

처음에는 고사하던 두 사람도 미샤가 풀이 죽어서 혼자 차를 마셔 봤자 쓸쓸하다고 하자 황송해하면서도 의자에 앉아주었다.

그렇게 자연스럽게 조금 전 도서실에서 라라이아를 만났지만 몸 상태가 악화되어 쓰러졌다고 이야기하자 티아와 이자벨라가 서로를 쳐다보았다.

"안색도 나빠서 걱정이야."

"라라이아 님은 옛날부터 몸이 약하셨으니까……."

걱정이라며 눈썹을 찌푸리는 미샤를 향해 티아가 난처한 듯 대답했다.

"계절이 바뀔 때면 꼭 앓아누우셨고, 다른 때도 1년의 태반을 어떠한 병 때문에 병상에 누워계시곤 해요."

역시 여기서도 '항상 그렇다'는 뉘앙스가 느껴져서 미샤의 미간 주름이 한층 짙어졌다.

"뭔가 지병이 있는 거야?"

이어진 미샤의 질문에 두 사람은 다시 서로를 쳐다보고는 미샤의 등 뒤에 서 있는 키노를 힐끗 쳐다보았다.

키노가 말없이 손을 흔들어 말해도 된다고 신호를 보냈다.

"어디인지 명확하게는 모릅니다. 다만 열 달보다 더 일찍 태어나셨고, 몸집도 작으셨죠. 그 탓인지 병에 걸리기도 쉬워서 연이은 병환 때문에 목숨을 건진 것만으로도 기적이라고 들었습니다."

살짝 시선을 내리고 담담하게 이야기하는 이자벨라의 대답에 미샤는 살짝 고개를 갸웃거렸다.

"선천적으로 몸이 약해서 병에 잘 걸리고, 의사에게 진찰을 받아도 근본적인 원인은 불명이었다. 허약체질일 것이다?"

"저희는 라라이아 님을 모신 적은 없었기에 자세한 사정은 모르지만, 성에서 일하는 사람들의 인식은 대략 그런 느낌입니다."

술술 대답하는 티아 옆에서 이자벨라도 동의를 표시했다.

미샤가 몸을 뒤로 돌려 완강히 동석을 거부한 키노를 보자 그도 살짝 고개를 끄덕였다.

찻잔을 손바닥으로 감싸듯이 잡은 미샤는 호박색 액체를 물끄러미 응시했다.

조금 전의 모습으로 미샤는 라라이아가 중증 빈혈을 앓고 있는 것 같다고 느꼈다.

　어쩌면 다른 병도 합병증으로 앓고 있을지도 모르지만, 그건 제대로 진찰해보지 않으면 모른다.

　무엇보다 기절하는 게 실상이 되었고 그걸 주변에서 이상하다고 생각하지 않는 것도 미샤에게는 의아했다. 아무튼 라라이아는 왕의 여동생으로 이 나라에서는 고위 신분이다. 그런데 상당히 소홀히 대하는 것처럼 보였다.

　왕성의 의사는 무슨 생각으로 어떻게 대응하고 있는 걸까?

　"한번 제대로 진찰해보고 싶어……. 의사 선생님 이야기도 듣고 싶고……."

　문득 중얼거린 목소리를 그 자리에 있는 사람들의 귀에 들어갔다 사라졌다.

숲 변두리의
꼬마 마녀

Little witch
at the edge of the forest.

6 치료 개시!

"좋은 아침입니다, 라라이아 님. 몸 상태는 어떠신가요?"

생긋 웃는 얼굴로 활기차게.

미샤는 인사와 함께 방문을 열었다.

그 후 대답을 기다리지 않고 안으로 들어가 아직도 굳게 닫힌 커튼을 인정사정없이 걷었다.

아침이라고 부르기에는 상당히 높이 뜬 햇살이 어둑했던 방 안으로 쏟아졌다.

이어서 감감무소식인 침대로 다가가 마지막 요새인 침대 커튼을 냅다 걷었다.

"으으으……."

성인이 세 명은 너끈히 누울 수 있을 법한 넓은 침대 중앙이 살짝 불룩하게 솟아 있다.

안에서 희미한 신음이 들리자 미샤는 쿡쿡 웃었다.

"아침입니다, 라라이아 님. 이불까지 빼앗아 가기 전에 깔끔히 포기하고 나와주세요."

즐거워하는 말투로 침대 가장자리를 팡팡 두드리며 재촉했지만, 아쉽게도 알아들을 수 없는 신음만이 되돌아왔다.

"라라이아 님. 지금 나오시면 아침 약에 벌꿀을 넣어드릴 거예요."

부드러운 목소리였지만 내용은 상당히 의미심장했다. 그럼 지금 안 나오면 어떻게 된다는 뜻일까. 등 뒤에 있던 시녀들이 서로의 얼굴을 쳐다보았다.

"저…… 저기, 미샤 님. 라라이아 님께서는 어젯밤에 늦게까지 잠에 들지 못하시는 것 같았으니……."

미샤가 방에 들어온 뒤로 보이는 행동을 조마조마해 하면서 지켜보던 자상해 보이는 중년 여성이 말을 걸었다. 라라이아를 어릴 때부터 모셨던 시녀로 이름은 캘리라는 걸 첫날 인사할 때 들었다.

"아무래도 잠이 부족하셔서 지금 몸 상태가 안 좋으신게 아닐까요……."

주인을 위하는 캘리는 어떻게든 미샤의 폭거를 막기 위해 나섰지만 오히려 미샤는 보란듯이 눈을 크게 뜨면서 놀라워했다.

"세상에, 그렇다면 더욱 얼굴을 보여주셔야죠! 상태를 보고 약을 바꿔야만 하니까요!"

그러고는 깃털을 넣은 실크 이불 끄트머리를 꽉 붙잡았다.

"그렇게 됐으니 바로 나와주세요. 3초만 기다리겠습니다."

어디까지나 웃으면서 선언하자, 보이지 않을 터인 이불 속 주인도 불길한 분위기를 감지한 모양이었다.

미샤가 방에 찾아오게 된 것도 벌써 사흘째다.

섣불리 반항하면 무슨 일이 일어날지. 서글프게도 라라이아는 이미 학습하고 말았다.

불룩한 덩어리가 꾸물꾸물 움직이더니 안에서 나온 파란 눈동자가 원망에 차서 미샤를 노려보았다.

"좋은 아침입니다, 라라이아 님. 드디어 존안을 뵐 수 있게 되었군요. 외람되지만 주무실 때 이불을 머리까지 덮어버리는 건 권장하지 않습니다. 호흡을 방해하고 이불 속에 쌓이는 열로 몸 상태가

악화되기도 하니까요."

하지만 그런 원망 어린 시선도 아랑곳하지 않고 생긋 웃어넘긴 미샤는 인사와 함께 주의사항을 늘어놓았다.

라라이아의 미간에 주름이 깊어졌다.

"평소에는 얼굴 내밀고 자. 이게 누구 때문인데……."

항의하는 말투로 반론하려고 했지만, 변함없이 웃고 있는 미샤를 앞에 두자 독기가 빠진 바람에 결국 입을 다물고 말았따.

그런 라라이아에게 미샤는 뜨거운 물이 담긴 세숫대야를 내밀었다.

"식사하시죠. 오늘은 라라이아 님께서 좋아하시는 과일을 많이 준비했답니다."

부드러운 목소리가 재촉하자 라라이아는 포기하고 느릿느릿 아침 준비를 시작했다.

한눈에 봐도 마지못해 움직인다는 티가 나는 모습에 내심 쓰게 웃으면서도 미샤는 여기에 이르기까지 과정을 떠올렸다.

처음 라라이아를 만난 날 밤, 라이언이 저녁 식사에 초대했다.

마침 잘 됐다며 받아들인 미샤였지만 라이언도 같은 인물에 대해 할 말이 있었던 모양이었다.

미샤가 입을 열기도 전에 화제로 올렸다.

"동생이 신세를 진 모양이던데. 고맙다."

"아뇨……."

고개를 젓는 미샤에게 쓴웃음이 돌아왔다.

"그 아이는 태어났을 때부터 몸이 약해서 가족 모두가 어리광을 받아줬거든. 덕분에 상당히 응석받이로 자라버렸지."

한숨과 함께 나온 말이었지만, 무척 부드러운 울림을 띠고 있었다.

라이언의 얼굴에는 다정한 미소가 번져 있으나 그 안에서 희미한 그늘이 보여 라이언이 라라이아를 무척 걱정하고 있다는 게 미샤에게도 전해졌다.

미샤는 라라이아와 나눈 짧은 대화를 떠올렸다.

확실히 거만했고, 상당히 일방적인 대화였다. 그래도 병약해서 한정적인 사람하고만 교류했다는 걸 생각하면 특이하진 않다.

오랜 병을 앓은 사람일수록 완강해지기 쉽다는 걸 그리 많지 않은 왕진 경험을 통해 알고 있었다. 그런 사람일수록 사실은 외로움을 많이 탄다는 것도.

"라라이아 님이 의식을 잃고 쓰러지는 일이 자주 있다고 들었습니다. 원인은 알아내지 못하신 건가요?"

식사 자리에서 오갈 화제로는 애매할지도 모르지만, 저녁을 먹은 뒤에도 일이 남아있다는 라이언의 말로 서빙이 시작되었으니 어쩔 수 없다.

미샤는 약사로서 자꾸만 라라이아의 증상이 마음에 걸렸고, 어떻게 대응하고 있는지도 궁금했다.

"으음, 뭐랬더라? 그 아이는 툭하면 온갖 곳에 병이 생기거든. 심장이 안 좋고, 허약체질이고, 피가 부족하다고 했었지. ……폐도 뭐라고 했던 것 같은데…… ."

고개를 기울이며 손가락을 꼽는 라이언의 모습을 보고 미샤는 무의식중에 흘겨보았다.

'동생의 증상도 파악하지 못하다니 말도 안 돼! 아니면 신분이 높은 가문 사람은 이런 식인 건가?'

미샤의 싸늘한 시선을 느낀 건지 라이언이 조금 난처한 듯한 얼굴로 어깨를 축 떨궜다.

"한심하게도 자세한 건 몰라. 만약 관심이 있다면 담당 의사를 만나게 해줄게."

완전히 침울해진 라이언을 보자 미샤의 죄책감이 자극당했다.

아마 라이언도 나름대로 동생을 염려하고 있을 것이다. 하지만 바쁜 와중에 병세가 나름 안정된 동생에게만 매여있을 여유는 없을 것이다.

그러나 미샤는 뭐라고 말하며 위로해야 할지 알 수 없어서 그 자리에 거북한 침묵이 흘렀다.

잠시 두 사람 다 말없이 요리를 먹었다.

메인디시인 고기 요리가 끝나자 미샤는 간신히 용기를 내서 고개를 들었다.

"의사 선생님의 이야기를 들어보고 싶어요. 만약 지금 쓰는 약이 라라이아 님의 몸에 맞지 않는 거라면 조금은 도움이 될 수 있지도 모르니까요."

"미샤가 봐준다고?"

그 순간 기뻐하는 미소가 돌아와 미샤는 눈을 깜빡였다.

"……어…… 그…… 네, 여러분이 싫지 않으시다면."

당황하며 고개를 끄덕이자 라이언이 내일에라도 만나게 해주겠다고 선언했다.

곧바로 시야 구석에서 키노가 움직이는 게 보였다. 지금부터 준비하러 가는 모양이었다.

미샤는 다음 접시에 손을 가져가며 내일 진찰 때 필요할 법한 것을 머릿속으로 열거했다.

'미란다 씨, 오늘은 돌아올까? 상담받아주려나?'

한눈을 팔며 저녁 식사를 마치고 방으로 돌아온 미샤를 기다리고 있었던 건 '2~3일 정도 못 돌아옵니다'라는 미란다의 전언이었다.

풀이 죽어 어깨를 떨군 미샤였지만, 사실 어젯밤부터 많이 익숙해진 방 분위기와 미란다가 조합해준 수면에 좋은 허브티의 효과도 더해져 혼자서도 푹 잘 수 있는 상태였다.

아마도 미샤의 상태를 봐서 혼자 둬도 괜찮은 타이밍을 노렸을 미란다의 혜안에 미샤는 순순히 감탄했다.

방랑하는 일족의 감시 겸 관리를 맡고 있다고 했으니 다른 사람의 심리 관찰에 능숙한 모양이다.

'육체적인 병을 분간하는 건 바로 할 수 있게 되었지만 정신적인 병을 찾아내는 건 어렵단 말이지……. 인생 경험이 부족해서 그런가.'

우선 부족하든 뭐든 진찰하고 싶다고 해버린 이상은 전력을 다하자. 도저히 알 수 없을 때는 조사하면 된다.

미샤는 어머니와 약사 공부를 할 때 사용하던 메모용 노트를 떠올리고 한숨을 쉬었다.

내용은 전부 기억하고 있을 테지만 재확인을 위해서도 역시 가져왔어야 했다며 후회했다.

물론 여행 준비로 정신없이 분주했던 아버지 저택의 사람들을 보면 도저히 하루를 소모해서 숲속의 집에 다녀오고 싶다고는 말할 수 없었기에 그렇게 된 거지만.

다행히 국경 부근을 침공당한 정도로 끝났다지만 역시 전쟁이 남긴 상흔은 컸다.

짓밟힌 논밭과 집, 죽어버린 사람들에게 주는 위로금 등 해야 할 일은 산더미처럼 많아서 병상에 누운 디노아크에게도 지시를 구하는 부하가 줄을 짓는 상황이었다.

혼자 말을 타지 못하는 미샤가 숲에 돌아가려면 누군가가 같이 가줘야만 한다. 게다가 공작 영애라는 간판을 짊어지고 이웃 나라에 가는 몸이면 호위병도 한두 명으로는 끝나지 않는다.

하지만 숲속의 집 장소를 아는 사람은 정말로 한정된 사람뿐이니 섣불리 그 인원을 늘리는 건 미샤도 거부감이 있었다.

그 집에는 삼촌도 찾아왔기 때문에 그 흔적이 있다.

미샤는 몰랐지만 지금 생각해 보면 바깥 세계에 없는 도구도 많이 있었던 것 같다. 그게 숲의 백성의 지식으로 만들어진 것이라면, 다른 사람의 눈에 띄게 두었다간 곤란하지 않을까.

일단 길은 아니까 여차하면 숲 변두리까지만 데려다 달라고 한 뒤 거기서부터 혼자 갈 수도 있다. 하지만 그러면 시간이 걸리고, 결국은 숲 입구까지는 누군가에게 데려다 달라고 해야 한다.

그렇게 생각하면 고집을 부릴 수가 없었고, 무엇보다 어머니와 함께 지낸 추억으로 가득한 그 집에 돌아가면 그대로 움직이지 못하게 될 것 같은 느낌에 무서웠다.

'아무튼 이제 와서 불가능한 일에 미련을 가져봤자 소용없지.'

마음을 전환한 미샤는 일찌감치 잠들기로 했다.

졸린 머리로는 냉정한 판단을 내릴 수 없다.

약사는 누구보다 자신의 컨디션을 잘 관리해야 한다. 그건 어머니가 처음 미샤에게 사사한 가르침 중 하나였다.

미샤는 목에 건 부적 주머니를 살며시 쓰다듬고 눈을 감았다.

'잘 자. 엄마.'

'뭐, 일국의 공주님이자 왕위계승권도 갖고 있다고 하니까, ……이렇게 되겠지.'

약속 시각에 부르러 온 시녀가 안내해줘서 찾아간 방에는 사람이 많이 모여있었다.

미샤는 놀라면서 방을 둘러보았다.

라이언에 트리스, 아마도 의사인 듯한 나이 많은 남성, 그 뒤에는 제자인 건지 조수인 건지 여러 명의 남자가 있었다.

더불어 호위를 겸한 거겠지만 구석에서 지올드의 모습까지 발견한 미샤는 한숨을 삼켰다.

눈이 마주친 지올드는 씩 웃으며 슬쩍 손을 흔들었다.

무서운 인상에 어울리지 않게 장난기 어린 동작에 미샤는 저도 모르는 사이에 긴장해서 굳어있던 몸에서 힘이 쭉 빠지는 걸 느꼈다.

이웃 나라에서 유학 명목으로 찾아온 소녀가 '숲의 백성'의 피를 이어받았다는 정보는 순식간에 성에서 일하는 의사와 약사 사이에 퍼져있었다.

얼핏 본 소녀의 모습은 소문으로 들은 색채였고, 과거 전쟁에서 지올드와 마찬가지로 '숲의 백성'과 만난 적이 있는 사람도 소수이지만 존재했다.

그 소녀가 왕의 부탁으로 왕매를 진찰한다고 하니 호기심을 가지지 말라는 게 무리다.

오랫동안 의사로서 일해온 코난도 예외가 아니었다.

왕매 라라이아를, 그야말로 태어났을 때부터 주치의로서 맡았던 코난은 라라이아의 병이 쉽지 않은 강적이라는 걸 알고 있었다. 여러 개의 증상이 뒤섞여 어떤 게 주요 증상인지, 어떤 병이 핵심인지 알아보기 힘든 상태였다.

'우선은 솜씨를 보도록 해야겠군.'

갑자기 나타난 '숲의 백성'의 간판을 짊어진 소녀에게 다소 심술이 들었다는 건 부정하지 않는다.

본래 자신의 제자만이 아니라 원하는 사람을 전부 데려온 것도 그 일환이었다.

그렇게 약속 시각에 딱 맞춰서 나타난 미샤는 방을 가득 채운 어른들을 보고 눈이 휘둥그레졌다.

자신을 관찰하려고 하는 심술 궂은 시선을 민감하게 감지한 모양이었다.

하지만 표정이 딱딱했던 것도 잠시, 미샤는 한숨 한 번 만에 그 긴장을 털어냈다.

그 배짱과 빠른 전환에 코난은 내심 혀를 내둘렀다.

명백하게 아군이 얼마 없는 이 장소에서 위축되지 않고 서 있을 수 있다는 것만으로도 대단하다.

이어서 나오는 말에는 박수를 보내고 싶어졌다.

미샤는 조금도 움츠러들지 않고, 진찰에 방해가 되니 상관없는 사람은 나가달라고 요청했다.

"통상적인 진찰을 할 뿐입니다. 이렇게 많은 의사는 필요 없습니다. 환자가 괜히 긴장하게 되는 건 바람직하지 않으니까요. 아니면 라라이아 님의 진찰에는 항상 이렇게 많은 인원이 투입되었나요?"

쓰러지는 게 일상이니까 그 정도로는 의사도 부르지 않는다는 정보를 미샤는 잊지 않았다.

그 사실을 전제로 나온 말은 통렬한 비아냥이었다.

더욱이 라이언을 똑바로 바라보며 말을 이었다.

"라라이아 님을 걱정하시는 건 이해합니다. 하지만 아무리 피가 이어진 오라버니라고 해도, 진찰을 위해서라고 해도 여성이 피부를 보여주는 건 거부감이 있을 겁니다. 사양해주시겠어요?"

빨리 나가라는 듯한 내용은 불경하다고 느껴지는 수준의 요구였으나, 막상 라이언은 딱히 신경 쓰는 기색도 없이 어깨를 으쓱했다.

"그 아이가 있는 옆방까지는 안 갈 거다. 하지만 그 후의 이야기를 듣는 정도는 괜찮지? 일일이 치료법을 허가받으러 오지 않아도 되니까."

절차의 간략화를 위해서라는 라이언의 주장에 미샤는 한 번 더 한숨을 쉰 뒤 코난에게 시선을 옮겼다.

"수석 의사님 맞으시죠? 약사 미샤라고 합니다. 이번에는 이런 기회를 만들어주셔서 감사합니다."

예의 바르게 무릎을 굽혀 인사하자 60대의 백발 신사는 그 맑은 갈색 눈동자를 부드럽게 풀었다.

"친절한 인사 감사하네. 나는 짐작한 대로 황공하게도 수석 의사를 맡고 있는 코난 샤이턴이라고 하네."

인사를 돌려주는 코난에게 미샤가 웃은 뒤 그 뒤에 서 있는 남자들에게 스윽 시선을 주었다.

"평소 라라이아 님을 맡으시는 분이 이 안에 계십니까?"

그 말에 남자들은 서로를 쳐다본 뒤 두 명이 앞으로 나왔다.

"그럼 두 분 말고 다른 분은 퇴실 부탁드립니다."

여전히 부드럽게 웃으며 말한 뒤 미샤는 손바닥으로 문을 가리켰다.

"그건!"

남자들에게서 놀란 목소리가 터졌다. 불만을 표시하는 집단을 보고 미샤가 미소를 슥 지웠다.

"도움은 필요 없습니다. 무언가 질문이 있다면 코난 님께 여쭙겠습니다. 여러분이 여기에 있는 의미는 없잖아요? 참관 연수를 하고 싶으시다면 의료원에 가시면 됩니다. 라라이아 님도 저도 구경거리가 될 마음은 없습니다."

단호한 말에는 날카로운 가시가 있었다.

그 가시를 숨길 마음도 없는 건지 미샤는 표정을 지운 채로 아직 움직이려 하지 않는 집단을 빤히 응시했다.

"입증되지 않은 인간이 라라이아 님을 보는 것이 불안하여 감시가 필요하다면 코난 님과 여기 두 분만 있으면 충분하잖아요? 제가 뭘 하는지 궁금하신 거라면 나중에 이분들께 확인해주세요. 딱히 숨길 건 아무것도 없으니까요."

미샤의 요정처럼 반듯한 이목구비에서 표정이 사라지면 이렇게나 박력이 넘친다는 사실에 놀라워 하며 지올드는 구석에서 대기하고 있던 그 광경을 지켜보았다.

거기에 있는 건 지올드가 잘 아는 보드랍고 귀여운 소녀와는 다른 사람 같았다.

'아니, 그러고 보면 환자를 볼 때나 약을 만들 때는 이런 느낌이었던가?'

그렇다면 이건 미샤가 약사로서 보이는 얼굴인 거라고 알아서 이해했다. 양보할 수 없는 것과 대치했을 때 사람은 얼굴이 변하는 법이다.

"그래. 코난, 다른 이들은 물러나라고 하도록."

팽팽한 분위기를 끊은 사람은 라이언이었다.

"호기심이 드는 건 이해하지만, 라라이아는 낯가림도 심하고 무엇보다 의사나 약사를 천적처럼 싫어하지. 이렇게 사람의 기척이 많으면 이불 속에서 나오지도 않을 거다."

라이언이 어깨를 으쓱하며 말하자 코난이 쓰게 웃으며 동의했다.

"맞습니다. 공주님께서는 싫은 것이 많으시니까요."

왕이나 상사가 동의하니 그 이상 버틸 수 없었다.

의사와 약사, 덤으로 몰래 섞여 있던 호기심 많은 귀족들은 실망한 얼굴로 우르르 방을 나섰다.

그 뒷모습을 배웅하는 미샤에게 라이언이 쓴웃음을 지으며 말을 걸었다.

"그런 식으로 말하면 적을 만들 거다."

짧은 말에서 배려를 느낀 미샤가 쓰게 웃었다.

"그렇겠죠. 평소 라라이아 님께서 쓰러지셨을 때도 지금처럼 모였겠냐고 생각하니 그만 울컥했습니다. 게다가 구경거리가 되는 건 기분 좋은 일이 아니니까요."

그러더니 라이언 뒤에 있는 트리스에게 힐끔 시선을 던졌다.

"아무래도 저에 대한 소문이 꽤 널리 퍼진 것 같네요. 기왕 퍼트릴 거면 제대로 사실을 퍼트려주시지."

"글쎄요, 무슨 말씀이신지?"

천연덕스러운 트리스의 대답에 미샤는 깊이 한숨을 쉬었다.

어젯밤에 정해진 일이 조금은 연관이 있는 약사나 의사만이라면 모를까 그렇게 많은 귀족에게까지 새어나간 것은 아무리 생각해도 이상하다. 무엇을 위해 그렇게 한 건지는 알 수 없지만, 어딜 봐도 의도적으로 정보를 흘린 것이다. 그리고 가장 의심스러운 범인이 눈앞에서 천연덕스러운 표정을 짓고 있는 인물이라는 건 상상하기 어렵지 않았다.

물론 증거도 없고 추측의 영역을 벗어나지 않는 이상 트리스에게 무슨 말을 해 봤자 소용없으리라는 건 며칠 되지 않은 사이면서도 막연히 알아차릴 수 있었다.

말해봤자 헛수고라고 판단한 미샤는 코난에게 시선을 옮겼다.

"어떤 소문이 퍼진 건지 자세한 건 모르지만, 이것만은 말씀드릴 게요. 제 어머니는 확실히 그 일족의 일원이었지만 아버지와 혼인할 때 일족을 떠났고 그 후에는 고향 땅을 밟은 적이 없습니다. 어머니보다 어릴 때부터 훈련했다지만 저 자신은 초보 약사에 불과해요. 그런 사람에게 왕매님을 맡기는 게 불안하시다면 지금 미리 말씀해주세요."

딱 잘라 말하는 미샤에게 코난은 놀란 듯 눈을 크게 뜬 뒤 부드럽게 웃었다.

그 미소는 조금 전까지 무언가 꾸미는 게 있는 듯하던 만들어진 얼굴이 아니라 제자를 바라보듯 어딘가 따뜻한 느낌으로 바뀌어 있었다.

"라라이아 님께선 어릴 때부터 이어진 병환을 통 거두지 못하는 우리에게 불신을 품고 계시네. 최근에는 무엇을 해도 소용없다면서 약도 제대로 드시지 않지."

"……그건."

코난이 난처해하는 얼굴로 알려주는 정보는 약사로서 도저히 받아들일 수 있는 내용이 아니었다.

약 중에는 꾸준히 먹어야 비로소 효과가 나는 것도 있기 때문이다.

"나이가 비슷한 상대의 말이라면, 어쩌면 들어주실지도 모르지. 부디 공주님을 봐주게나."

슬퍼 보이는 코난의 표정에 미샤는 이 의사가 진심으로 라라이아를 걱정하고 좀처럼 개선되지 않는 증상에 가슴 아파하고 있다는 걸 알았다.

의사를 부르지 않는 게 아니라, 어쩌면 라라이아 본인이 의사를 거부하는 건지도 모른다고 깨달은 미샤는 자신이 느낀 불신을 조금 잊기로 했다.

"라라이아 님을 만나 뵙기 전에 몇 가지 질문을 해도 괜찮을까요?"

태어났을 때부터 계속 주치의를 맡은 코난은 분명 미샤가 원하는 정보를 갖고 있을 것이다.

쓰러진 라라이아에게 보이는 대응이 자꾸만 마음에 걸려서 그리 적극적으로 대화할 마음이 들지 않았지만, 그 불신이 사라진 지금 태어났을 때부터 주치의를 맡고 있을 코난에게 물어보고 싶은 게 많이 있었다.

물론 라라이아 본인에게도 질문할 테지만, 키나 체중 같은 신체적인 정보나 병력 같은 건 코너가 더 잘 알고 있을 것이다. 지금은 그걸 믿을 수 있었다.

"물론이네. 필요한 것이라면 무엇이든 물어보게."

호호 할아버지 같은 얼굴로 고개를 끄덕이는 코난은 내심 어떤 질문이 날아올지 가슴이 두근거렸다.

의술에 몸을 담은 사람이라면 '숲의 백성'에 대해서 크든 작든 소문을 들은 적이 있기 마련이다.

약사라는 이름을 내세우지만 그 지식은 다방면에 걸쳐 있고, 의사보다 뛰어난 기술을 지닌 자도 많다고 들었다. 게다가 그 지식과 기술은 듣도 보도 못한 것도 많다고 하니 실제로 대화해보고 싶어할 만도 하다.

당연히 호기심이 동한 젊은 시절의 코난도 관련된 소문을 듣고 찾아간 적이 있었지만, 아쉽게도 전부 허탕으로 끝나버렸다.

대부분 평범하게 여행하는 약사거나 소문을 이용해서 이득을 보려는 사기꾼 같은 어중이떠중이였고, 좀처럼 만날 수 없으니까 '환상의 일족'이라고 불리는 거라며 어깨를 떨구었다.

그러는 사이에 본래 왕가의 의사 일족의 후계자이기도 했던 코난은 나이를 먹으면서 거추장스러운 신분이 추가되어 좀처럼 왕성을 떠나지 못하게 되었다.

정열만으로는 넘을 수 없는 벽도 있다.

아쉬움을 느끼면서도 왕성 의사들의 리더로서 생활하던 가운데, 새 왕이 데려온 지올드가 과거에 '숲의 백성'인 듯한 인물의 치료를 받은 적이 있다는 걸 알고는 떨떠름해하는 지올드를 설득해서 치료 흔적을 볼 수 있게 되었다.

잘 단련된 탄탄한 팔뚝의 10센티미터 정도를 그어 놓은 상흔. 뒤틀림도 없고 깨끗한 흉터였다.

"모범으로 삼고 싶어질 정도로 균일하고 섬세한 바늘 자국이로구먼. 아주 가느다란 바늘로 꼼꼼하게 봉합한 것이겠지. 전장이라 설비도 제대로 없는 장소에서 했다는 걸 생각하면 훌륭한 솜씨이기는 하네만."

'목숨을 건졌다'고 들었던 만큼 굉장한 흉터를 기대했던 코난은 내심 실망하면서 그 흉터를 손끝으로 더듬었다.

그런 코난의 속내를 읽은 것처럼 지올드가 쓰게 웃었다.

"상처가 깔끔하다거나 바늘 자국이 예쁘다거나 그런 문제가 아니야. 이 팔은 한번 잘렸으니까."

"뭣이라?!"

생각지도 못한 말에 코난은 눈을 부릅떴다.

지올드의 말로는, 용병으로서 처음 전장에 나가 난전이 일어났을 때 등 뒤에서 공격이 날아왔고 순간적으로 팔을 들어 머리를 감쌌다고 한다. 그 결과 머리는 무사했지만 팔은 피부 한쪽만 남기고 절단되었다고 한다.

"지혈하는 김에 천으로 동여매고 전장에서 이탈하려고 했는데, 피를 너무 흘려서 결국 의식을 잃은 걸 발견한 모양이야. 눈을 뜨자 온몸이 둘둘 말린 채로 누워있었지. 바로 옆에는 마지막으로 싸우고 죽인 줄 알았던 상대가 있는 바람에 나도 모르게 웃어버렸지만."

당시를 떠올리고 눈을 휘는 지올드의 표정은 평화로워서, 자신을 죽이려고 한 상대에 대한 부정적인 감정은 보이지 않았다.

"보다시피 손가락까지 움직임에 문제가 없으니까 당시를 모르는 녀석은 아무도 믿어주지 않지만. 애초에 실제로 수술에 조수로 들어갔던 견습 의사의 말이 없었다면 나도 내 팔이 뜯어질 뻔한 건 꿈이었다고 생각했을걸."

그렇게 말하며 손목과 손가락을 움직이면서 쓰게 웃는 지올드는 의심하는 시선을 받는 데도 완전히 익숙해 보였다. 거짓말쟁이라는 소리를 들은 적도 있었고, 자기만이 아니라 은인을 나쁘게 말하는 데 신물이 나서 밖에서는 이 이야기를 하지 않게 되었다. 이번에는 신뢰하는 고용주의 '부탁'이었기 때문에 마지못해 코너에게 보여준 것이었는데, 조금이라도 의심했다면 볼일 다 끝났다며 바로 도망칠 생각이었다.

코난은 믿어지지 않았다. 부러진 뼈를 붙일 수는 있다. 상처를 봉합할 수도 있다.

하지만 떨어질 뻔한 팔을 적당히 꿰매서 그게 완벽하게 기능을 되찾는 건 들어본 적이 없다.

깨끗하게 잘린 직후에 봉합했더니 기적적으로 괴사를 일으키지 않았다는 이야기를 들은 적은 있어도 가까스로 팔꿈치 같은 커다란 관절은 움직이지만 손에 마비가 남았다고 했다.

반면 지올드는 손목도 손가락도 문제없이 움직이며 악력도 강하다. 아니, 사과를 마치 스펀지처럼 으스러트렸다. 코난보다 몇 배는 더 세다.

"손가락 관절까지 제대로 힘이 들어가는구먼. 놀라운 일일세."

손가락으로 작은 콩을 집어서 다른 접시에 옮기는 섬세한 작업을 지켜보며 코난은 감동에 부르르 떨었다. 어떤 기술이 이 신 같은 기적을 만들어냈는지 질문 공세를 퍼부어서 지올드를 당황하게 만들었다.

코난은 왕성 의사의 수장이다.

귀족이고, 분명 자존심도 강할 테니 겉으로 보기에는 그냥 직선으로 그은 흐릿한 흉터를 보고 또 여느 때처럼 비웃음을 당하는 걸 각오했었다.

'설마 바로 믿고 달려들 줄이야. 고작 용병 출신을 측근으로 세우려는 왕도 그렇고, 이상한 나라라니까.'

아쉽게도 팔을 붙일 때는 기절해 있었던 지올드는 무슨 일이 일어났는지 보진 않았다. 하지만 사라졌어야 하는 팔이 붙어있다는 충격에 당시 호기심이 시키는 대로 질문해댔던 기억은 남아있다. 그렇다도 해도 의료 지식이 없는 지올드는 가르쳐준 내용의 10분의 1도 이해하지 못하고, 심지어 10년 가까이 지난 예전 기억이다.

"어~ 뭐랬더라? 몸 안에는 뼈와 그걸 둘러싸는 근육과 피가 다니는 커다란 길…… 혈관이라고 했던가? 그거하고…… 신경? 이라는 게 있는데, 그걸 하나씩 연결한다고 했던 것 같아."

아무리 사소한 것이라도 괜찮으니 알려달라고 하자 지올드가 필사적으로 기억을 쥐어짰다. 그 이야기를 들으며 코난은 눈을 빛냈다.

솔직히 의미는 알 수 없었다. 하지만 그게 좋았다.

세상에는 아직 모르는 것이 산더미처럼 있으며, 거기에 계속 도전하는 사람들이 있다.

갑자기 전조도 없이 수도를 덮쳐 위세를 떨친 미지의 병.

부흥의 나날 속에서 쫓기듯이 하루하루를 보내다 병마의 최전선에서 싸우고, 또 살아남았다는 의의를 잃어가고 있던 코난은 다시 한번 초심으로 돌아가겠다고 결심했다.

우선은 후학을 육성한다. 그와 병행하여 당시 기억을 글로 엮고 남은 기록을 모아 연구한다. 당시 이미 60을 앞두고 있던 코난에게 제법 뼈가 녹아나는 나날의 시작이었다.

후학은 많이 키워냈다.

병과 전쟁에서 살아남은 다른 의사들과 협력하여 장래성이 있어 보이는 젊은이를 육성하는 체계를 갖추고, 간신히 궤도에 올려놓았다.

아쉽게도 좋은 성과를 얻지 못한 분야도 있지만 이제 막 시작한 상태다. 그리 조급하지는 않았다.

하지만 수도를 덮친 병. 발병한 환자의 상태를 통해 후에 '홍안병'이라는 이름이 붙은 병의 원인 해명은 막막했다.

과거의 문헌을 뒤져도 마땅한 것은 발견되지 않았고, 혼란스러운 당시의 기록도 쓸만한 게 많지 않았다. 무엇보다 사람의 기억이라는 건 시간과 함께 흐릿해지는 법이다. 더욱이 슬픔의 기억을 계속 선명하게 지니고 있을 수는 없다.

이제 끝난 일이라며 입을 다물어버리는 사람도 많았고, 검증하기 위한 기록은 좀처럼 진도가 나가지 않았다.

이렇게 되었으니 진지하게 '숲의 백성'에게 도움을 요청해야겠다며 북쪽 끝에 있다는 환상의 마을에 사자를 보내는 것도 검토하던 가운데 미샤가 찾아왔다.

기대가 올라가는 것도 당연하다고 할 수 있었다.

"우선은 라라이아 님의 키와 체중, 나이와 태어난 이후의 질병 기록 같은 게 있다면 보여주시겠어요?"

'흠. 좋은 표정이로군.'

진지한 표정인 미샤를 보며 코난은 내심 진하게 웃었다.

호기심 많은 어른들을 가차 없이 쫓아냈을 때도 다른 사람이 된 것처럼 보였지만, 거기에서 한 단계 위의 스위치가 눌린 것 같은 느낌이었다.

"그렇구면. 키는 138센티미터. 몸무게는 23킬로그램을 오가고 계시네. 나이는 15살이 되셨지."

"15살이라고요?"

미샤의 눈이 살짝 커졌다.

약사로 의식을 전환해놓지 않았다면 놀라서 큰 소리를 냈을 것이다.

두 살 연하인 미샤와 키가 거의 비슷하다.

15살이라면 1년 뒤에는 성인을 맞이하는 나이다. 하지만 너무 작은 키와 너무 마른 몸은 도저히 그렇게 보이지 않았다.

"멋대로 제 또래라고 생각했습니다."

무심코 흘러나온 미샤의 말에 담겨있는 의미를 알아차린 코난이 쓰게 웃었다.

"그렇지. 도저히 성인을 앞둔 몸으로는 보이지 않으시네. 그래도 최근 1년 사이에 1센티미터 가까이 자라셨지. 물론 급격한 성장에 몸이 따라가지 못했던 건지 쓰러지시는 일도 늘어났네만."

"성장을 저해하는 병이 있으신가요?"

도서실에서 만났을 때 라라이아의 모습을 떠올리며 살짝 눈썹을 찌푸린 미샤의 질문에 코난은 고개를 저었다.

"그것 말이네만, 미샤 님. 주치의이자 이 성의 수석 의사인 내가 내는 도전 과제일세. 과거를 듣지 않은 채 지금의 라라이아 님을 진찰하고 판단해보지 않겠는가?"

"그건……."

온화하게 미소 짓는 코난의 의도를 알 수 없어서 미샤는 고개를 갸웃거렸다.

"걱정 말게나. 선입관 없이 라라이아 님을 봐 주기를 원하는 것뿐이네. 그래. 열 달을 채우기 전에 태어나셨고, 선천적으로 심장이 약하시는 것만은 알려주겠네."

코난의 힌트는 이미 티아와 라이언을 통해 들은 내용뿐이었다.

미샤는 무언가 생각에 잠기듯 잠시 입을 다물었다가 고개를 끄덕였다.

"라라이아 님을 만나 뵙겠습니다."

온갖 마음을 담아 꾸벅 머리를 숙인 뒤 미샤는 옆방으로 이어지는 문으로 발걸음을 옮겼다.

7 병의 정체

"……너는."

방에 들어온 미샤를 보고 라라이아의 눈이 동그래졌다.

라라이아는 침대 위에 앉아 차를 마시고 있는 모양이었다.

부드럽게 퍼지는 달콤한 향기는 여러 종류의 과일과 꽃을 조합한 향.

그 안에 은근슬쩍 자양강장 효과가 있는 약초도 섞여 있다는 걸 깨달은 미샤는 살며시 웃었다.

"다시 인사드립니다, 미샤 드 린드버그라고 합니다. 라라이아 님의 몸을 진찰하기 위해 찾아왔습니다."

가슴께에 두 손을 대고 무릎을 굽혔다.

그건 이 나라의 최상위급 인사였다.

두 손을 겹쳐 가슴에 올려놓음으로써 무기를 들지 않았다는 사실을.

무릎을 굽혀 상대보다 눈높이를 낮추고 무방비한 머리를 드러냄으로써 거역할 의사가 없다는 걸 보여준다고 한다.

"……허락할게."

잠시 침묵이 흐른 뒤 라라이아의 가느다란 목소리가 돌아오자 미샤는 무릎을 폈다.

고개를 들자 라라이아가 관찰하는 듯한 눈으로 미샤를 빤히 바라보았다.

"네가 진찰한다고? 약사잖아?"

그 말에 미샤는 웃으며 고개를 끄덕였다.

"몸을 관찰함으로써 필요한 약을 판단할 수 있답니다. 제가 배운 기술은 그런 것이거든요."

라라이아에게 걸어가 옆에 선 뒤 라라이아의 오른손을 살며시 잡아 들었다.

"어젯밤에는 잘 주무셨어요?"

미샤는 손목의 맥을 보면서 살며시 물었다.

온화한 목소리에 라라이아는 조금 당혹스러움을 보이면서도 순순히 고개를 끄덕였다.

"눈을 뜨셨을 때 평소와 다른 것은 없으셨나요?"

자신만 한 소녀가 마치 의사처럼 질문을 던진다.

그건 무척 기묘한 감각이긴 했으나, 결코 불쾌하진 않았다.

그래서 라라이아는 날아오는 질문들에 고분고분 대답을 돌려주었다.

"상체…… 누워있는 상태에서 몸을 일으키셨을 때 어지럽거나 하진 않으셨어요?"

"……조금. 하지만 항상 그렇고, 가만히 있으면 금방 사라지니까 괜찮아."

부드럽고 맑은 목소리는 어째서인지 라라이아의 가슴에 똑바로 날아와 사뿐히 앉았다. 그래서 여느 때라면 의사에게 괜히 반발하는 라라이아도 그런 마음이 안 드는 건지도 모른다.

"그럼 가슴의 소리를 듣겠습니다."

그렇게 말한 뒤 미샤가 꺼낸 대롱 같은 것을 본 라라이아는 의심스러운 눈빛이 되었다.

"······그건 뭐야?"

"네? 가슴의 소리를 듣는 도구인데요······?"

미샤는 당황하며 대답했다.

대롱의 한쪽 끝을 듣고 싶은 부분에 대고 반대쪽에 귀를 붙여서 몸속의 소리를 듣는 도구였다.

어머니 밑에서 당연하게 사용하던 도구였기 때문에 미샤는 왜 놀라는 건지 알 수 없었다.

"흐음, 그건 어떻게 사용하는 것인가?"

뒤에서 흥미롭다는 목소리가 날아와서 돌아보자 흥미진진하다는 듯한 코난이 보였다.

'언제 들어온 거지?'

미샤는 갑작스러운 코난의 등장에 놀라긴 했으나, 원래 코난과 조수들은 지켜보기로 약속했다는 걸 떠올리고 말을 삼켰다.

그리고 코난 뒤에 있는 두 조수도 똑같은 표정인 걸 보고 그제야 자신이 들고 있는 물건이 이 나라에서는 보기 드문 도구라는 걸 깨달았다.

"그리 복잡한 장치는 아닐 거예요. 이건 가슴에 대서 소리를 듣는 건데, 없으면 그냥 종이를 둥글게 말아도 대용할 수 있다고 엄마가 그랬거든요. 가슴에 직접 귀를 대는 것보다 듣기 쉬워요."

완전히 손이 근질근질해 보이는 코난에게 건네주자 이리저리 돌리면서 관찰하고 있다.

"······여기를 듣고 싶은 장소에 대고 반대쪽을 귀에 대는 건가? 이건 무슨 금속이지? 이 대롱의 안쪽은 어떤 구조인가?"

대롱의 한쪽을 틀어막듯 달린 금속 부분을 통통 두드려보며 질문을 쏟아내는 코난의 박력에 미샤는 뻣뻣한 미소를 지으면서 살며시 손을 내밀었다.

"아쉽지만 내부 구조까지는 서도 모릅니다. 엄마가 당연하게 사용하던 거라 흔한 것인 줄 알고 구조에까지 관심을 가진 적이 없었거든요. 죄송합니다."

어떻게든 안을 들여다보려고 하는 코난은 내버려 뒀다간 분해해 버리기라도 할 듯한 기세였다.

아쉬워하는 얼굴로 미샤에게 돌려주는 걸 보면 그 상상은 썩 틀리지 않은 모양이었다.

"엄마의 유품이니까 분해만은 하지 말아주세요. 이건 이렇게 쓰는 겁니다."

쓰게 웃으면서 살며시 자신의 가슴팍을 풀고 심장 위에 한쪽을 가져갔다.

그러자 코난과 조수들 뒤로 문 앞에서 흥미진진한 얼굴로 이쪽을 보고 있던 라이언과 트리스가 허둥지둥 미샤에게 등을 돌렸다.

의사들은 미지의 도구에 대한 호기심과 평소 진찰하면서 익숙한 광경이기 때문에 딱히 반응을 보이지 않았으나, 보통 사람에게 미샤의 모습은 부끄럽고 민망한 모습일 수밖에 없었다.

적어도 어린 소녀가 쉽게 보여줘도 되는 모습은 아니다.

"오오, 이건……."

바로 귀를 가져가 소리를 들은 코난이 눈을 가늘게 떴다.

대롱이 닿은 장소를 몇 군데 옮기면서 듣던 코난은 한숨을 쉰 뒤 제자들에게 장소를 양보했다.

"너희들도 들어보도록 하려무나. 이건 놀라운 도구야."

"······그럼 실례합니다."

코난이 건네준 대롱을 받은 제자가 가볍게 꾸벅 인사한 뒤 미샤의 가슴에서 나는 소리를 들었다. 그 후 다른 제자가 똑같이 반복하는 동안 미샤는 가만히 있었다.

미지의 도구에 대한 탐구심이 시키는 대로 움직이는 그들의 모습은 미샤도 친숙한 광경이기에 방해할 마음이 들지 않았다.

"잘 들리네요."

"무엇보다 직접 가슴에 귀를 대지 않아도 되니까 젊은 여성들이 진찰받을 때 망설임이 줄어들 것 같습니다."

필요해서 하는 일이라고는 하나 남편도 가족도 아닌 상대가 가슴에 귀를 딱 누른다는 건 여성······ 특히 미혼의 젊은 여성에게는 장벽이 높았다.

부끄러운 나머지 진찰을 망설이다가 일찍 투약했다면 금방 낫는 폐병을 늦게 발견하는 일이 자주 있다.

흥분한 듯 이야기하는 제자들의 모습에 눈웃음을 지은 코난은 미샤에게 시선을 돌렸다.

"그건 뭐라고 부르는 도구인가?"

"엄마는 청진기라고 불렀습니다."

풀어헤친 매무새를 고치며 대답하자 코난이 고개를 끄덕였다.

"청진하는 도구라는 뜻인가. 그렇구먼. 한데 이 도구는 미샤 님의 어머니가 시집갈 때 가져온 것일 터이니, 그 일족은 십수 년 전에 이것을 만들어냈다는 말인가······."

진지한 얼굴로 입을 다문 코난을 보고 미샤는 고개를 갸웃거렸다.

"그럴 거예요. 엄마가 이건 이미 시대착오적인 도구라고 말한 적이 있으니까, 지금은 더 개량된 게 있겠죠."

묵직한 청진기를 두 손으로 굴리며 중얼거린 미샤의 말이 의사들에게 준 충격은 어마어마했다.

지금 눈앞에 있는 '청진기'조차 의사들에게는 경이로운 도구였는데, 그게 '시대착오적'이라고 한다.

확실히 10년이라는 세월이 있다면 더 좋은 것으로 개량되었어도 부자연스럽지 않으나, 이성은 좀처럼 받아들이지 못했다.

무의식중에 헛웃음이 나오는 것도 어쩔 수 없는 일이다.

"소문으로는 들었네만, 솔직히 부풀려진 부분도 많을 줄 알았거늘……. 도구 하나만 보아도 이 정도여서야…… 정말로 흥미로운 일족이구면."

한숨과 함께 중얼거린 말을 난처한 얼굴로 들은 미샤는 눈앞에서 오가는 행위를 어리둥절한 얼굴로 보고 있는 라라이아를 가리켰다.

"도구 설명은 끝났으니 진찰을 마저 해도 괜찮을까요?"

"아아, 미안하네. 어서 하게나."

완전히 잊고 있던 본래의 목적을 떠올린 코난과 조수들은 자세를 바로잡았다.

"직접 피부에 대는 것이 더 잘 들리는데, 침대 커튼을 내려도 괜찮을까요?"

경호 문제도 있을 것 같아 라이언 쪽을 돌아보자 조금 얼굴이 빨개진 라이언이 고개를 끄덕였다. 15살이면 이미 가족이라고 해도 이성에게 피부를 드러내는 건 거부감이 드는 연령이다.

조금 전 자신의 행동은 완전히 잊어버리고 라라이아를 배려하는 미샤의 행동에 코난과 조수들은 미묘한 표정을 지었다.

시녀들이 커튼을 내려주자 공간이 차단되었다.

라라이아와 미샤, 그리고 감시를 위한 코난만이 남았다.

"기다리셨습니다. 그러면 가슴과 폐의 소리를 듣겠습니다."

미샤의 말에 라라이아는 익숙한 동작으로 옷을 풀어헤쳤다.

아기일 때부터 온갖 병에 걸렸던 라라이아에게 의사 앞에서 피부를 드러내는 건 부끄럽다는 감정이 들지 않을 정도로 일상적인 행동이었다.

미샤는 정면과 등에서 소리를 듣고, 이어서 옆으로 눕게 한 뒤 배의 소리도 들은 뒤 손가락으로 몇 군데를 톡톡 두드렸다.

게다가 입 안과 눈, 귀 같은 곳도 관찰한 후에야 미샤의 진찰이 끝났다.

라라이아가 매무새를 고치자 침대 커튼이 스르륵 걷혔다.

그곳에는 걱정하는 얼굴로 이곳을 바라보는 라이언의 모습이 있었다.

"동생의 건강은 어떤 상태인 거지?"

"……음, 그게요."

미샤는 천천히 생각에 잠기듯 살짝 먼 곳을 쳐다본 뒤 라이언을 바라보았다.

"라라이아 님의 현재 건강 상태에 급박한 위험은 없습니다."

"""……어?"""

딱 잘라 말한 내용에 놀란 목소리가 여럿 터졌다.

그건 라라이아 본인이고, 라이언이고, 트리스였지만 의사들의 목소리는 포함되지 않았다.

"실은 라라이아 님을 만나 뵙기 전에 라라이아 님을 모시는 시녀분들께 평소 생활이나 식사 상태 등의 이야기를 들었습니다. 그것과 지금 진찰 결과를 합쳐서, 한 번 더 말씀드릴게요. 라라이아 님에게 현재 급한 병마의 위험은 없습니다."

너무나 예상치 못한 말이었는지 라이언은 눈이 휘둥그레져서 미샤 옆에 있는 코난에게 시선을 돌렸다.

코난은 아무 말 없이 그저 어깨를 으쓱했다.

그게 대답이었다.

이어서 미샤가 진찰하여 얻은 소견을 늘어놓았다.

"먼저 어릴 때 앓으셨다는 심장은 현재 거의 잡음을 확인할 수 없었습니다. 아마도 심장벽에 작은 구멍이 뚫려 있었던 거겠지만 성장하면서 자연스럽게 막힌 것 같습니다. 최근까지 감기로 앓아누우셨다고 들었는데, 목이 살짝 붉은 걸 보면 기침이 나거나 딱딱한 음식을 삼켰을 때 상처가 조금 나기는 했을지도 모르지만 폐에서 나는 소리는 깨끗했습니다.

구취가 나는 걸 보면 위는 이상이 있는 것 같은데 통증 같은 자각 증상은 없다고 하셨으니 큰 문제는 아닌 것으로 보입니다.

자주 쓰러지시는 건 빈혈 때문이겠죠. 그리고 오랜 편식과 투병 생활로 인한 허약 체질입니다. 심장은 이후 정기적인 점검이 필요하지만 아마도 이대로 개선될 것으로 보입니다.

빈혈과 위염, 허약 체질은 생활 습관과 식생활 개선, 그리고 약을 잘 챙겨 드시면 대처할 수 있습니다."

줄줄 늘어놓는 설명에 라이언은 눈썹을 찡그렸다.

영 익숙하지 않은 단어가 이어지자 귀에서 헛돌아 정보를 제대로 파악하지 못하는 모양이었다.

"……즉?"

"목숨에 위험은 없습니다. 현재 상황은 라라이아 님께서 처방받은 약을 안 드시는 데다가 태만한 생활을 하시는 게 주요 원인으로 보입니다."

단호한 말에 라라이아의 눈이 커졌다.

파리한 뺨이 분노 때문인지 확 붉어졌다.

"무례하잖아!!"

"물론 몸이 힘드신 건 사실일 겁니다. 하지만 약이 싫어서 안 드시거나 치료를 거부하시니까 증상이 개선되지 않는 것도 사실입니다. 약의 종류에 따라서는 먹자마자 극적인 효과를 보이지는 않지만, 오래 복용해서 개선되도록 만들어지는 것도 있으니까요."

분노하는 라라이아에게 미샤는 담담한 태도로 단언했다.

그런 두 사람의 모습을 코난은 재미있다는 얼굴로 바라보았다.

비슷한 나이의 소녀가 너무도 대조적인 표정을 짓고 있으니 웃음이 터지려는 걸 참느라 필사적이다.

실제로 미숙아로 태어나 생사가 위태로웠던 아동기가 지나자 라라이아의 몸이 진정된 것은 사실이었다. 코난의 견해도 미샤와 그리 차이가 없었다.

너무도 작고 약했던 시기를 봤기 때문에 주변 사람들이 지나치게 싸고 돌면서 어리광을 받아준 것도 사실이었다.

이러는 코난도 라라이아가 울먹이며 바라보면 필요한 잔소리도 목에 턱 걸려서 나오지 않게 된다는, 다소 한심한 상태였다.

목숨이 위험한 것도 아니니까…… 하며 자꾸만 어리광을 받아주었다는 자각이 있던 만큼 겸연쩍어서, 어안이 벙벙한 얼굴로 동생과 미샤를 번갈아 쳐다보는 라이언에게서 슬그머니 시선을 돌렸다.

"즉, 처방받은 약을 잘 먹고 규칙적인 생활을 하면 동생은 건강해질 수 있다는 건가?"

툭 중얼거리는 말에 미샤는 바로 고개를 끄덕였다.

"네. 원래 체질이 어느 정도였는지에 따라서도 다르지만, 적어도 지금처럼 빈번히 쓰러지거나 사소한 감기에 걸려서 앓아눕는 일은 줄어들 겁니다."

미샤의 말에 라이언은 다시 코난을 돌아보았다.

"코난?"

"맞습니다. 다만 문제는 저를 비롯한 주위 사람이 라라이아 님께서 거부하시면 강하게 나가지 못한다는 점입니다."

공손하게 머리를 숙이는 코난을 보고 라이언은 무언가 생각하듯 눈을 감았다.

라이언의 미간 주름이 깊어졌다.

"……오라버니?"

라이언의 침묵에 라라이아가 불안하다는 듯 오빠를 불렀다.

그 목소리에 대답하는 대신 라이언은 눈을 뜨고 미샤를 바라보았다.

"미샤라면 동생의 상태를 개선해줄 수 있겠어?"

미샤는 놀란 듯 눈이 살짝 커졌다가 꽃이 피듯 생긋 웃었다.

하지만 사전에 시녀에게서 이야기를 들었던 미샤는 라라이아가 '규칙적인 생활'을 하게 만드는 게 아주 힘든 작업이 된다는 걸 알고 있었다.

적어도 처음 며칠은 절대 순순히 따라주지 않을 것이다.

그래서 진찰 결과가 나왔을 때 얻으려고 했던 허락을 요청했다.

"불경죄를 묻지 않는다고 약속해주신다면요."

미샤의 말에 라이언은 조금 놀란 표정을 지은 뒤, 이쪽은 사악하게 씨익 웃었다.

"맡기겠다."

"오라버니?!"

짧은 허락에 라라이아의 비명이 겹쳐졌다.

하지만 그런 목소리 같은 건 들리지 않았다는 듯 미샤는 웃는 얼굴로 무릎을 굽혀 우아한 숙녀의 예를 갖추었다.

"폐하께서 원하시는 대로."

이리하여 미샤는 라라이아의 주치의라는 지위를 손에 넣었다.

그건 무척 명예로운 일이지만, 쉬운 일이 아니라는 건 다음 날부터 울리기 시작한 라라이아의 비명과 버럭거리는 목소리만으로도 명백했다.

물론 라라이아의 비명을 받아치는 목소리의 내용은 '빨리 일어나세요', '편식하시면 안 됩니다', '약 제대로 드세요' 같은 것이며, 도망치는 라라이아를 **웃는 얼굴**로 쫓아가는 미샤의 모습도 마찬가지로 자주 볼 수 있는 광경이 되었다.

그 결과, 현재 주변에서는 따뜻하게 지켜보는 중이다.

라라이아는 못마땅한 얼굴을 감추려고도 하지 않고 아침 식사에 딸려 나온 주스를 마시고 있었다.

고운 녹색의 액체는 미샤 특제 채소 주스이자, 여러 종류의 과일과 채소, 약초로 만들어져 있다.

처음에는 선명한 녹색에 겁을 먹은 라라이아도 미샤의 강요에 억지로 마셔봤더니 상큼한 과일의 단맛과 허브의 부드러운 향기가 의외로 맛있어서 충격을 받고 내심 좋아하게 되었다.

물론 처음이 강요였기 때문에 솔직해지지 못한 라라이아는 맛있다는 말은 입이 찢어져도 말할 생각이 없었다. 하지만 표정과 태도로 주변에는 다 들통난 상태였다.

더불어 미샤가 주는 약도 라라이아는 마음에 들었다. 그 약들은 먹기 쉽도록 가루약은 단맛과 향이 났고, 알약은 크기가 작아서 삼키기 쉬웠다.

전부 섬세한 배려가 들어가 있었으며 마무리로 입가심용 사탕까지 준비해놓을 만큼 세심했다. 사실은 그 사탕에도 빈혈에 좋은 허브가 들어가 있지만, 모르는 게 약이다.

"……너도 용케 하는구나."

라라이아는 온갖 요리가 조금씩 예쁘게 쌓여있는 접시를 예의 없게 포크로 쿡 찌르면서 중얼거렸다.

단백질도 채소도 균형 있게, 편식이 심한 라라이아라고 해도 무리하지 않고 즐겁게 먹을 수 있도록 철저히 계산된 아침 식사는 미샤가 왕성의 주방장과 상담해서 만들어낸 메뉴라는 걸 라라이아는 잘 알고 있었다.

지난 전쟁에서 입은 큰 타격으로부터 회복하기 위해 오빠가 '소박함'과 '효율'을 추구한 결과 이런 화사한 부분은 완전히 삭제되고 말았다.

'몸에 좋으니까', '필요한 영양분이니까'라며 쓴맛이 강한 채소도 그대로 식탁에 올라오는 나날은 라라이아의 식사 거부를 더욱 단단하게 만들었다.

설령 재료가 같아도 색이나 모양내기로 잘 연출해주면 아이들은 기분이 좋아지는 법이다.

첫날 아침.

강제로 눈을 뜨고 끌려간 아침 식사 자리에서 채소가 예쁘게 쌓여 있고 토끼 사과에 파프리카 꽃으로 꾸민 샐러드를 발견한 라라이아는 그 그릇에 눈이 못 박혔다.

라라이아는 손을 들어 살며시 토끼 사과를 집었다.

어릴 적 감기에 걸려 앓아누운 라라이아에게 어머니가 평소엔 다뤄본 적도 없는 과도를 들고 고군분투하며 잘라주었던 것을 떠올렸다.

지금보다 훨씬 몸이 약하고 누워 있기만 했어도 아버지도 어머니도 오빠들도 있었고 무척 행복했다.

침대에서 나오지 못하는 라라이아를 번갈아 찾아와서는 빨리 건강해지라며 머리를 쓰다듬고 격려해주었다.

수도에 그 병이 유행했을 때, 우연히 요양을 위해 시골에 가 있던 라라이아는 살아남았다. 그런 아이러니함에 울다 웃으며 신을 원망했다.

자신이 아니라 왜 아버지와 어머니를 데리고 가 버렸냐고.

살짝 깨물자 사과는 적절하게 새콤달콤한 맛을 남기고 목을 넘어갔다.

동시에 가슴속 깊은 곳에서 치밀어오르는 뜨거운 무언가를 가까스로 참은 라라이아는 묵묵히 아침을 먹었다.

이런 일로 눈물이 나오려는 자신을 인정하고 싶지 않았기에 말없이 식사를 할 수밖에 없었다.

무언가 말을 하려고 하면 오열이 터질 것 같았으니까.

평소였다면 거부했을, 식후에 나오는 약도 그 기세 그대로 마셔버린 라라이아는 그 후 식사나 약을 거부할 타이밍을 완전히 놓쳐버렸다.

그래서 오늘 아침도 침대에서 끌려 나온 뒤에는 얌전히 식탁에 앉았다.

물론 불만 있다고 호소하기 위해 못마땅한 표정을 짓고는 있지만.

"……오늘은 장미원을 산책해보도록 해요. 무척 아름답게 피어있더라고요."

미샤는 그렇게 말하더니 식후의 로즈티를 살며시 라라이아에게 내밀었다.

"그러고 보니."

차를 마시며 라라이아는 문득 생각났다는 듯 옆에 서 있는 미샤를 올려다보았다.

"너, 어머니가 '숲의 백성'이었다고 들었는데."

"라라이아 님!"

갑작스럽게 나온 화제에 미샤가 아니라 시녀들이 더 당황하며 라라이아를 불렀다.

"왜. 어머니의 출신을 물어보는 게 그렇게 이상한 일이야? 훌륭한 지식을 지닌 일족이라며? 자랑스러운 일이잖아?"

의아한 얼굴로 당연하다는 듯 말하는 라라이아를 보고 미샤는 무심코 웃음을 터트렸다.

그러고는 얼굴이 파래져서 당황하는 캘리에게 '괜찮습니다.'하고 중재했다.

미샤에게는 아직 자각이 흐릿하지만, 어머니가 '숲의 백성' 출신이라는 건 미란다의 이야기로도 판명된 사실이다. 다만 자신이 그곳에 간 적도 없고 어머니에게 직접 이야기를 들은 적도 없기 때문에 미샤가 대답할 수 있는 것도 얼마 없다.

"아무래도 그렇다는 모양이지만, 제가 어머니에게 그 이야기를 들은 적은 없어서 드릴 말씀은 없네요. 어머니에게 약초나 의료 기술을 배운 건 사실이지만 그게 이 나라의 의사 선생님이나 약사님들과 얼마나 다른 지식인지도 모르겠어요. 다만 코난 님께서 보장해주셨으니 안심해주세요."

생긋 웃는 미샤의 말에 라라이아는 고개를 갸웃거렸다.

"그래? '숲의 백성'은 백금발과 녹색 눈동자라는 외모적 특징이 있다고 어디선가 읽은 적이 있어. 그것만 보면 미샤는 딱 들어맞는 모양이야. 하지만 같은 머리 색도 눈 색도 흔히 있을 것 같은데, 무언가가 다른 거야?"

"글쎄요. 어머니도 같은 색이었으니 저에게는 별로 특이한 색이라는 인식조차 없었으니까요."

라라이아의 손이 슥 다가와 미샤의 머리카락을 한 움큼 잡았다.

그러고는 긴 머리카락을 끌어당겨 빤히 살펴보았다.

"어? 햇빛을 받으면 신기하게 빛나."

라라이아가 무언가를 알아차린 듯 창문에서 들어오는 햇빛에 머리카락을 비춰 보았다.

"이거 봐 봐. 캘리."

부름을 받은 시녀는 눈에 힘을 줘서 미샤의 머리카락을 살폈다.

"어머나, 정말이네요. 마치 안쪽에서 빛나는 것처럼 보입니다."

"그것만이 아니야. 각도를 바꾸면 아주 조금이지만, 마치 토파즈 처럼 다양한 색이 보여."

그 말에 미샤도 반대쪽에서 자신의 긴 머리카락을 붙잡고 햇빛에 비춰 보았다.

"듣고 보니 그렇게 보이는 것 같기도 하고?"

"뭐야, 자기 머리인데 몰랐어? 아주 예쁘잖아."

반응이 썩 신통치 않은 미샤를 보고 라라이아가 기가 막힌다는 듯 입술을 삐죽였다.

"예쁜, 가요?"

너무도 직설적인 칭찬이 간지러워서 미샤는 수줍게 웃었다.

"예뻐. 이렇게 변하는 머리 색은 처음 봤어. 이런 거라면 특징으로 꼽히는 것도 이해가 가. 눈동자 색도 무언가 변화가 있는 걸까?"

"예의가 아닙니다, 라라이아 님."

이번에는 가까이서 눈을 들여다보려고 하는 라라이아를 캘리가 말렸다.

"알았다고."

머리카락의 색을 실컷 뜯어본 것으로 일단 만족한 듯한 라라이아 는 쌍심지를 켜는 캘리의 지적에 얌전히 의자에 앉았다.

그런 두 사람을 보고 웃으면서 미샤는 어머니의 머리카락을 떠올 렸다.

'그러고 보면 거울이 있긴 했지만 창문에서 떨어진 장소에 있었던

것 같아. 혹시 햇빛에만 반응하는 걸까? 그런데 밖을 산책할 때도 이런 식으로 빛났던가?'

"미샤, 왜 그래?"

머리카락을 잡은 채로 멍하니 서 있는 미샤를 라라이아가 의아해하며 불렀다.

그 목소리에 정신을 차린 미샤는 아무것도 아니라며 고개를 저었다.

'다음에 미란다 씨에게 물어봐야지.'

아쉽게도 그 의문은 분주한 일상에 휩쓸려 날아가는 바람에 상당한 시간이 지난 뒤에야 답을 얻게 되었다.

8 정원의 작은 오두막과 미란다의 마음

미샤는 아침 이슬이 맺힌 정원을 천천히 걸었다.

공기가 서늘해서 쌀쌀함을 느낄 정도지만 숲속에서 살던 미샤에게는 최근 수도의 후덥지근한 공기보다는 훨씬 기분이 좋았다.

철저히 계산해서 배치된 꽃들이 부드러운 꽃잎을 펼쳐 미샤의 눈을 즐겁게 해주었다.

크게 심호흡하자 처음 맡는 달콤한 향기가 났다.

"이건…… 케이란 꽃인가?"

도감에서 본 적 있는 꽃에 미샤는 살짝 고개를 갸웃거렸다. 선명한 노란색 꽃잎을 지닌 케이란은 한여름에 핀다고 알고 있다.

"요즘 갑자기 더워져서 꽃도 계절을 착각해버린 걸까?"

발밑에서 즐겁게 뛰어다니는 렌에게 말을 걸며 고개를 기울였다.

물론 대답 같은 건 돌아오지 않았지만, 아는 건지 모르는 건지. 발을 멈춘 렌도 미샤와 마찬가지로 고개를 갸웃거리더니 꽃을 와앙 물어버렸다.

"맛있어?"

갑작스러운 폭거에 미샤의 눈이 휘둥그레졌다. 렌은 우물우물 입을 움직인 뒤 꼬리를 흔들며 다시 달리기 시작했다.

이른 아침이라 사람이 없는 정원은 렌도 마음껏 달릴 수 있는 건지 무척 즐거워 보였다.

신경 쓰지 않아도 된다고는 들었지만, 예쁘게 관리된 성안을 렌이 자유롭게 달리게 두는 건 역시 면목이 없어 방에 두는 시간이 아무래도 길어진다. 렌이 운동 부족이 될 것 같아 무척 마음에 걸렸다.

티아가 왕성에서 관리되는 사냥개들 무리에 데려가 주고 있긴 하지만, 종족의 차이도 있어서 그런지 좀처럼 적응하지 못하는 모양이었다. 정확하게는 경계 대상으로 인식된 건지 자유롭게 풀어놔도 멀리 가 버린다고 했다. 정작 렌은 신경 쓰는 기색도 없이 유유자적 운동장을 달려서 훈련사에게는 거물이 될 거라는 감탄도 받았다.

그리고 역시 아직도 산에서 주운 늑대라고는 말하지 못하고 있다. 일단 순수한 개라고 생각하지는 않는 건지 어딘가 늑대의 피가 섞여 있을 거라고 생각하는 모습이 적나라하게 보였다.

렌은 훈련도 나쁘지 않지만 미샤와 같이 있는 시간이 가장 편안한 건지 아침 산책 시간도 즐거워하며 따라온다.

천진난만하게 달리는 작은 뒷모습을 쿡쿡 웃으며 바라본 미샤는 노란 꽃 한 송이를 살며시 꺾어 향기를 즐기면서 다시 천천히 걷기 시작했다.

식용은 아니지만 선명한 노란색은 식탁에 장식하면 분명 잘 어울릴 것이다.

조금 뒤면 라라이아의 아침 식사 준비가 시작된다.

이 이른 아침은 최근의 미샤에게는 귀중한 아침 자유 시간이었다.

정해진 시간에 라라이아를 깨우고 아침을 먹인다.

처음에는 라라이아를 깨우느라 고생이었으나, 지금은 몸이 익숙해진 건지 짜증을 부리지도 않고 바로 일어나 아침을 먹게 되었다.

이 상태라면 슬슬 아침 기상을 라라이아의 시녀에게 맡겨도 괜찮을 것 같다.

'오늘은 주스에 인라를 섞어봐야지.'

자양분이 풍부한 나무 열매이긴 하지만 독특한 신맛이 강하다. 눌러주기 위해서는 뭐가 좋을지 고민하며 미샤는 느긋하게 걸어 갔다.

라라이아의 식사 메뉴는 이미 요리사에게 전달해두었으나, 굳이 따지라면 약으로서 의미가 강한 믹스 주스만큼은 미샤가 직접 만들 기 때문이다.

'그나저나……'

꽃을 손끝으로 빙글빙글 돌리며 미샤는 살며시 한숨을 쉬었다.

현재 미샤가 약을 제공하는 건 라라이아 뿐.

지금까지는 갖고 있던 약초로 충당했지만, 슬슬 부족해지기 시작 했다.

아마도 부탁하면 '누군가'가 수배해 줄 테지만, 지금까지 모든 약 초를 직접 채집하거나 도저히 직접 채집할 수 없는 건 실제로 보고 골랐던 미샤에게 '누군가'가 마련해주는 약초를 조합해서 사용하는 건 위화감이 강했다.

아버지의 저택에서도 마음에 드는 것이 좀처럼 손에 들어오지 않 아서 고생했다.

사실 왕족에게 약을 제공하는데 어디서 채집했는지도 알 수 없는 미샤의 약초를 사용하는 것이야말로 특례라는 걸 미샤만이 모르고 있었다.

"어떻게 할까……"

"뭐 고민 있어?"

무심코 흘러나온 미샤의 말에 불쑥 끼어드는 목소리. 생각에 잠겨 있던 미샤는 놀라서 고개를 들었다.

"좋은 아침, 미샤. 일찍 일어났구나."

"미란다 씨!"

어느새 바로 앞에 서 있던 미란다의 모습에 미샤는 눈이 휘둥그레지더니 신이 나서 뛰어들었다.

"어디 갔었던 거야?! 이제 안 돌아오는 줄 알았어!"

아는 사람을 만나고 오겠다며 나간 채 열흘이나 연락이 없었기 때문에 미샤는 마음이 불안했었다.

"미안해. 상대를 찾느라 생각보다 시간을 많이 잡아먹은 데다 예정했던 것보다 먼 곳까지 다녀오게 되었거든."

미샤의 찰랑찰랑한 머리카락을 쓰다듬으며 미란다는 온화한 목소리로 사과했다.

그 다정한 목소리에 정신을 차린 미샤는 마치 어린아이 같은 자신의 행동을 깨닫고 뺨을 붉히며 살며시 떨어졌다.

"……다녀오셨어요, 미란다 씨. 아침 식사가 아직이라면 같이 드실래요?"

미샤가 조금 부끄러워하며 제안하자 미란다는 웃으며 고개를 끄덕였다.

"아침 첫 마차를 타고 오느라 배가 등에 붙었어."

"그럼 많이 준비할게."

미샤는 미란다의 손을 잡고 서둘러 방으로 향했다.

"……방 바꾼 거야?"

미샤가 데려온 장소를 본 미란다는 묘한 표정으로 고개를 기울였다.

그곳은 정원 구석에 있는 작고 오래된 오두막이었다.

아마도 정원사 가족이라도 살고 있었을 그곳은 오래되긴 했어도 잘 관리되어 있어서 아늑해 보였지만, 왕궁의 객실에 비하면 명백하게 조촐했다.

끌고 가는 대로 부엌 겸 거실인 듯한 장소에 놓인 테이블에 도착한 미란다의 조금 험한 표정을 보고 의아해한 미샤는 퍼뜩 눈치채고는 허둥지둥 고개와 손을 도리질 쳤다.

"오해야, 미란다 씨. 내가 여기로 옮기고 싶다고 부탁했어!"

눈이 돌아갈 기세로 도리질하는 미샤의 반응에 미란다는 놀란 얼굴로 고개를 갸웃거렸다.

미샤는 필사적으로 설명했다.

"나는 엄마랑 숲속에서 살았으니까, 호화로운 방이나 많은 사람이 주변에 있는 생활에 도저히 적응이 안 됐거든. 산책할 때 아무도 안 쓰는 이 집을 발견하고 폐하를 졸라서 여기에 이사 왔어. 여기라면 혼자 있을 수 있고 물도 있으니까 약초를 관리하기에도 딱 좋았거든."

이런 곳에 어떻게 보내냐며 난색을 표하는 라이언과 주변 사람들을 필사적으로 설득했던 시간을 떠올린 미샤는 힘없이 눈썹꼬리를 축 내렸다.

혹시 그들은 미란다의 이런 오해도 포함해서 막았던 건지도 모른다고 생각하자 면목이 없었다.

그리고 그 설득을 재미있다는 얼굴로 구경하던 지올드를 살짝 원망했다.

'알고 있었으면 가르쳐주지. 분명 이렇게 될 걸 알고 재미있어했던 거야.'

미란다는 미샤의 표정에 거짓말이 없다는 걸 읽어내고 어깨에서 힘을 뺐다.

확실히 미샤에게 들은 레이어스와의 생활을 떠올리면 화려한 왕성 생활은 필시 거북했을 것이다.

사적이면서 긴장을 풀 수 있는 공간을 원했다고 해도 이해가 간다.

다시금 실내를 슥 둘러보자 바람이 잘 통하는 그늘에 말린 약초 다발이 매달려 있고, 수도 구석에는 조합에 사용하는 도구가 반듯하게 정리되어 있었다.

미샤에게 편안한 공간을 착실하게 만들어 놓았다.

더불어 지금 미란다가 앉은 의자와 테이블은 심플하면서도 탄탄하게 만들어졌으며 착석감도 좋다.

아마도 상당히 고급스러운 물건을 미샤 모르게 슬쩍 옮겨놓았을 것이다.

'이걸 보면 다른 방도 안 봐도 비슷한 느낌이겠지.'

만에 하나 가족이 봐도 절대 홀대하는 게 아니라고 해명할 수 있도록. 그렇다고 고급 물건이라는 걸 미샤가 눈치채면 분명 난처한 얼굴로 돌려보낼 게 뻔했다.

필사적인 균형에 성 사람들의 고생이 비쳐 보인 미란다는 내심 쓰게 웃었다.

"그래. 미샤가 바란 거라면 문제없지. 아담하고 좋은 집이네. 내

방도 있니?"

"물론이지. 미란다 씨가 싫지 않다면 여기 있어 줘."

기뻐하며 웃은 뒤 미샤는 빠르게 아침을 준비하기 시작했다.

그 뒷모습을 바라보며 별 뜻 없이 한 번 더 오두막 안을 둘러본 미란다는 대롱대롱 매달린 약초 다발들 너머에 세워진 것을 보고 무심코 자리에서 일어났다.

"이건……."

그건 커다란 지팡이였다.

크기는 미란다도 조금 올려다봐야 할 정도. 손잡이 부분은 곧고 잘 다듬어져 있지만, 끄트머리 쪽은 나무의 질감을 그대로 살려서 조금 울퉁불퉁하다. 크게 곡선을 그리는 그 끝에는 각지고 고풍스러운 작은 랜턴이 달려있었다.

그리고 지팡이의 모양이 바뀌는 부위.

둥글게 구부러지기 시작하는 나무 질감을 남긴 그곳에는 여분의 가지를 잘라낸 흔적인 듯한 작은 돌출부가 있었다. 각진 곳은 잘 다듬어서 실수로도 주인을 다치게 하지 않도록 처리해놓은 그 돌출부에는 색이 바랜 술 장식이 묶여있다.

그 지팡이는 레이어스의 지팡이였다.

정확하게는 레이어스의 어머니가 젊은 시절 여행할 때 사용하던 지팡이로, '나도 언젠가 이 지팡이와 함께 여행할 거야' '그럼 나도 같이 갈래'라며 미란다와 함께 이야기하던 추억의 물건이었다.

일족을 떠나는 레이어스가 가지고 갈 수 있었던 몇 없는 물건이기도 했다.

미란다는 울 것 같은 기분으로 그 장식 술을 살며시 매만졌다.

"레이아……. 계속 달고 있었구나."

고집쟁이였던 어린 미란다는 도저히 떠나는 친구를 미소로 보내 줄 수가 없었다.

그래서 여행을 떠나는 전날 밤에 몰래 레이어스의 지팡이에 그 장식 술을 달아놓았다. 안전한 여행을 기도하며. 그 후 레이어스에게 많은 행복이 오기를 기도하며.

자기가 했다고 알 수 있는 증표는 남기지 않았다. 하지만 태어났을 때부터 같이 자란 인연은 그래도 레이어스에게 전해준 모양이었다. 미란다의 어설픈 다정함을.

"이런 게 아니라 제대로 웃으며 보내줬더라면 좋았을걸."

미란다는 후회가 얼룩진 목소리로 눈물 한 방울을 흘렸다.

'숲의 백성'의 성인 기준은 바깥 세계보다 높다.

이 대륙에서 일반적으로 성인이 되는 16살은 준성인으로 부르고, 바깥 세계에 나가려면 보호자에 해당하는 어른과 함께 행동해야 한다. 혼자 자유롭게 행동할 권리를 받는 건 20살이 된 뒤다.

20살이 되면 성인으로 인정받고 온갖 권리와 의무가 발생한다. 레이어스보다 세 살 어린 미란다는 혼자서 바깥 세계를 다닐 수 있게 되려면 시간이 걸렸다.

어쩌면 이게 마지막이 될지도 모른다고 마음속 어딘가에서 알고 있었는데도 어린 미란다는 도저히 자신을 두고 떠나려는 레이어스의 결단을 인정하지 못했다.

그리고 괜히 시간 간격이 벌어진 탓에 자유롭게 혼자 돌아다닐 수 있게 된 뒤에도 새삼 어떤 얼굴로 만나야 할지 알 수 없어서 만나러 가지 못했다. 일족을 떠난 사람에게 경솔히 접촉하면 안 된다는 규정을 변명으로 삼으며. 완전히 문제를 악화시켰다고 할 수 있다.

결국 그날의 이별이 진짜 마지막이 되고 말았다.

그 사실을 알게 된 뒤로 계속 후회했다.

하지만.

긴 시간을 거쳐 아직도 단단히 묶여있는 장식 술.

항상 자신을 다정하게 이끌어주던 레이어스라면 고집쟁이인 미란다의 성격도 알고선 '어쩔 수 없다니까'라며 웃었을지도 모른다.

언젠가. 용기를 내서 만나러 갔을 때 고맙다고 말하기 위해 이 장식 술을 계쏙 달아두고 있었던 게 아닐까.

그 상상은 미란다의 마음을 조금 위로해주었다.

"레이아, 행복했어?"

그날 울면서 중얼거렸던 질문을 한 번 더 던져 보았다.

'당연하지'라는 목소리가 어딘가에서 들린 것 같아 미소 지은 미란다의 뺨을 타고 눈물이 한 방울 더 흘러내렸다.

버터와 우유를 듬뿍 사용한 부드러운 오믈렛에 바삭하게 구운 베이컨을 곁들여서. 다양하고 신선한 채소를 섞은 샐러드에는 깔끔한 식초 드레싱. 수프는 여러 종류의 채소와 콩을 넣어 콩소메로 끓었다. 6등분으로 자른 오렌지와 사과 위에는 요구르트와 벌꿀을 뿌렸다. 빵은 버터롤과 데니쉬가 바구니에 가득했다.

"재료만 받고 자유롭게 만들고 있어요. 입에 맞으면 좋을 텐데요."

마지막으로 커다란 포트를 가져온 미샤는 향이 좋은 홍차를 찻잔에 따른 뒤 미란다에게 내밀었다.

"기다리셨습니다."

"맛있겠네. 잘 먹겠습니다."

마주 보고 앉자 식사가 시작되었다.

부드럽게 구워진 반숙 오믈렛은 위에 뿌린 토마토 소스와 잘 어울렸다.

드레싱의 새콤한 맛은 고향에서 먹던 레이어스의 요리와 같은 맛이 났다.

'그 시절엔 너무 시다고 자주 싸웠던가.'

그리움에 치밀어오르는 무언가를 빵과 함께 삼킨 뒤 미란다는 우아하게 식기를 사용하며 식사하는 미샤를 바라보았다.

의식하는 것도 아니고 자연스러운 모습을 보아 미샤가 일상적으로 테이블 매너를 익혔다는 게 보였다. 레이어스는 어머니로서 딸이 어디에 가도 부끄럽지 않도록 예절을 철저히 가르친 모양이었다.

"그러고 보면 미란다 씨가 외출한 날부터 라라이아 님의 건강 관리를 돕고 있어요."

식사가 대강 끝나자 미샤가 현재 상황을 미란다에게 보고했다.

라라이아를 내진할 기회를 얻은 것. 그 후 치료에 가담하게 된 것. 식사 개선부터 시작해서 처방하는 약의 종류.

"……그래. 그 방법으로 상태가 호전된다면 계속해봐도 좋을 거야. 다만 심장의 잡음은 조금 걱정되네. 서서히 개선되고 있다면 네 예상대로 성장과 함께 막힌 거겠지만, 라라이아 님의 나이를 보면 몸의 성장은 거의 끝나가고 있잖아? 부족하던 영양이 들어가서 조금 더 변할지도 모르지만. 그리고 빈혈의 원인은 정말로 영양부족뿐일까. 그 후 관찰은 잘하고 있어?"

홍차를 마시며 미란다는 마음에 걸리는 점을 몇 가지 꼽았다.

"안색과 눈꺼풀 안쪽 색은 조금 개선되었습니다. 권태감이나 현기증도 약해져 가고 있다고 하셨어요."

갑자기 진지한 얼굴로 바뀐 미란다에게 당황하면서도 미샤는 고개를 끄덕였다.

"……그래."

무언가 생각에 잠긴 듯 입을 다물어버리는 미란다를 보고 미샤 안에 불안이 커졌다.

하지만 미란다는 그 이상 라라이아 이야기는 하지 않고 화제를 바꾸었다.

"그럼 고민하는 건 그게 아닌 거네? 아까는 뭘 고민했던 거야?"

갑작스러운 화제 전환에 따라가지 못했던 미샤는 순간 말문이 막혔지만, 바로 미란다가 무슨 말을 하는지 깨달았다.

"아. 갖고 있던 약초가 슬슬 부족해져서 어떻게 할까…… 해서요. 마을의 약초 가게에 데려가달라고 하거나 산으로 채집하러 가고 싶은데 다들 바빠 보이고, 그렇다고 혼자서 나갈 수 있게 해주지는 않을 것 같거든요."

난처해하는 미샤를 보고 미란다는 쓰게 웃었다.

미샤 본인에게 자각이 없어도 현재 미샤의 입장은 동맹국 왕제의 딸이자 '유학'을 위해 찾아온 손님이다.

자칫 마을에 내보냈다가 무슨 일이 생기면 바로 국제 문제로 발전할 게 뻔했다.

국력은 압도적으로 약한 블루하이츠 왕국이라 본래 미샤는 인질 같은 존재가 될 터였다.

하지만 미샤의 **부가가치** 때문에 레드포드 왕국은 미샤를 홀대할 수 없다.

그런 존재가 되었다.

물론 그런 정치적 판단 같은 건 숲속에서 격리되다시피 하며 살았던 미샤는 알 수 없다.

미란다는 어떻게 할지 고민했다.

미란다가 인솔자가 된다면 밖으로 데려갈 수는 있다. 두세 명의 호위 기사는 붙을 테지만 그건 누가 동행해도 마찬가지다.

하지만 '숲의 백성'으로서 자신에게도 감시가 붙은 상황에서 섣불리 약초 가게를 이용하는 건 조금 곤란했다.

거기서부터 타고 올라갈 수 있을 것 같지는 않지만 상대에게 넘기는 정보는 적은 게 좋다.

그렇지 않아도 '미샤'의 존재는 '숲의 백성' 내에서도 미묘한 위치다.

『일족을 떠난 사람이 낳은 딸.』

그런 미샤를 일족의 일원으로 인정할 것이냐 말 것이냐.

여기에서 일족이 사는 숲까지는 멀고 연락 수단도 한정적이다.

본래대로라면 미란다가 직접 숲으로 돌아가 설명하는 게 좋지만, 그러면 미샤 옆을 오래 떨어져 있어야 한다.

지금 입지가 불안정한 소녀에게서 눈을 떼기엔 불안하다. 결국 이번에 미란다는 어떻게든 근처에 있던 동족과 접촉해서 연락을 맡겼다.

어머니가 죽은 지금 숲으로 데리고 돌아가는 게 맞다는 파벌과,

일족을 떠난 자의 핏줄을 그리 쉽게 받아들여도 괜찮겠냐고 경계하는 파벌이 생길 게 뻔했다.

미샤가 평범한 아이라면 문제없었을 테지만, 오래된 내용이라고 해도 '숲의 백성'의 지식을 지녔고 본인도 약사를 지망한다.

레이어스의 딸답게 두뇌 회전도 빠르고 우수하다.

현재는 어설프고 편향적인 구석이 있지만, 성장하면 틀림없이 앞으로 '숲의 백성'을 좌우하는 인물이 될 것이다.

'머리가 꽉 막힌 장로들을 어떻게 설득할지…… 애매하단 말이지.'

"미란다 씨?"

생각에 잠겼던 미란다는 조금 당황한 듯한 미샤의 목소리에 정신을 차렸다.

살짝 내렸던 시선을 들자 미샤가 난감해하는 얼굴로 이쪽을 보고 있었다.

"아, 미안해. 잠깐 생각에 몰두했어."

어깨를 움츠리며 웃는 미란다의 대답에 미샤도 미소를 돌려주며 어깨에서 힘을 뺐다.

"어디, 약초란 말이지……. 그러고 보면 왕궁에서 관리하는 약초원이 생겼다는 소문을 들었는데, 거기는 이용하지 못하나?"

문득 떠올랐다는 듯이 말한 정보에 미샤의 눈이 휘둥그레졌다.

"그런 게 있어요?"

"못 들었어? 2년쯤 전에 왕의 제안으로 테스트삼아 개시했다고 했던 것 같아. 여태까지 소규모에 개인적인 수준은 있어도 나라에서 직접 약초원을 만드는 건 드문 일이라 궁금했는데. 그 후에 망했단 이야기도 못 들었으니 아직 있지 않을까?"

"……왕립 약초원."

미샤는 참으로 감미로운 단어에 황홀하게 눈을 휘었다.

무역도 왕성한 레드포드 왕국이라면 미샤가 본 적도 없는 이국의 약초도 있을지도 모른다.

그렇게까지 희귀한 것이 아니어도, 말린 것이나 가루 형태가 된 것은 사용한 적이 있지만 원본 형태를 본 적이 없는 약초도 많이 있다. 어쩌면 그런 것도 있지 않을까.

반짝반짝 눈을 빛내며 미지의 약초를 몽상하는 미샤의 얼굴은 마치 사랑에 빠진 소녀 같았다.

상상을 점령하는 게 약초라는 점이 참으로 로맨틱과 거리가 멀었으나, 살짝 상기된 표정은 흠잡을 곳 없이 귀여웠다.

"……망했다고 듣진 못했지만, 반대로 무언가를 이뤘다는 정보도 없긴 한데…… 이거 안 들리나 보네."

그런 미샤의 반응을 조금 기가 질린다는 얼굴로 지켜보며 미란다는 미지근해진 홍차를 쭉 들이마셨다.

9 문제 있는 약초원

레드포드 왕국 수도의 중심에는 커다란 호수가 있다.

건국 이래 그곳에 있는 호수는 용수(湧水)가 고여서 생긴 호수로 지금도 맑은 물을 가득 머금고 있다. 물은 시민의 생활용수로 이용되며 호수에서 잡히는 생선은 식량으로도 활용된다.

오히려 여기에 이 호수가 있기 때문에 나라가 생겼다고 해도 과언이 아닐 정도로 그 호수는 나라의 상징이자 국민의 자랑이었다.

왕성에서도 가까운 그곳은 주변 일부를 공원으로 정비해 백성들의 휴식 공간으로 쓰였다.

그 호수 공원 한구석, 왕족의 점유지로서 일반에겐 공개되지 않은 장소에 약초원이 있었다.

일반인에게 널리 문을 열어놓은 도서관과 다르게 본래 한정된 인간만 드나들 수 있는 약초원이었으나, 미샤가 요청하자 바로 견학 허락이 떨어졌다.

하지만 허락을 받으러 찾아간 트리스의 반응이 영 미적지근했다는 사실을 들뜬 미샤는 눈치채지 못했어도 조용히 그 자리에 동석했던 미란다는 눈치챘다.

그렇게 찾아온 약초원.

"네? 약효가 약하다고요?"

"네. 아쉽게도 그렇습니다. 따라서 미샤 님께서 원하실 가치는 없을 것 같습니다."

눈이 휘둥그레진 미샤 앞에서 약초원의 원장이라는 청년, 아돌은 면목 없다는 듯 풀이 죽은 표정을 지었다.

"원인은 모릅니다. 시행착오 끝에 몇 종류의 약초를 키우는 것에는 성공했습니다. 하지만 채집한 약초의 효과가 통상의 절반 혹은 그 이하였죠. 심한 건 약초의 모양을 한 잡초인 수준까지 있었습니다."

재배가 잘 풀리지 않아 아돌이 마음 아파하고 있다는 건 야윈 얼굴에서도 알아차릴 수 있었다.

현재 약초는 자연에서 자란 것을 채집하여 사용하는 것이 주류로, 순수한 인간의 힘만으로 대규모 약초원을 만드는 건 새로운 시도다.

실패한다고 해도 하루아침 만에 할 수 있는 일이 아니라는 건 조금만 생각해도 알 수 있다.

절대 게으름을 피우는 것도 날림으로 하는 것도 아니다.

때로는 한밤중에 이르기까지 몇 없는 문헌을 뒤져서 이런 것도 저런 것도 시도하는 나날 속에서 익숙하지 않은 작업에 건강이 상한 사람까지 나왔다.

그래도 신통치 않은 상태에 백기를 들고 싶어지던 차에 추가타가 들어왔다.

눈에 보이는 성과를 올리지 못하는 약초원에 '무쓸모'라는 딱지를 붙이는 사람이 나타나기 시작한 것이다.

최근에는 괜한 세금을 사용할 바에야 수입이나 자연에서 채집해 올 인건비에 예산을 투자하는 게 낫다고 강력하게 주장하는 사람마저 있을 정도였다. 그럼에도 사업이 엎어지지 않은 것은 오로지 국왕 본인이 옹호하고 있기 때문이었다.

"새로운 시도에 좌절은 따라붙는 법이지. 몇 년만 보는 게 아니라 10년, 20년이라는 긴 눈으로 봐주었으면 한다."

애초에 국왕의 지시로 대대적인 선전 속에서 시작한 사업이다.

잘 안 된다고 해서 바로 백지화할 수 있는 일이 아니다.

더욱 말하자면 국왕의 최종 목적은 약초 연구와 품질 개량에 있으며, 현재 약효가 약한 것만 재배된다면 왜 그렇게 되는지 조사하면 된다고 했다.

그렇게 지지해주는 국왕의 마음은 고맙다.

하지만 실력주의로 꾸려가는 국왕의 유일한 관대함이라고도 볼 수 있는 '옹호'는 일부 귀족에게는 못마땅하게 비쳤으며, 비밀리에 괴롭힘이 증가했다.

약초원 쪽도 마땅한 성과를 내지 못한다는 약점이 있어 사소한 괴롭힘에 일일이 항의하지 못한 채 눈물을 삼킬 뿐. 그리고 더욱 괴롭힘이…… 라는 악순환에 빠졌다.

최근에는 주변의 차가운 시선에 견디지 못하겠다며 직원이 줄어들고 있었다.

몸만이 아니라 마음에도 병이 생기는 동료들을 붙잡지 못한 채 아돌은 입술을 깨물며 떠나보낼 수밖에 없었다.

그런 가운데 '숲의 백성'의 일족이 아니냐고 소문이 무성한 이웃 나라의 귀빈이 약초원을 보러 온다는 소식이 들리자 한없이 약해진 아돌의 위가 비명을 질렀다.

지금은 왕성에서 왕매 전하의 주치의도 맡고 있다고 하는데, 다른 의사도 포기했던 건강 상태가 개선되고 있다는 소문이 자자

했다.

일단 본가는 귀족의 일원에 이름을 올려놓고 있다고는 하나 후계자도 아닌 조촐한 삼남이다.

국왕의 소중한 손녀에게 무언가 결례를 저지르면 어떤 처분을 받을지 알 수 없었고, 또 그것을 회피할 힘도 당연히 없었다.

아돌은 일찌감치 가문과 선을 긋고 이름이 쟁쟁한 약사에게 제자로 들어가(피를 보지 못해서 의사는 포기했다) 적성에 맞았던 건지 쑥쑥 두각을 드러냈다.

그리고 스승의 추천도 받아 약초원 설립에 지명받은 그 순간이 자신의 봄이었던 것이리라.

'최악의 경우는 내 목 하나로 참아달라고 해야지.'

그런 비장한 각오와 함께 맞이한 일행은 예상치 못하게 얌전하고 조용했다.

더 많은 수행원과 함께 화려하게 등장할 줄 알고 긴장했더니 수행원이라고는 몇 명의 호위 기사와 시녀 두 명뿐. 게다가 마차도 안 타고 걸어왔다.

아무리 거리가 그리 멀지 않다고 해도 귀족 아가씨가 걸어 다닐만한 거리가 아니다.

그렇게 나타난 소녀는 딱 봐도 잠행이라는 느낌으로 수수한 복장이긴 했으나, 그 아름다움은 채 숨겨지지 않았다.

게다가 모자 밑으로 흘러내린, 안쪽에서부터 빛나는 듯한 백금빛 머리카락과 숲의 녹음을 머금은 아름다운 눈동자에 아돌은 소문으로 듣던 '숲의 백성'의 특징이 이렇게 강렬한 것이었냐며 내심 혀를 내둘렀다.

그리고 다소 뻣뻣하게나마 응접실로 안내해 처음 대화로 돌아간다.

놀란 듯 바라보는 녹색 눈동자에 비참한 기분이 치밀었다.

하지만 그 눈동자 속에 여태까지 질리도록 봤던 조롱의 기색은 보이지 않았다. 오히려 감싸 안아주는 듯한 착각을 느낀 아돌은 어느새 열 살은 더 어린 소녀에게 고통스러운 속내를 뚝뚝 흘리고 말았다.

한심하다고, 꼴불견이라고 마음속 어딘가에서 자신을 비난하는 목소리가 들렸지만 꽁꽁 틀어막았던 마음의 방류는 그런 것으로는 막을 수 없었다.

이로써 목이 날아간다고 해도 바라는 바라고까지 생각했던 아돌은 확실하게 이성을 잃은 상태였다.

한편 약초 이야기를 듣던 사이에 어느새 약초원의 설립에서부터 현재에 이르기까지 고생과 고뇌 이야기를 듣게 된 미샤는 너무나 엄청난 기세에 눈을 크게 뜨면서도 끼어들지 않고 끝까지 묵묵히 듣기로 했다.

궁지에 몰린 듯한 헤이즐넛 색 눈동자와 명백하게 안 좋은 안색, 윤기가 없이 푸석푸석한 밤색 머리카락에서 아돌이 얼마나 여유가 없는지 느껴졌기 때문이었다.

팽팽하게 잡아당긴 실 같은 그 상태는 도통 좋아 보이지 않았다.

'스트레스가 많이 쌓여있나 봐. 어쩐지 네네 씨의 첫 육아 때가 생각나네.'

이럴 때는 부정하지 말고 그저 맞장구를 치면서 이야기를 들어주기만 해도 상대방은 상당히 안정을 되찾는다는 걸 미샤는 알고 있었다.

설령 어린아이 상대라고 해도 남에게 이야기함으로써 숨을 돌릴 수 있다.

실제로 어머니와 함께 왕진하며 돌던 마을 중 하나에 살던 네네 씨는 울면서 말하고는 차를 마신 뒤 진정했다며 웃는 얼굴로 돌아가 곤 했다.

먼 마을에서 시집와 바로 임신했기 때문에 의지할 수 있는 사람도 기댈 수 있는 사람도 없어서 정신적으로 궁지에 몰려있었던 새신부 와 똑같은 눈으로 보고 있다는 걸 알면 아돌은 부끄러운 나머지 기 절했을지도 모른다.

하지만 다행인지 불행인지 자신의 이야기에 필사적인 아돌이 미 샤의 동정 어린 시선의 진의를 깨닫지는 못했다.

그렇게 일방적으로 주어진 정보 속에서 약초원의 상황이 썩 좋지 않다는 걸 안 미샤는 내심 한숨을 쉬었다.

해외의 희귀한 약초 이야기를 할 상황이 아니다.

국내에 일반적으로 유통되는 종류의 약초조차 제대로 재배하지 못하고 있다는 소리다.

약초원이 열린 지 2년.

원인도 아직 불명인 데다 정신적인 이유로 그만두는 직원도 많으 니 아돌의 스트레스가 쌓여있는 것도 어쩔 수가 없었다.

'그렇다고 해도 왜 이런 일이 일어나는 거지?'

숲속의 집에서는 주변에 자생하던 약초를 마음껏 캘 수 있었기 때 문에 미샤가 굳이 재배할 필요도 없었다. 필요하지 않은 일에 노력 을 할애할 정도로 숲 생활은 한가롭지 않았다.

다리가 불편해서 숲속 깊은 곳에 가지 못하는 어머니를 위해 몇 번 뿌리째 캐서 집 주변에 옮겨 심어본 적도 있긴 하지만, 어머니가 잘 관리해주었던 건지 미샤는 가끔 물을 주기만 해도 무럭무럭 자랐던 것 같다.

그래서 재배에 관해서는 완전한 문외한이다.

하지만 아버지의 저택에서는 반쯤 야생화되긴 했지만 어머니가 만든 약초원이 남아 있었다.

어디까지나 개인이 심심풀이로 만든 수준이었기에 규모는 그리 크지 않았으나 숲속에서 캐던 것보다 약효가 약하다는 느낌은 아니었다.

종류가 다양하지는 않았으니 어머니가 관리하던 시절의 약초가 전부 살아남은 건 아니었을 테지만, 잡초 사이에서도 끈질기게 살아남았던 약초도 분명히 있었다.

즉 그 정도로 튼튼한 종류도 있는데 모든 약초의 효과가 절반, 혹은 그 이하에 불과하다는 건 확실히 이상하게 느껴진다.

'아무튼 실제로 보지 않으면 알 수 없지.'

반쯤 흘려들으면서 그렇게 결론을 내린 미샤는 드디어 전부 쏟아낸 건지 조금 멍한 표정으로 앉아있는 아돌에게 자신이 알아서 추가로 탄 홍차를 권유하며 생긋 웃었다.

어딘가 느릿한 동작으로 찻잔을 기울이는 아돌을 냉정하게 관찰했다.

'지금은 한참 이야기하느라 멍한 상태이지만 바로 정신을 차려서 반동이 올 거란 말이지……. 그 전에 어딘가 다른 곳으로 관심을 놀려놔야겠어. ……그나저나 왜 어른은 다들 자기를 이렇게 몰아세우

는 걸까?'

뇌리에 자는 시간도 아끼면서 아등바등 환자를 보살피던 아버지 저택의 메이드들의 모습이 떠올랐다.

그 흐름을 따라 뒤에 일어난 일들까지 떠오르는 바람에 미샤는 서둘러 생각을 끊었다.

그러고는 남 말 할 자격이 없다며 마음속으로 자조했다.

'보고 싶지 않은 것으로부터 시선을 돌리기 위해 눈앞에 있는 것에 달려드는 거야. 저택의 메이드들은 '죽음'이고, 여기 아돌 씨는 '약초원의 미래'려나? 그리고 나는…….'

크게 고개를 저은 미샤는 의도적으로 의식을 전환했다.

"원장님, 만약 괜찮다면 실제로 약초원의 상태를 보게 해주실 수 있을까요? 문외한이기 때문에 보이는 게 있을지도 몰라요."

"……아, ……네, 물론이죠. 저기, 괜찮다면 아돌이라고 불러주세요. 경칭도 괜찮습니다."

조금 몽롱하던 아돌은 미샤의 말에 퍼뜩 표정을 다잡았다.

"그럼 아돌 님이라고 불러도 괜찮을까요? 저는 막 독립을 허락받은 초보 약사니까 아돌 님이야말로 편하게 불러주세요. 몇 년이나 더 선배신걸요."

옆으로 살짝 고개를 기울인 미샤의 요청에 아돌이 당황한 듯 도리질했다.

"천만의 말씀입니다. 미샤 님께서는 폐하의 소중한 손님입니다. 제가 함부로 부를 수는 없습니다."

"하지만 저 자신은 아무런 힘도 없고 진짜로 초보인 걸요? 그런데……."

그 후 한동안 호칭과 말투를 어떻게 할지 한바탕 씨름을 거친 뒤 두 사람은 간신히 서로 받아들일 수 있는 타협점을 찾았다.

한 걸음도 양보하려 하지 않는 상대를 내심 '고집불통'이라고 부르는 건 미샤나 아돌이나 마찬가지였다.

물론 그 사소한 실랑이가 두 사람 사이에 있던 긴장을 풀어주었으니 완전한 시간 낭비는 아니었으리라.

"그러면 미샤 님."

크흠 하고 의도적인 헛기침을 한 뒤 먼저 일어나는 아돌의 안색은 상당히 좋아진 모양이었다.

"약초원을 안내해드리겠습니다. 손을 주시지요."

그럴싸하게 팔을 내미는 여유가 생긴 걸 보면 기분이 많이 가벼워진 듯했다.

"잘 부탁드려요."

대답하는 미샤도 마찬가지로 그럴싸한 표정으로 아돌의 팔에 손을 올렸다가 참지 못하겠다는 듯 웃음을 터뜨렸다.

쿡쿡 웃는 미샤를 아돌이 느릿한 발걸음으로 에스코트했다.

때마침 스쳐 지나간 직원들은 오랜만에 밝은 표정을 지은 원장의 모습에 좋은 일이라도 생긴 거냐며 고개를 갸웃거렸다.

아돌의 에스코트를 받으며 도착한 약초원은 밭이라기보다는 아름답게 가꾼 정원 같았다.

나무를 잘라서 다듬은 땅은 반듯하게 구역이 나뉘어 있고, 각각 약초가 질서정연하게 심겨 있었다.

호수 위를 건너는 초여름의 바람이 녹색의 잎사귀를 흔들고 장미

같은 화려함은 없어도 소박한 약초 꽃들이 가련하게 핀 모습은 어딘가 마음이 놓이는 듯한 평온한 분위기를 조성했다.

"……아름다워요."

주변을 둘러본 미샤는 솔직하게 감탄하며 한숨을 내쉬었다.

계산된 아름다움이 느껴졌다.

여기에 심긴 게 수수한 약초가 아니었다면 분명 관광하기 좋은 광경이었을 것이다. 호숫가에 있어서 시야도 트여있고 바람도 기분이 좋았다. 이번에는 처음 가는 장소라서 두고 왔지만 다음 기회가 있을 때 렌도 데려오면 분명 기뻐할 거라며 미샤는 눈을 휘었다.

"왕성의 정원을 관리하는 정원사들이 협력해주셨습니다."

어딘가 자랑스럽다는 듯 가슴을 편 아돌이었지만 다음 순간 어깨를 축 떨궜다.

"겉보기만 그럴싸한 허수아비란 소릴 듣지만요."

눈동자에 어두운 그늘이 지는 아돌을 곁눈질하며 미샤는 다시 한번, 이번에는 약사의 시선으로 약초원을 둘러보았다.

"이건 세데스인가요?"

가벼운 진통·해열 작용이 있는 약초로, 다양한 장소에서 자라기 때문에 채집하기 쉽고 일반 시장에도 저렴하게 많이 돌아다닌다.

푸르게 우거진 약초는 잎사귀도 크고 두툼하다.

줄기도 굵직하며 꽃의 크기도 미샤가 아는 것보다 더 큰 느낌이 들었다.

"맞습니다. 키우기 쉬운 종류이니 약초원을 막 세웠을 때부터 키웠죠. 그 외에는 카린이나 트뤼크 등이 있습니다."

전부 효능은 약하지만 번식률이 높기로 유명한 약초였다.

가리킨 곳을 따라가자 확실히 눈에 익은 생김새의 식물이 있었다.

물론 다들 기억 속에 있는 것보다 더 크고 잎사귀의 색도 파릇파릇해 보였지만.

"굉장히 잘 자랐네요. 잎사귀에 벌레가 꼬이지도 않은 것 같고⋯⋯."

미샤는 가까이 있는 세데스의 잎사귀를 하나 뜯어서 손끝으로 뭉갠 뒤 입에 넣었다.

무의식중에 한 그 행동은 미샤가 약초를 딸 때 하는 습관이었다.

처음 어머니가 약초 종류를 가르쳐주었을 때, 이렇게 맛과 향을 기억하게 했다. 생김새만 보고 외우기보다는 후각이나 미각 등 더 많은 감각을 사용하면 기억에 남기 쉽다.

날것의 약초가 맛있을 리가 없으니 강렬한 쓴맛과 향에 어린 미샤는 몇 번이나 울어야 했다.

"어? 뭔가 밍밍한데?"

그렇게 평소 습관대로 약초를 입에 넣은 미샤는 위화감에 고개를 갸웃거렸다.

세데스의 특징은 강렬한 쓴맛이다.

건조해서 가루를 내어도 쓴맛이 남기 때문에 아이들이 싫어서 먹이려면 고생한다.

저렴하게 입수할 수 있는 진통제인데도 별로 인기가 없는 이유가 그 때문이다.

당연히 날것으로 먹어도 그 쓴맛은 건재하므로, 어린 미샤를 울린 약초 중 하나이기도 했다.

하지만 기억에 남을 정도로 강렬한 쓴맛이 거의 느껴지지 않는다.

또 박하처럼 코를 자극하는 향기도 기억보다 흐릿했다.

무심코 손에 든 세데스 잎을 빤히 쳐다보았다.

조금 크고 두툼하긴 하지만 확실히 세데스다.

"이것도 약효가 약한가요?"

옆에 선 아돌을 올려다보자 아돌은 씁쓸한 표정으로 고개를 끄덕였다.

"통상적인 효과를 기대하려면 약 3배의 양을 먹어야만 합니다. 실질적으로 쓸모가 없죠."

"3배……."

세데스를 알약으로 먹는 경우 검지 끝마디만 한 크기 2알이 일반적인 양이다. 그게 3배라면 설령 쓴맛이 안 난다는 걸 판매 전략으로 내세운다고 해도 좀처럼 받아들여지지 않을 것이다.

"이렇게나 예쁜데."

벌레가 먹은 흔적도 보이지 않는 매끄러운 잎사귀.

문득 흙을 보자 푹신푹신 부드러워 보이는 흑토가 보였다. 잡초도 거의 없다.

많은 사람의 손을 거쳐 소중하게 키워진 약초이지만 본래의 역할을 다하지 못한다.

그러니 열심히 재배한 사람도 고민될 것이다.

결국 쭉 둘러본 약초원의 약초 대부분이 비슷한 결과였다.

보기에는 무척 싱그럽고 아름답다. 하지만 본래 있어야 할 향이나 맛은 전부 흐릿하고 약했다.

"무언가 알아내셨나요?"

어딘가 매달리는 듯한 시선을 보내는 아돌 앞에서 침묵한 미샤는 고개를 저었다.

"흙도 물도 무척 정성스럽게 고려했고, 약초나 나무도 아주 잘 자랐어요. 왜 이렇게 훌륭한데 약효만 약한 건지 솔직히 잘 모르겠어요. 하지만 무언가 원인이 있을 거예요. 조금만 더 생각해 보고 싶으니까 시간을 주시겠어요?"

"괜찮으시다면 협력 부탁드립니다. 솔직히 막막하거든요. 지금은 어떤 의견도 감사합니다."

미샤의 대답에 순간 어두운 표정이 되었으나, 아돌은 정신을 차린 듯 머리를 숙였다.

그 위로 물방울이 툭 떨어졌다.

"……비가 내리기 시작했네요."

아침부터 구름이 끼어 있던 하늘이 결국 울기 시작한 모양이었다.

최근 비가 많이 내렸던 걸 생각하면 이 오후 시간까지 용케 버틴 편이다.

점점 강해지는 빗발 속에서 서둘러 건물 안으로 돌아갔다.

건물에 도착했을 때는 비가 본격적으로 쏟아지기 시작했다. 처음에 안내받은 방으로 돌아오자 아돌은 선반 안에서 수건을 꺼내 몸을 닦으라며 미샤 일행에게 나눠주었다.

"걸어서 오셨죠? 돌아가시는 길은 저희쪽 마차를 준비할 테니 잠시 기다려주세요."

"잠깐……."

그러더니 자기는 젖은 몸을 닦지도 않은 채 미샤 일행을 두고 방에서 휙 나가버렸다. 말릴 새도 없이 순식간이었다.

남은 미샤는 허공에 뻗은 손을 힘없이 내린 뒤 창밖을 바라보았다.

조금 전까지 돌아다니던 약초원의 일부가 보였다.

비를 맞은 잎사귀가 기쁘다는 듯 흔들리고 있었다.

"나무는 아직 씨앗과 껍질 수확을 하지 못했다고 하셨는데, 그쪽도 역시 효과가 약하려나⋯⋯?"

"⋯⋯똑같은 방식으로 키웠다면 아마 그렇겠지."

문득 중얼거린 혼잣말에 대답이 돌아와서 미샤는 깜짝 놀라 돌아보았다.

바로 뒤에 서 있던 미란다가 미샤의 반응을 재미있다는 듯 보고 있었다.

"⋯⋯목소리로 나왔어?"

"작긴 했지만."

부끄러운 듯 뺨이 붉어진 미샤를 보며 미란다는 쿡쿡 웃었다.

살짝 민망해하면서도 미샤는 정신을 차리고 미샤를 마주 보았다.

"미란다 씨는 뭐가 원인인지 알겠어요?"

자신보다 훨씬 실력 좋은 약사인 미란다라면 자기에게는 보이지 않는 게 보였을지도 모른다.

미샤에게 미란다는 든든한 선배이자 다정한 보호자이기도 했다. 의지하는 걸 망설이는 쓸데없는 고집을 부릴 존재가 아니기에 의문은 솔직하게 입 밖으로 나왔다.

어린아이다운 솔직하고 곧게 자신을 바라보는 미샤의 시선에 미란다는 살짝 눈을 크게 뜬 뒤 쓰게 웃었다.

의사나 약사는 다들 자존심이 강하다. 설령 미란다가 답을 가지고 있을 법한 존재라고 해도 순순히 물어보는 인간은 없었기에 놀랐다.

"……예상은 가."

잠시 침묵한 뒤 미란다는 난처한 듯한 얼굴로 중얼거린 뒤 미샤 옆에 섰다.

창밖으로 시선을 던진 채 천천히 말을 이었다.

"하지만 조금 생각해 보면 미샤도 답이 보일 거야."

"……나도?"

조용한 말에 미샤는 곤혹스러워하며 되물었다.

미란다의 시선을 따라가도 거기에는 조금 전과 다름없는 풍경이 비를 맞으며 흔들리고 있을 뿐이었다.

심각한 얼굴로 생각에 잠긴 미샤를 본 미란다는 어쩔 수 없다는 듯한 얼굴로 눈앞에 있는 부드러운 머리카락을 다정하게 쓰다듬었다.

"힌트를 하나 줄게. 식물은 땅에 뿌리를 내려."

부드러운 목소리가 수수께끼 같은 말을 남겼을 때, 방문이 철컥 열렸다.

아돌이 마차 준비가 끝났다며 돌아왔다.

미란다는 소리 없이 벽으로 슥 돌아가더니 시녀인 척하는 얼굴로 입을 다물어버렸다.

그렇게 돌아가는 마차는 아돌이 같이 탔기 때문인지 미란다가 대화에 참여하지 않았고, 왕성에 도착한 뒤에는 어디론가 사라져버렸다.

이 문제에 이 이상은 관여할 마음이 없다는 의사 표명인 모양이다.

미샤는 방으로 돌아가 좋아하는 허브티를 타서 창가 앞 의자에 앉았다.

'……식물은 땅에 뿌리를 내린다…….'

힌트라며 남긴 말이 미샤의 머릿속에서 계속 반복된다.

발밑에는 밖에도 나가지 못하고 기다리느라 지루했던 렌이 '인간은 귀찮구나'라고 말하듯 눈을 가늘게 뜨고 미샤를 살피더니 커다란 하품을 흘린 뒤 앞다리 위에 턱을 올리고 눈을 감았다.

미샤가 멍하니 던진 시선 끝에는 본격적으로 내리기 시작한 비가 풍경을 흐릿하게 덮고 있었다.

10 충격적인 캘러스

"어쩐지 요즘은 계속 비네."

식후의 차를 마시며 라라이아가 질린다는 듯 중얼거렸다.

"눅눅하고, 그러면서 묘하게 후덥지근하고, 진짜 싫어."

상태가 많이 개선되었다고 해도 원래 허역 체질인 몸은 약간의 환경 변화에도 영향을 받는다.

조금씩 늘어나고 있던 식사량도 최근 다시 줄어드는 바람에 미샤도 골머리를 썩이고 있었다.

"예년에는 안 그랬나요?"

고개를 갸웃거리는 미샤의 질문에 라라이아가 한숨을 쉬며 고개를 저었다.

"비의 계절이라기엔 조금 일러. 게다가 비가 내리면 평소엔 기온이 조금 내려가거든. 밖에 나가지 못하니까 답답하다는 사람도 많지만, 나에게는 오히려 쾌적한 계절이었는데."

라라이아가 우울한 표정으로 빈 찻잔을 내려놓자 옆에서 대기하던 캘리가 즉시 따뜻한 차를 따랐다.

"외람되지만 말씀드립니다. 슬슬 캘러스 해금 시기가 되었으니 괜찮으시다면 준비하라고 전달할까요?"

찻잔에 차를 꼬박 따른 뒤 캘리가 그렇게 진언했다.

그 말에 라라이아는 눈을 빛냈고 미샤는 내심 고개를 갸우뚱거렸다.

"그래. 그러고 보면 그런 시기구나."

이해했다며 고개를 끄덕이는 라라이아와 다르게 이해하지 못한 미샤의 안색을 알아차린 캘리가 설명했다.

"캘러스란 호수에서 잡히는 생물입니다. 자양분이 풍부하고 여름 더위같이 식욕이 없을 때 자주 드시죠. 눈이 녹고 한동안은 번식의 계절이므로 금어기로 지정되어있지만, 슬슬 해금 시기입니다. 라라이아 님께서는 영양 보충을 위해 어릴 때부터 정기적으로 드셨습니다."

살짝 시선을 내리고 담담하게 설명하자 미샤는 그제야 이해했다.

흥미롭다는 듯 설명을 듣는 미샤를 향해 라라이아가 살짝 심술궂은 미소를 지었다.

"넌 약사 주제에 캘러스를 몰라? 간은 약으로 쓰이기도 하는데?"

".........부족해서 죄송합니다."

자신만만한 라라이아의 태도에 조금 억울한 기분도 들었지만 몰랐던 건 사실이다.

미샤는 순순히 사과를 입에 담았다.

"모르시는 것도 무리는 아닙니다. 수도에서는 시민들도 손에 넣기 쉽지만, 캘러스는 이곳의 호수에서만 서식한다고 들었고 신선도를 유지하는 게 어려워서 타국에는 수출하지 않으니까요."

눈빛으로 라라이아를 타이르며 캘리가 슬쩍 두둔해주었다.

은밀히 혼난 라라이아도 어릴 때부터 곁에서 돌봐준 캘리에게 항의할 마음은 없는 건지 조금 재미없다는 표정을 지으면서도 가볍게 어깨를 움츠렸다.

"그럼 들어오면 미샤도 같이 먹자. 무슨 일이든 경험이니까."

"감사합니다."

라라이아의 권유에 순순히 인사한 미샤는 옆에 선 캘리가 무언가 하고 싶은 말이 있다는 표정이라는 건 눈치채지 못했다.

"우후후. 약속이야."

그렇게 즐겁게 웃는 라라이아의 진의를 미샤가 알게 된 것은 이틀 뒤의 일이었다.

"이것이 캘러스입니다."

캘러스가 들어왔다며 초대받은 저녁 식사 자리에서 나온 양동이 안을 본 미샤는 가까스로 비명을 삼켰다.

'호수에서 잡힌다'고 들었기에 단순히 생선의 일종인 줄로만 알았던 미샤의 예상은 멋지게 빗나갔다.

양동이 안에서 꿈틀거리는 건 두꺼비같은 질감의 피부를 지닌 도마뱀 같은 생물이었다.

아니, 도마뱀이라는 것도 좀 다르다.

얼굴은 메기처럼 납작하게 눌러서 옆으로 넓고, 몸도 거기에 맞춰서 살짝 평평하다. 등 부분은 사마귀 같은 것이 빽빽하게 돋아난 데다 어쩐지 미끈미끈해 보였다.

추악하다.

어린아이가 좋아하며 먹을 만한 생김새가 아니었다.

그런 데다 크기는 30센티미터는 되는 그 생물이 양동이 안에 득시글거리고 있었다.

비명을 삼킨 게 기적이었다.

무의식중에 의자 위에서 몸을 뒤로 빼듯 도망친 미샤를 보고 라라이아가 재미있어하며 쿡쿡 웃었다.

장난에 성공했다며 즐거워하는 동생을 보고 라이언이 기가 막힌다는 듯 한숨을 쉬었다.

어릴 때부터 봐서 익숙한 라이언이라고 해도 양동이 안에 대량으로 담겨서 꿈틀대는 캘러스를 보는 건 그리 기분이 좋지 않았다. 숫자의 폭력이다.

"……저건, 어떻게 먹는 거죠?"

다소 파리한 얼굴로 쭈뼛쭈뼛 묻는 미샤에게 라라이아가 히죽 웃었다.

"다양하지. 굽거나 삶거나. 하지만 몸에 가장 좋은 건 피를 마시거나, 심장이나 간을 조리하지 않고 그대로 먹는 거야. 아, 신선한 건 고기도 그냥 먹기도 해. 마리네이드하면 맛있어."

라라이아의 말에 미샤는 멀리 거리를 벌린 양동이로 조심조심 시선을 돌렸다.

조금 전에 본 캘러스의 모습이 머리를 스쳤다.

'저걸 날것으로?'

지식 안에는 약재로 피나 생간을 섭취하는 방법을 알고 있었지만, 지금까지 사용한 적은 없었다.

게다가 숲속에서 자란 미샤에게 생선을 날로 먹는 습관은 없었기에 더욱 징그러운 느낌이었다.

무엇보다 캘러스의 독특한 외관은 미샤에게 생리적 혐오감을 주기에 충분했다.

"우리나라의 독특한 문화라는 건 잘 알아. 억지로 먹을 필요는 없어."

파란 얼굴로 굳어버린 미샤를 향해 라이언이 안쓰러워하는 얼굴로 도움의 손을 내밀었다.

"라라이아도, 굳이 그런 식으로 보여줄 것까진 없었잖아."

"어머? 먹은 뒤에 아는 게 더 충격적이었을걸요?"

어깨를 으쓱하는 라라이아의 대답을 들은 미샤는 과연 어느 게 더 나았을지 생각해 봤다.

······답은 나오지 않을 것 같았다.

"······우선은 조리된 것을 먹어봐도 괜찮을까요?"

약으로도 쓰이는 재료라고 들으면 호기심이 생기지만, 날고기를 먹는 건 조금 용기가 필요했다.

쿡쿡 웃는 라라이아는 못 본 척하고 우선 절충안을 제시하자 라이언이 동정하는 얼굴로 고개를 끄덕였다.

"생긴 건 그렇지만 맛은 제법 좋아. 담백하면서도 쫄깃한 식감이지. 나는 토마토 스튜가 가장 맛있다고 봐."

그렇게 나온 캘러스 요리는 확실히 냄새도 없고 독특한 식감이 맛있었다.

다만 자꾸만 머릿속에 양동이 속에서 우글거리던 모습이 떠올라 미샤의 식욕을 떨어트리는 건 어떻게 할 수 없는 부분이었다.

라라이아는 그런 미샤를 뒤로 산뜻한 얼굴로 피에 와인을 섞은 음료를 마시고 있었다.

익숙하게 잔을 기울이는 라라이아를 보고 미샤의 호기심이 자극되었다.

"그건 와인과 피만 넣은 건가요?"

흥미롭다는 듯 잔을 바라보는 미샤의 질문에 어깨를 으쓱한 라라이아는 옆에 있던 급사 시녀에게 눈짓했다.

"네. 그대로 마시는 일이 많지만, 라라이아 님께서는 아직 성인이 아니시니 와인을 한 번 가열하여 알코올을 희석한 후 허브와 과즙을 더해 마시기 좋게 가공한 것에 피를 섞어서 내어드리고 있습니다."

"어린아이도 물로 희석한 와인을 그대로 사용하기도 하지만, 나는 이게 더 마시기 쉬워서 좋아. 미샤도 마셔 볼래?"

피 특유의 냄새와 맛은 그대로 마시기에는 적절하지 않기 때문에 여러모로 연구한 결과일 것이다. 그리고 라라이아가 마시는 게 와인이라고 해도 알코올을 날렸다는 걸 알자 미샤는 가슴을 쓸어내렸다. 문화 차이라고 하면 부정하기 힘들지만, 라라이아의 미숙한 몸에 알코올은 그리 좋지 않았기 때문이었다.

"네. 모처럼이니 마셔봐도 괜찮을까요?"

시녀의 설명을 듣고 괜찮다고 판단한 미샤는 이번엔 순순히 고개를 끄덕였다.

와인을 마신 적은 없으나 알코올은 날렸다고 하니 괜찮을 것이다. 무엇보다 미지에 대한 호기심이 컸다.

잔에 담긴 예쁜 루비색 액체.

빙글 돌려서 빛을 투과해 보자 미약한 입자가 섞여 있는 게 보였다. 아마도 이게 시녀가 설명했던 허브일 것이다.

"레몬, 민트, 생강에 토토 꽃꿀…… 그리고 뭐지?"

향을 맡아보자 본래의 와인 향기가 방해해서 뭐가 들어있는지 알아보기 어려웠다. 미샤는 눈을 감고 분간하며 고개를 갸웃거렸다.

"사과 과즙과 션트 껍질입니다. 사과와 베리의 향이 강한, 단맛이 진한 와인을 사용하므로 향기가 섞여버린 것이겠죠."

부드러운 보충 설명에 미샤는 생긋 웃고 잔을 입으로 가져갔다.

입에 잘 받는 포도 향기가 먼저 느껴졌다. 그 후 입 안에서 다양한 향기의 하모니가 토도독 퍼져나갔다. 그 안쪽 깊은 곳에 숨은 어둠처럼 묵직한 무언가가 캘러스의 피인 걸까. 입 안에서 여운을 확인하듯 가볍게 굴리자 강한 생명의 숨결이 느껴졌다.

"어때?"

진지한 표정으로 눈을 감고 와인 음료를 음미하는 미샤를 그 자리에 있는 모두가 군침을 삼키며 지켜보았다.

별안간 번쩍 뜬 미샤의 녹색 눈동자가 사르르 풀어졌다.

"굉장히 마시기 좋아요. 사용한 허브와 과즙의 비율도 완벽해서 서로 방해하지 않고 돋보여주는 것 같아요."

생긋 웃은 미샤는 잔에 남아있던 와인을 단숨에 비웠다.

"생강의 효과인가? 몸속 깊은 곳에서 따뜻해지는 듯한 느낌이 들어서 좋네요. 캘러스의 피와 어떻게 작용할지는 실험해보지 않으면 모르지만, 자양강장의 의미를 강화한다면 레몬 대신 인라 과즙을 넣어도 괜찮을지도 모르겠어요."

마음에 든 것 같은 미샤의 반응에 급사가 추가로 와인을 따라주었다.

그 후 화목하게 이어지는 만찬 속에서 가장 먼저 라이언이 이변을 알아차렸다.

미샤는 원래 자주 생글거리지만, 그렇다고 해도 평소보다 말이 많고 기분이 들뜬 것처럼 보였기 때문이다.

"미샤, 얼굴이 빨간 것 같은데?"

"네~~? 그런가요? 그러고~ 보면 뭔가 더운 것 같기도~~."

'생강 때문에 그런가?' 하고 태평하게 웃는 미샤의 말은 여느 때보다 발음이 뭉개져서 어리광을 부리는 듯한 느낌이었다.

"세상에, 미샤. 너 설마 이 와인에 취한 거야?"

가열해서 알코올을 날렸다고는 하나 원래는 술이다.

많이 마시면 조금 남아있던 알코올에 반응하는 사람도 있을지도 모른다.

"얼마나 마셨지?"

라이언이 미샤라기보다는 뒤에 있는 급사에게 말을 걸자 메이드는 당황한 듯 고개를 숙였다.

"세 잔 정도인 듯합니다."

보통 취할 리가 없는 양이지만 알코올 내성은 사람마다 다르다.

처음 마셨다는 미샤가 과잉 반응했다고 해도 이상하지는 않다.

하도 맛있다는 듯 생글거리며 마셔서 간과해버린 자신에 라이언은 어깨를 늘어뜨렸다.

이건 어른으로서 감독 부족이라며 무서운 보호자에게 혼나게 되려나.

어느새 미샤는 얼굴이 빨개져서 몽롱한 눈으로 조용해졌다. 도움을 요청하듯 라이언은 주변을 둘러보았지만 난처한 얼굴로 고개를 젓는 사용인과 재미있어하며 미샤를 구경하는 동생, 무표정으로 외면하는 키노라는 라인업이었다. 어디에도 도움의 손은 없었다.

결론. 자신이 어떻게든 할 수밖에 없는 모양이다.

한숨을 한 번 내쉰 라이언은 어른으로서 책임을 지기 위해 일어났다.

"미샤, 일어날 수 있겠어?"

말을 멈췄더니 급격하게 취기가 돌기 시작한 건지 미샤의 눈이 졸린 듯 반쯤 감겨 있었다. 이미 식사를 할 수 있는 상황이 아니라며 라이언이 말을 걸어도 미샤의 반응은 둔하다.

'이거 미란다 님이 알면 어떻게 되는 거지? 이 정도로 패널티가 오지는 않겠지? 아니면 악의는 없어도 미성년자를 술에 취하게 했으니 아웃?'

내심 식은땀을 흘리며 한 번 더 말을 걸자 미샤가 라이언을 향해 두 팔을 벌렸다.

어린아이가 안아달라고 조르는 듯한 동작에 라이언은 살며시 그 손을 잡았다.

"미샤, 방으로 데려간다?"

머리가 내려가면 한층 취기가 돌 것 같아 라이언은 일부러 옆으로 안아 들었다.

여름용의 얇은 드레스 너머로 조금 높은 체온이 전해졌다.

어깻죽지에 툭 기대는 작은 머리. 꽃 같은 달콤한 향기가 피어오르자 울렁거리는 마음에서 눈을 돌린 라이언은 조금 빠른 걸음으로, 하지만 필요 이상으로 흔들리지 않도록 조심하며 미샤의 방을 향했다.

앞서 걷는 키노의 등이 어쩐지 웃는 것처럼 느껴져서 라이언은 조금 짜증을 냈다.

'미샤가 없었다면 저 등을 걷어찼을 텐데.'

하지만 신뢰하듯 축 늘어져 온몸을 자신에게 맡긴 품 안의 체온이 흉악한 생각을 실행으로 옮기지 못하게 했다.

'그나저나 라라이아를 걱정하곤 했는데, 미샤도 너무 가벼운 거

아닌가?'

힘이 빠져도 마치 새끼고양이처럼 가벼운 무게에 라이언은 눈썹을 찌푸렸다.

"미샤가 라라이아보다 두 살 어렸던가? 이만한 소녀는 이렇게 작아?"

의식적으로 이 나이의 여성을 비교한 적이 없었던 라이언의 기준은 라라이아밖에 없지만, 그래도 그 동생을 기준으로 삼으면 안 된다는 건 라이언도 알고는 있었다.

"글쎄요. 표준보다 조금 아담하기는 하지만 식사나 평소 상황을 보면 건강하다는 건 틀림없습니다. 아마도 그런 체질인 거겠죠."

조용히 걸어가던 키노가 돌아보지 않고 대답했다.

"그런가."

대화에 반응한 건지 미샤가 고개를 들려다가 뒤로 홀라당 쓰러질 뻔했다. 등에 감았던 팔에 힘을 줘서 돌려놓자, 힘이 너무 들어갔는지 작은 몸이 한층 더 밀착했다.

형제들과는 다른, 뼈가 있는 건지 걱정될 정도로 가느다랗고 부드러운 몸에 심장이 한 번 더 크게 뛰었다.

하지만 역시 라이언은 그 마음의 움직임을 못 본 척한 뒤 드디어 도착한 미샤의 방에 들어가 정돈된 침대에 살며시 몸을 내려놓았다.

품에 있던 따뜻한 온기가 사라진 순간 신기하게도 마음이 차가워진 느낌이 들었다.

그러나 경험한 적 없는 그 신기한 감각을 뭐라고 표현해야 할지 알 수 없어 라이언은 말없이 침실을 뒤로했다.

식사하러 갔다가 왕의 품에 안겨 돌아온 미샤를 보고 티아와 이자벨라가 당황하며 움직이고 있었다. 거기에 미란다의 모습이 없다는 걸 알아차린 라이언은 우선 가슴을 쓸어내렸다.

흔한 갈색 머리카락과 눈동자로 가렸어도 미란다의 독특한 박력은 숨기지 못한다.

눈이 웃지 않는 그 미소로 담담하게 캐물었다간 울어버릴지도 모를 정도로 무섭다.

거실 소파에 앉은 라이언 앞에 소리 없이 홍차 찻잔이 놓였다.

"미란다 님께서 돌아오시는 건 내일 오후라고 합니다."

'다행이군요'라는 말이 뒤에 겹쳐 들리는 듯한 키노의 말에 라이언은 표정 없는 집사의 얼굴을 힘없이 노려보았다.

미샤와 함께 나타난 또 다른 '숲의 백성'. 미란다라고 이름을 밝힌 여성은 미샤가 성에 적응하자마자 툭하면 성에서 모습을 감추게 되었다. 아무래도 동족과 연락하기 위해 이래저래 움직이는 모양이지만, 어디서 뭘 하는 건지는 불명이다. 일단 의욕 없이 미행을 붙여보기는 했으나 싱겁게 따돌려졌다고 했다.

본래 깊이 파고들 마음은 없었지만, 저쪽도 그리 관여하고 싶지 않은 모양인지 처음 만찬회 때 같이 식사한 이후로 라이언은 미란다와 한 번도 대화한 적이 없었다.

본래대로라면 질문하고 싶은 것도 협력을 요청하고 싶은 것도 산더미처럼 많았으나 그건 이쪽의 사정이라고 포기했다. 긁어 부스럼을 만들기에는 전해 듣는 온갖 일화가 너무 무서웠기 때문이었다.

적어도 미샤를 맡겨줄 정도로는 신뢰하고 있는 모양이라며 지켜보고 있었더니 이런 사태가 일어났다.

"……불가항력이라고 판단해주지 않으려나."

"악의는 없었다는 건 이해해주시겠죠."

따뜻한 홍차를 마시는 중인데도 떨리는 듯한 기분이었다. 미샤를 간호하러 움직이는 시녀들의 모습을 바라보며 라이언은 다시 한번 깊은 한숨을 내쉬었다.

11 눈을 뜨자 흑역사, 그리고……

눈을 뜨자 섬세한 무늬가 들어간 천개가 보이기에 미샤는 정원에 있는 오두막이 아니라 성 안에 받은 방에서 자고 있다는 사실을 깨달았다.

'여기에서 자는 건 굉장히 오랜만이야. ……어라? 하지만 내가 언제 잠들었지?'

신기하게도 개운한 기분으로 몸을 일으키며 고개를 갸웃거리고 있었더니 미샤가 일어난 기척을 눈치챈 건지 침실 문을 노크하며 이자벨라가 들어왔다.

"좋은 아침입니다, 미샤 님. 머리가 아프거나 속이 안 좋거나 하시진 않으신가요?"

여느 때처럼 아침 준비용 도구가 실린 왜건을 밀며 온화한 목소리로 물어보는 말에 미샤는 고개를 갸웃거렸다.

"속은 괜찮은데, ……제가 왜 여기에서 잤는지 아세요? 이자벨라 씨."

질문의 의도를 파악하지 못하고 고개를 갸우뚱거리면서 몸의 감각을 가볍게 확인한 미샤는 순순히 물었다.

"어제 저녁을 먹었던 건 기억나지만 그 이후가 통."

의아해하는 미샤의 눈을 들여다보고 거짓말이 없다는 걸 확인한 이자벨라는 작게 한숨을 쉬었다.

"미샤 님께서는 식사 자리에 나온 와인의 알코올에 취하여 잠들어버리셨다고 합니다. 숙취 같은 증상이 없어서 다행입니다."

"어? 숙취?"

미샤는 눈이 휘둥그레졌다.

"하지만 와인의 알코올을 날렸다고 그랬는데."

"맞습니다. 이 나라에서는 어린아이라고 해도 마실 수 있을 만큼 안전하게 처리되어있었는데…… 가끔 알코올에 무척 약한 체질이 있다고 하니, 어쩌면 미샤 님께서도 조심하시는 게 좋을지도 모릅니다."

이자벨라가 세숫대야를 내밀며 조금 난감한 듯 충고하자 미샤는 얌전히 어깨를 푹 떨어트렸다.

'엄마도 아빠도 즐겁게 술을 마셨으니 괜찮을 줄 알았어. 성인이 되면 마셔 보고 싶다고 기대했었는데.'

"뭐, 우연히 안 맞았던 것뿐일지도 모르니 성인이 된 뒤에 다시 시도해보세요."

풀이 죽은 미샤를 보고 이자벨라가 당황하며 위로한 뒤 얼굴을 닦는 수건을 살며시 건넸다.

"어라? 그러고 보면 잠들었다고 했는데, 여기까지는 누가?"

제 발로 이동한 기억이 없는 이상 누군가가 데려다주었을 것이다.

아마도 그 자리에 동석했던 키노일 거라고 가볍게 생각하며 고개를 갸웃거린 미샤는 이어진 말에 눈이 휘둥그레졌다.

"폐하십니다."

"네?"

"취해서 몸을 가누지 못하는 미샤 님을 폐하께서 직접 데려다주셨습니다."

예상치 못한 인물에 미샤는 놀라서 다음 말이 나오지 않았다.

'어? 왜 폐하가 직접? 거기는 키노 씨가, 아니 밖에 호위 기사나 시종도 있을 테고. 나를 데려다줄 수 있을 법한 사람은 많이 있는데?'

물론 말이 나오지 않을 뿐 마음속은 패닉이었다.

"어? 그럼 엄청 폐가 되었을 텐데."

"오는 도중에 잠들어버리셨다고 하니 큰 폐는 끼치지 않으셨을 듯 합니다."

파랗게 질린 미샤에게 아무렇지도 않게 대답하는 이자벨라.

'으아아아. 폐하에게 주정뱅이를 데려다주게 한 시점에서 이미 폐 아니야……? 전부터 어렴풋하게 느끼던 거지만, 왕을 좀 쉽게 대하지 않아?'

생각해 보면 지올드의 태도도 털털했고, 말투는 정중하지만 트리스도 가차 없이 지적하곤 했던 것 같다. 하지만 보통 정중한 시녀 이자벨라 씨까지 이런 태도는 너무 의외였다.

"오히려 그 후 평소와 다른 미샤 님을 걱정해서 살펴보러 온 렌을 껴안고 주무셨으니, 가장 큰 피해자는 밤새 꽉 끌어안겼던 렌이 아닐까요."

충격적인 사실에 생각에 잠겨 있었더니 더 큰 폭탄이 떨어졌다.

"어? 렌? 그러고 보면 렌은?"

여느 때라면 침실 구석에 마련된 본인의 침상에서 자고 있거나 일어났어도 시야에 들어오는 장소에서 혼자 놀고 있는 렌의 모습이 없다는 걸 알아차린 미샤는 주위를 두리번거렸다.

"새벽에 간신히 빠져나온 건지 침실에서 비틀비틀 걸어 나오더니 저쪽 방에서 쉬고 있습니다. 코가 민감한 렌에게는 미샤 님에게서 나는 알코올 냄새가 힘들었던 모양입니다."

"나 냄새나?!"

10대 초반의 소녀에게 냄새 때문에 도망쳤다는 건 상당한 충격을 준 모양이었다. 미샤는 수건을 움켜쥐고 멍하니 굳어버렸다가, 곧 바로 팔과 머리카락의 냄새를 확인하기 시작했다.

"아뇨. 인간의 코로는 알아보기 힘들 정도지만…… 입욕 준비도 되어있습니다."

그러나 보통 사람보다 후각이 민감한 미샤는 평소의 자신과 다른 냄새를 분간해내고는 조금 전과는 비교가 되지 않을 만큼 좌절해버 렸다.

"목욕하고 싶어요. 그리고 렌에게 사과할래요."

"네. 그러면 바로 준비하겠습니다."

완전히 침울해진 미샤에겐 불쌍하게도, 우울해진 이유도 그 모습 도 귀여워서 이자벨라는 웃음이 나오려는 걸 참으며 입욕 준비를 위 해 욕실로 도망쳤다.

그 후 목욕하고 나온 미샤는 이미 눈을 떠서 아침을 먹고 있던 렌 에게 사과하려고 다가갔지만 경계하는 듯한 시선을 받고는 다시는 와인에 손을 대지 않겠다고 맹세했다.

푹 잠든 게 다행이었는지 컨디션이 무너지지도 않았고, 오히려 캘러스 효과인지 여느 때보다 기운이 넘쳤다. 하지만 정신적으로는 막대한 타격을 입은 미샤는 그래도 라라이아의 아침 준비를 마치고 평소의 루틴을 실행하려고 했다.

그러나 항상 휘둘리던 라라이아가 이런 절호의 기회를 놓칠 리가 없었으므로 신나게 놀림 받았다.

라라이아에게서 한층 타격을 입고 뻗어버린 미샤는 점심을 먹은 뒤 이번에는 라이언에게서 면회하겠다는 연락이 오자 소파로 무너졌다.

"……도망치고 싶어."

무심코 새어 나온 미샤답지 않은 말에 라라이아에게서 신나게 놀림당하는 모습을 봤던 티아는 쓰게 웃었다.

"문책하시려는 건 아닐 거예요."

"그건 알지만…… 민망하다고요~~."

소파에 누워서 떼를 쓰는 미샤를 보고 화해를 무사히 마친 렌이 새로운 놀이냐며 신이 나 달려들었다.

그건 무척이나 귀여운 광경이라서 티아는 식후의 차를 준비하며 쿡쿡 웃었다.

"그렇다면 거절하시겠습니까? 아마도 미샤 님께서 이제나저제나 기다리시던 것이 준비되었다는 소식일 거라고 보지만요."

미샤의 대답을 듣고 돌아가기 위해 기다리던 키노가 희미한 미소를 지으며 의미심장하게 중얼거렸다.

항상 무표정인 키노의 보기 드문 모습에 흥미가 생긴 미샤는 몸을 일으켜 자세를 바로잡았다.

"제가 기다리던 거요?"

고개를 갸웃거리는 미샤를 향해 키노가 즐겁다는 듯 웃었다.

"아마도 국립 도서관 이용 허가가 떨어질 타이밍으로 추측됩니다."

"갈래요. 면회하겠습니다. 언제든 괜찮다고 대답해주세요!"

미샤의 손바닥이 홀랑 뒤집힌 순간이었다.

라이언의 면회는 키노의 말대로 국립 도서관 이용 허가증과 어제의 사건으로 몸에 이변은 없는지 비위를 맞추기 위함이었다.

물론 어젯밤부터 오늘 아침의 상태는 이미 키노에게서 보고받았으므로 후자는 말없이 살펴보는 정도가 될 예정이었다. 미샤의 정신이 너덜너덜해졌다는 걸 고려했기 때문이지만, 이미 국립 도서관에 갈 수 있다는 점에 정신이 팔린 미샤는 별로 신경 쓰지 않는 모습이었다.

"몸에 문제는 없어 보이는군."

싱글벙글한 미샤를 보고 조금 대화해도 괜찮을 것 같다고 판단한 라이언은 예정을 바꿔서 미샤에게 차를 권유했다.

"네. 푹 잤고, 눈을 뜨니까 평소보다 몸이 가벼운 느낌이었습니다."

물론 그 후 라라이아가 놀려대서 녹초가 되었지만, 그건 앞으로 찾아갈 국립 도서관으로 상쇄하고자 미샤는 말을 삼켰다.

"그런가. 아침에 코난과도 대화했지만, 어쩌면 미샤가 어젯밤에 의식을 놓은 건 알코올 때문만이 아니라 캘러스의 피가 영향을 준 건지도 모른다는 이야기가 나왔어."

맛이 간 미샤를 걱정한 라이언이 의뢰해서 코난이 진찰해주었는데, 푹 잠들어있을 뿐 이상은 보이지 않았다고 했다.

"평소보다 체온이 높지만 호흡은 차분하고 괴로워하는 기색도 없다더군. 원래 캘러스는 영양가가 높고 특히 피는 자양강장제로써 쓰이기도 해. 원래 건강한 데다 몸이 작아서 효과가 지나치게 나온 것 같다고 하던데."

자신이 잠든 사이에 코난의 진찰을 받았다는 것조차 몰랐던 미샤는 놀라서 눈이 휘둥그레졌다. 그 이야기가 사실이라면 몸이 평소보다 개운한 것도 설명할 수 있었다.

알코올에 취해서 뻗어버렸다기에는 눈을 뜬 뒤의 불쾌감이나 두통 같은 증상이 전혀 없었던 게 이상했던 미샤는 순순히 수긍했다.

"다행이에요. 알코올 때문이라면 성인이 된 뒤에도 조심해야겠다고 걱정했었거든요."

걱정거리가 하나 줄어든 미샤의 미소에 라이언이 쓰게 웃었다.

"뭐, 제대로 검증한 건 아니니까 조심해서 나쁠 건 없지."

"네. 그나저나 캘러스의 영양분은 참 대단하네요."

"맞아. 수도의 인간은 몸이 안 좋아지면 약방이나 병원에 가기 전에 먼저 호수에 간다고 할 정도로 옛날부터 생활에 밀접했지. 그건 평민만이 아니라 왕족이나 귀족도 마찬가지라서 무슨 일이 있으면 생간을 먹어."

오만상을 찌푸리는 라이언을 보고 미샤는 의아해서 고개를 갸웃거렸다. 그런 미샤의 반응에 라이언은 쓰게 웃고는 비밀 이야기를 하듯 목소리를 죽였다.

"사실 고기는 그렇다 쳐도 피나 간은 싫어하거든. 맛보다는 생리적으로 못 받아들이겠어. 어제 와인도 내 잔에는 피가 들어있지 않았지. 어른이 된 뒤로 간은 건강하니까 필요 없다고 안 먹게 되었고. 편식 없이 뭐든 먹으라고 말하는 이상 라라이아에게는 비밀이지만."

"세상에."

조금 음흉하게 웃는 라이언을 보고 미샤는 몇 번 눈을 깜빡인 뒤 덩달아 웃었다.

"뭐, 피나 간은 약이라는 의미가 더 커 보이니까, 필요하지 않다면 괜찮지 않을까요? 그런 관계로 라라이아 님께는 비밀로 하겠습니다."

"그래, 부탁해."

천연덕스러운 얼굴로 대답한 라이언은 이게 본론이라며 테이블 위에 한 장의 카드를 놓았다.

반짝반짝 빛나는 금색 카드는 국립 도서관을 뜻하는 마크와 미샤의 이름이 새겨져 있었다. 도서관을 이용하기 위해 보여줘야 하는 다섯 단계의 카드 중에서도 최고 등급 카드였다.

그 카드를 보여주면 국립 도서관에 있는 어떤 책이든 열람할 수 있으며 일반 공개되지 않는 책과 고서의 일부까지도 요청하면 도서관에서 가지고 나올 수 있다. 본래는 후작 이상의 지위를 지녔거나 국가에 이득을 주었다고 인정받은 사람이 요청서를 제출해야 비로소 발행되는 카드였다.

카드의 사용법을 설명하자 어떤 보석이나 드레스를 봤을 때보다 반짝이는 눈으로 카드를 소중히 붙잡는 미샤를 보고 라이언은 고생한 보람이 있다며 만족스럽게 웃었다.

타국인에게 최고위 카드를 발행하는 건 처음 있는 일로, 소중한 책을 전부 공개하는 일에 반대하는 목소리가 여럿 올라왔다.

하지만 미샤를 이 나라에 불러들인 가장 큰 미끼가 무엇이었는지 지올드에게서 들었던 라이언은 포기하지 않았다. 게다가 최고 권력자의 권한으로 밀어붙이는 게 아니라 반대하는 사람 한 명 한 명과 제대로 대화하여 권리를 얻어냈다.

힘으로 뜯어냈다는 걸 알면 분명 미샤가 사양할 것이라는 배려에서 나온 행위였다.

"오늘 바로 가 봐도 괜찮을까요?"

"그럴 것 같아서 호위를 준비해놨어."

들떠서 물어보는 미샤에게 싱긋 웃어준 라이언이 문밖을 향해 말을 걸었다.

"안녕, 미샤. 잘 지냈어?"

"지올드 씨!"

그렇게 안에 들어온 인물을 본 미샤의 얼굴이 화악 환해졌다.

거기에는 오랜만에 만나는 지올드가 웃는 얼굴로 서 있었다.

블루하이츠에서 레드포드까지 함께 여행한 지올드는 최근 여행 보고서와 밀린 일을 끝내야만 한다며 만나지 못하게 되었다.

한 달 이상 함께 보낸 시간 속에서 신뢰를 보냈던 지올드와 갑자기 만나지 못하게 된 쓸쓸함을 느끼던 미샤는 오랜만에 본 미소에 기뻤던 나머지 저도 모르게 소파에서 벌떡 일어나 달려갔다.

"드디어 서류 작업에서 해방되었어. 점심 이미 먹었고? 마을로 나가면 추천하는 가게에 데려다 줄게."

오랜만에 보는 햇살 같은 밝은 미소와 꾸밈없는 소탈한 말투.

변함없는 지올드의 태도에 미샤는 달려간 기세 그대로 품에 뛰어들었다.

"어? 뭐야, 미샤. 하는 게 렌이랑 똑같은데?"

갑작스러운 기행에도 당황하지 않고 받아낸 지올드는 그대로 미샤를 안아 들더니 빙글빙글 돌았다. 어린아이와 놀아주는 듯한 반응이지만 그래도 어쩐지 즐거워서 미샤는 소리 내어 웃었다.

거기에는 어른도 능가하는 능력으로 라라이아의 치료 방침을 이야기하는 어른스러운 소녀가 아니라, 그 나이에 맞는 어린 소녀의 얼굴이 있었다.

"……그런 표정도 짓는구나."

놀란 라이언은 그런 얼굴을 끌어낸 지올드에게 어쩐지 가슴의 답답함을 느끼고 입을 다물었다.

라이언이 스스로도 잘 설명할 수 없는 감정의 움직임에 당황하는 사이에 흥분이 진정되고 정신을 차린 미샤가 제 행동이 너무 어린아이 같았음을 깨닫고 얼굴이 빨개졌다. 그런 미샤를 보고 무심코 웃어버린 라이언은 그 답답함을 잊어버렸다.

"미샤도 드디어 염원하던 국립 도서관에 가는구나."

왕성 뒷문으로 슬쩍 빠져나와 국립 도서관을 향해 느긋하게 걸었다.

지올드와 단둘이, 는 아니고 사실 미샤의 시야 밖에서 여러 명의 호위 기사가 원을 그리듯 따라가고 있었다.

하지만 너무 많은 인원이 움직이면 이목을 끌어서 미샤가 부담스러워한다는 걸 아는 지올드는 사전 회의로 은밀한 행동이 특기인 부하를 배치해서 사람들의 시선을 신경 쓰지 않는 경비 체계를 갖추는 데 성공했다.

"지올드 씨는 국립 도서관에 가본 적 있어?"

"어~? 이용한 적은 없지만 경비 때문에 간 적은 있지."

"뭐야 그게."

쿡쿡 웃으면서도 미샤의 발은 멈추지 않았다.

통통 튀는 발걸음은 지금부터 가는 장소가 아주 기대된다는 걸 웅변하는 것 같았다.

그렇게 도착한 그 장소는 정말로 압권이었다.

호숫가에 세워진 건물은 겉보기에는 그리 눈에 띄는 특징이 없었다. 굳이 꼽으라면 튼튼해 보이는 벽돌로 만들었고 장식이 별로 없는 상자 같은 구조라는 것 정도일까.

"안에는 종이가 가득하므로, 이 시설을 만든 과거의 국왕 폐하께서 불에 잘 타지 않도록 목조를 피했다고 합니다. 물론 그 무렵의 건물은 아주 일부이고 그 후 장서가 증가하면서 건물도 증축되었습니다."

안내해주는 국립 도서관 직원이 어딘가 뿌듯한 얼굴로 설명해주었다.

처음에는 현재의 5분의 1도 되지 않는 단층 건물이었는데, 마치 블록 놀이처럼 네모난 건물을 점점 붙여나갔다고 한다.

"현재는 지하 1층, 지상 3층 건물로 그중 일반에 공개되는 건 3분의 1 정도입니다. 물론 미샤 님께서는 전부 관람하실 수 있습니다."

직원이라고 해도 말단에게는 어느 정도 제한이 있어서, 이 신입 청년에게는 마음대로 들어가지 못하는 장소도 있기 때문인지 조금 부러워하는 것처럼 보였다.

"저처럼 일반 서가를 담당하는 직원 말고도 뒤에서 고서나 금서를 연구하는 게 주요 업무인 직원도 있습니다. 여기는 말 그대로 레드포드 왕국 1천 년의 지혜와 역사가 담긴 장소죠."

흥분해서 뺨이 붉어진 청년의 기세에 살짝 짓눌리면서도 이미 미샤의 의식은 빼곡히 늘어선 책장에 반쯤 못 박혀 있었다.

여기를 봐도 저기를 봐도 책, 책, 책!

현재 있는 장소는 널리 일반인에게 공개된 책을 보관하는 장소 중에서도 가장 넓은 메인 도서실이었다.

천장이 뚫려서 3층까지 보이는 커다란 공간에는 적절한 간격으로 떨어진 높은 책장이 즐비했고, 군데군데 책상과 의자 세트가 놓여있었다. 거기에 책을 쌓아놓고 무언가를 쓰거나 순수하게 독서를 즐기는 사람들의 모습이 여기저기 보였다.

더불어 중앙부에 나선계단이 서 있어 회랑처럼 생긴 중간층으로 올라갈 수 있도록 만들어놨는데 거기에도 책장으로 가득한 게 보였다.

"1층 부분이 폭넓고 기본적인 서적, 오락소설이나 잡지 종류도 이쪽에 있습니다. 중간층은 그보다는 조금 전문적인 서적이 많죠. 분류는 되어있으니 관심 있는 분야가 있으시다면 안내해드리겠습니다."

안내자의 제안에 미샤는 조금 망설였다.

직접 돌아다니며 관심 있는 책을 찾는 것도 매력적이지만, 이만큼 넓으면 찾아다니는 것만으로도 날이 저물 것 같다.

그건 조금 더 이 장소에 익숙해진 뒤에 하는 게 낫겠다고 판단했다. 우선 가장 관심 있는 것부터 보기로 한 미샤는 생긋 웃었다.

답은 하나뿐이다.

"그러면 약초에 대해 적힌 책은 있을까요?"

"네. 물론입니다."

예상한 대답이었던 모양이다. 청년은 자신만만하게 고개를 끄덕이더니 앞장서서 걸었다.

성큼성큼 걷는 등을 쫓아가며 미샤는 조금 전부터 느껴지는 기시감에 고개를 갸웃거렸다.

"왜 그래?"

심드렁하게 미샤 뒤를 따라오던 지올드가 재빨리 알아차리고는 살며시 말을 걸었다.

"응. 안내해주는 분 말인데, 어디선가 본 적이 있는 것 같아서."

살며시 대답하자 지올드는 순간 놀란 표정을 지었다가 참지 못하고 웃음을 터트렸다.

"야야. 모처럼 머리 색도 바꾼 모양인데 다 들켰다?"

앞서 걷는 청년에게 친근하게 말을 거는 지올드를 보고 미샤는 눈이 휘둥그레졌다.

"지올드 씨, 아는 사이야?"

"그래. 쟤가 학생일 때 인연이 닿아서 잠시 단련해줬지."

"그건 단련이 아니라 갖고 논 거죠. 이래서 검밖에 모르는 야만인은 싫다니까."

돌아보지 않은 채 청년이 질색하며 중얼거렸다.

"내 무기는 창이거든~~?"

지올드의 놀리는 목소리에도 청년은 완강하게 돌아보지 않았다.

그러고는 인기척이 적은 중간층으로 돌아가는 계단 앞에서 발을 멈춘 뒤 가슴에 손을 올리고 가볍게 머리를 숙이는 약식 인사를 했다. 간단한 동작인데도 몹시 우아해 보이는 그 인사에 미샤의 뇌리에 어떤 사람이 떠올랐다.

"다시금 인사드립니다. 저는 모르트 틴 윌킨슨. 작년에 아카데미를 막 졸업한 풋내기이지만 형님과 함께 잘 부탁드립니다."

"……윌킨슨이라면 설마."

무심코 중얼거리는 미샤를 보며, 안경에 가려져 알아보기 힘든 제비꽃색 눈동자가 호를 그렸다.

"트리스는 첫째 형님입니다. 저는 별 볼 일 없는 삼남이므로 자유롭게 살고 있죠. 그 머리 색은 눈에 띄니까 평소에는 이렇게 합니다."

땋아서 정돈한 긴 머리카락은 연한 회색이었다. 트리스의 매끄러운 은발을 떠올리면 비슷한 분위기면서도 상당히 달라 보였다.

"가족이 어떻든 지금의 저는 도서관의 신입 직원입니다. 신경 쓰지 마시길. 시간은 유한합니다. 어서 가시죠."

이야기는 끝났다는 듯 계단을 올라가기 시작한 모르트 뒤를 허둥지둥 쫓아갔다.

그리고 약초 책이 모여있는 코너에 도착한 미샤는 환호성을 질렀다.

지올드가 손을 뻗어야 간신히 꼭대기에 닿을 만큼 커다란 책장. 벽을 따라 배치된 그 구역의 거의 일면 모두가 약초 관련 서적이라고 한다.

"더 전문적, 정확하게는 고난이도의 책이 모여있는 방도 있지만 우선은 여기서 궁금한 책을 찾아보고 거기서부터 파고 들어가는 게 효율적…… 인데, 아무래도 안 듣고 계시네요."

"아, 이건 우리 집에 있떤 사전의 다른 시리즈구나. 이건 모르는 거네. '레가 산맥에서 보이는 고유종'? 뭐야 재밌겠다!"

후다닥 책장으로 달려가 황홀한 얼굴로 책등을 바라보는 미샤를 보고 모르트가 쓰게 웃었다.

하지만 같은 독서가로서는 그 행동에 호감이 솟았다.

"하이고~ 눈 빛내는 거 봐라. 이거 당분간 안 움직이겠는걸."

그런 미샤를 보고 지올드는 웃으면서 옆에 있던 소파에 몸을 던졌다.

"거기는 독서하기 위한 장소인데요, 지올드 씨."

미샤를 향하던 자애와 공감의 시선에서 확 바뀌는 절대영도의 시선은 역시 형제. 트리스와 무척 흡사했다.

"그렇게 심술부리지 마. 어차피 이런 곳은 어지간히 호기심 넘치는 녀석 말고는 안 오겠지."

"뭐, 이용자가 거의 없는 코너이긴 하지만요."

모르트는 한숨을 쉬며 이미 몇 권의 책을 집어든 미샤를 쳐다보았다.

"소문보다 훨씬 어린아이 같군요. 정말 왕성의 의사들을 압도한 겁니까?"

의문을 표하는 모르트의 말에 소파 팔걸이에서 한참 밖으로 다리를 내걸고 누운 지올드가 웃었다.

"압도…… 는 좀 다르고. 코난 영감님이 손녀처럼 이뻐하고 제자 녀석들도 동생처럼 귀여워하지."

라라리아의 치료 방침에 대해 이야기하는 자리가 평범한 다과회처럼 화기애애한 분위기가 되는 건 자주 있는 일이었다. 물론 대화 내용은 전문적이라서 지올드는 반도 이해하지 못했지만.

"자기 의견은 똑바로 주장하지만 남의 말도 잘 들어. 그런데다 모르는 건 솔직하게 질문하고, 뭔가 해주면 고맙다고 인사하지. 이상적인 제자라나. 게다가 영감님도 모르는 지식을 갖고 있으니 그야 즐거울 수밖에."

미샤는 만나지 못했다고 생각했지만, 지올드는 궁금해서 몇 번 상황을 살피러 갔었다. 그때마다 즐거워 보이는 모습에 문제없다고 판단하고 굳이 말을 걸지 않았을 뿐이다.

"무슨 일이 있으면 부를 테니까 자기 일하러 가 봐. 바쁘잖아? 별 볼 일 없는 신입 직원님?"

호락호락하지 않은 미소를 지으며 손을 흔드는 지올드의 말에 모르트는 다시 한번 미샤에게 시선을 던진 뒤 조용히 그 자리를 뒤로 했다.

12 마을의 아이들

"뭐가 문제지?"

푸릇푸릇하게 우거진 약초 사이에 우두커니 선 미샤는 멍하니 중얼거렸다.

조금 전까지 내리던 비에 젖은 약초는 반들반들하게 빛을 반사하며 무척 아름다웠다.

처음 약초원을 찾아온 뒤로 이미 나흘이 지났다.

미샤는 시간이 허락하는 한 약초원에 다니며 과거의 자료를 조사하거나 실제 관리를 직원과 함께 해 보기도 했다.

하지만 여전히 약초의 효과가 약해진 원인을 발견하지는 못했다.

"……국립 도서관에 가자."

쏟아지려는 한숨을 삼키며 미샤는 느릿느릿 걸어갔다.

카드를 손에 넣은 날부터 자유롭게 갈 수 있게 된 덕에 미샤는 기분전환 겸 자주 도서관에 다니게 되었다.

바쁜 지올드가 매번 같이 갈 수는 없기에 당연하게도 호위 기사는 붙었지만, 그건 신경 쓰지 않기로 했다.

자각은 별로 없지만 미샤의 입장은 이웃 나라 공작가의 영애이자 이 나라에 손님으로서 방문한 몸이다.

다소 번거롭기는 해도, 자기에게 무슨 일이 일어나면 국가 문제가 될 수 있다는 건 누가 설명해주지 않아도 눈치챌 수 있었다.

비가 그친 거리를 느긋하게 걸어갔다.

사실은 이 행동도 '귀족 영애'로서는 실격이겠지만, 미샤는 1킬로

미터도 되지 않는 거리를 굳이 마차에 타서 이동할 필요성을 도저히 이해할 수 없었다.

수도인 만큼 거리의 치안은 무척 좋았고 딱히 으슥한 뒷골목을 다니는 것도 아니다.

더욱이 호위 기사까지 있으니까 어지간한 일은 일어나지 않을 것이다.

마차 이동을 주장하는 주변 사람들에게, 그럼 호위 기사는 필요 없다고 반항한 결과 미샤는 도보 이동을 쟁취해냈다.

함께 걷는 기사는 한 명.

이것도 처음에는 여러 명이었지만, 미샤가 숨 막힌다고 주장해서 줄여달라고 했다.

애쉬 블론드의 머리카락을 짧게 치고 검은색을 바탕으로 한 기사복을 입은 청년은 탄탄하게 단련된 몸과 날카로운 눈매를 지녀서 한눈에 봐도 '기사'라는 분위기였다.

성격도 성실하고 괜한 말을 하지도 않는다.

묵묵히 자신이 받은 일을 수행하는 모습은 효율적이지만 재미도 없다. 이것은 그를 추천해준 지올드의 평가였다.

물론 눈매는 사나워도 사실은 어린아이를 좋아하고 잘 돌봐준다는 걸 미샤는 알고 있었다.

한 달 가까운 여행을 함께 한 일행 중 한 명이기 때문이다.

나서서 입을 여는 일은 거의 없지만, 물어보는 건 성실하게 대답해주는 청년을 미샤는 신뢰하고 있었다.

"텐츠 씨. 저기 노점에 들러도 될까요?"

문득 생각 난 미샤가 가리킨 곳은 색색의 사탕과 과자를 파는 노점이었다.

풍채 좋은 주인이 싱글싱글 웃으며 서 있었다.

텐츠는 슥 주변으로 눈을 굴린 뒤 '괜찮습니다'라고 짧게 허락했다.

미샤는 서둘러 노점으로 다가가 가득 놓인 과자 중 다양한 색의 사탕이 들어있는 주머니를 샀다.

"만날 수 있을까?"

"이 근방에서 자주 논다고 하니까 괜찮을 겁니다."

손에 넣은 사탕을 들고 작게 중얼거린 미샤는 자연스럽게 돌아온 대답에 환하게 웃었다.

국립 도서관에 처음 갔던 날, 돌아오는 길에 미샤는 입구 바로 옆에서 울고 있는 어린 여자아이와 그 아이를 난처한 얼굴로 위로하는 두 명의 소년을 발견했다.

좀처럼 울음을 그치지 않는 모습이 마음에 걸려서 말을 걸자 여자아이가 넘어져서 무릎이 까졌다고 했다.

"아프겠다. 약 발라줄 테니까 잠깐 도서관에 돌아가자."

미샤가 다정하게 말을 걸자 여자아이는 훌쩍훌쩍 울면서도 끌어안았다.

미샤는 등을 토닥토닥 두드려 다독인 뒤 작은 몸을 살며시 안아들었다.

"흙을 씻고 약을 바르자. 그러면 안 아파질 거야. 오빠들도 와."

"아니, 그, 괜찮아요."

당황한 듯 동생을 되찾으려는 소년을 향해 웃은 뒤 미샤는 왔던 길을 돌아가 직원을 불러 물을 쓰고 싶다고 부탁했다.

그리고 뒷문 쪽에 우물이 있다는 정보를 얻자 바로 그쪽으로 향했다.

중간에 무거울 거라며 텐츠가 소녀를 대신 들려고 했지만, 낯선 어른이 무서웠던 건지 소녀가 싫다고 도리질하는 바람에 미샤가 거절했다.

무표정한 얼굴로 '내가 그렇게 무서운가' 하며 조금 풀이 죽은 게 보여서 미샤는 쿡쿡 웃어버렸다.

참고로 소녀의 오빠들이 대신하려고 해도 역시 싫어했으니 단순히 소녀의 기분 문제인 건지도 모른다.

"좀 쓰라릴 거야."

우물 옆에 있던 빈 상자에 앉힌 뒤 소녀의 무릎을 물로 씻겼다.

"상처 안에 흙이 남아있으면 계속 아픈 게 안 사라지거나 흉터가 남기도 하니까, 조금만 참자?"

미샤가 상처를 문지르듯 씻는 걸 소녀는 눈을 질끈 감고 입술을 꾹 깨물며 버텼다.

"응. 착하다. 이제 괜찮아."

상처에 흙이 없는 걸 확인한 미샤는 생긋 웃은 뒤 재빨리 연고를 바르고 붕대 대신 손수건을 가느다랗게 접어서 묶었다.

"자, 끝났어. 잘 참은 착한 아이에게는 상을 줘야지?"

그러고는 주머니에 있던 사탕을 소녀의 입에 넣었다.

울상이던 소녀는 갑자기 입에 들어온 사탕에 깜짝 놀란 듯 눈이 휘둥그레지더니, 입을 우물우물 움직이며 방긋 웃었다.

"달고 맛있어. 오렌지맛!"

조금 전까지 울고 있었는데 금방 기분이 좋아진 소녀를 보고 소년들이 안도한 듯 지친 듯한 표정을 지었다.

"누나, 고마워."

소년들이 소녀를 쓰다듬으며 머리를 숙였다.

"제대로 인사할 줄 알다니 착하네. 너희에게도 줄게."

미샤는 소년들에게도 사탕을 내밀었다.

소년들은 조금 당황한 듯 서로를 쳐다본 뒤 쭈뼛쭈뼛 받았다.

"언니, 약 고마워. 이제 안 아파."

"너는 너무 멀쩡해졌어!"

폴짝거리며 웃는 소녀를 보고 소년들이 기가 막혀서 웃었다.

들어보니 아이들은 아랫마을에 살고 있는데, 국립 도서관에서 정기적으로 열리는 어린이 대상 공부 교실을 위해 왔다고 한다.

국립 도서관에서는 학교에 가지 못하는 가난한 집의 아이들에게 무료로 글과 간단한 계산법을 가르쳐준다고 한다. 국민의 학력을 올리려는 국가의 시도 중 하나였다.

물론 아이들은 대부분 참가한 뒤에 받는 빵이 목적이었지만.

참고로 참가하면 받는 빵 말고도 시험에 합격하면 받는 특별한 과자도 있어서 공부를 열심히 한다고 했다.

이야기를 들은 미샤는 잘 유도했다며 감탄했다.

가난한 집의 아이들은 어느 정도 성장하면 귀중한 노동력이 된다. 그런 곳에 갈 시간이 있다면 심부름이라도 해주기를 바라는 가정은 많을 테고, 아이들도 귀중한 자유시간을 공부에 쓰고 싶지는 않을 것이다.

하지만 고작 1시간 정도 앉아있기만 하면 확실하게 빵을 받을 수 있다면 사정이 달라진다. 하루하루 식사조차 부족한 생활을 보내는 가정도 없지는 않기 때문이다.

게다가 자신이 노력하면 좀처럼 먹을 수 없는 간식을 받을 수 있다면 아이들의 의욕도 올라갈 법하다.

그 결과 아이들의 학력 상향이 뚜렷하게 보이고, 게다가 글을 쓸 수 있고 계산을 할 줄 알게 되면 장래에 취직할 수 있는 직업의 폭도 넓어진다. 수입이 올라가면 입에 풀칠하기 위해 저지르는 범죄는 줄어들 것이다.

빈곤층의 생활수준 개선에도 도움이 되고 있다.

미샤와 만난 아이들도 내일 먹을 빵이 곤란할 정도는 아니지만 아이들의 교육에 돈을 들일 여유는 없는 가정이니 국립 도서관의 공부 교실이 없다면 자기 이름을 쓰지도 못했을 것이다.

"엄마에게 이름을 써 줬더니 기뻐했어~."

"나도~."

"나도! 할머니는 울더라!"

기뻐하며 웃는 아이들의 얼굴은 무척 뿌듯하고 밝았다.

"앗! 언니~!"

국립 도서관 앞에 도착해서 주변을 둘러보자 멀리서 작은 여자아이가 달려왔다. 진한 벌꿀색 머리카락이 보송거리며 빛을 반사했다. 그 순간 발치에서 얌전히 걷고 있던 렌이 획 달려 나갔다.

"아나! 또 넘어질라, 조심해!"

최근 4살이 된 아나는 기세는 넘쳐나지만 넘어지기 쉽다.

아니나 다를까 아무것도 없는 곳에서 넘어질 뻔했지만, 그 전에 발치에 도착한 렌이 달려들어 어떻게든 버틴 아나는 까르륵 즐겁게 웃었다.

"렌, 고마워."

아나가 쪼그려 앉아 렌을 쓰다듬자 조심하라는 듯 렌이 아나의 얼굴을 날름 핥았다. 아무래도 렌이 어린 아나를 보호 대상으로 인식한 건지 이래저래 돌봐주려고 한다. 그 모습이 무척 귀여워서 미샤는 한발 늦게 다가가며 생글생글 웃었다.

"아나, 혼자서 가지 마!"

당황한 목소리와 함께 수풀에서 부스럭거리는 소리가 나더니 남자아이가 얼굴을 내밀었다.

그 바로 뒤에서 한 명 더.

"유우. 테토."

"아, 미샤 누나."

이름을 부르자 소년들도 기뻐하며 웃었다.

유우가 아나의 오빠이자 같은 벌꿀색의 보송보송한 머리카락.

테토는 두 사람의 이웃에 사는 소꿉친구로, 검은 머리카락에 갈색 피부가 특징적인 소년이다. 할아버지가 남방에서 온 이민자로 그 피를 진하게 이어받았다고 했다.

두 소년은 지금 7살인데, 항상 동생을 돌봐주면서 셋이 함께 다닌다.

"다들 머리카락에 풀이 묻어있어. 뭐 했던 거야?"

아나의 부드러운 머리카락에 엉긴 풀을 치워주면서 웃자 아이들은 들고 있던 주머니를 보여주었다.

"물가에서 들풀 캐기. 비가 그쳤으니까~."

"먹을 거야~."

주머니 안에는 먹을 수 있는 들풀들이 들어있었다.

물가는 근처 주민에게 평등하게 은혜를 나누어준다.

미샤는 노는 줄 알았더니 집안일도 도와주고 있었던 듯한 아이들의 머리를 쓰다듬으면서 '장하네.' 하고 칭찬했다.

"많이 캤구나~. 다들 잘 찾네."

어른은 들어가기 힘든 좁은 덤불 속을 뒤졌으니 풀투성이가 될 만도 했다.

칭찬받아서 조금 쑥스러운 듯 서로를 쳐다보는 아이들의 손을 잡고 호수 주변에 있는 조금 트인 장소로 유도한 뒤 미샤는 풀밭 위에 그대로 앉았다.

"저기 노점에서 예쁜 사탕을 발견했어. 나눠줄게."

그렇게 말하며 사탕 주머니를 보여주자 아이들이 환호성을 터트렸다.

기뻐하며 내미는 아이들의 손을 보고 미샤는 고개를 저은 뒤 입에 직접 사탕을 넣어주었다.

조금 전까지 들풀을 캐던 아이들의 손은 흙과 풀물로 더러워져 있었기 때문이다.

입 안에 퍼지는 단맛에 황홀해하는 아이들을 바라보며 미샤는 다양한 질문을 던졌다.

공부에 대해, 집에 대해. 평소 뭘 하고 노는지.

아이들은 저마다 즐거워하며 대답해주었다.

그 순수한 이야기를 듣기만 해도 개선이 보이지 않는 약초원 때문에 느끼던 답답함이 가시는 듯한 느낌이 들어 미샤도 즐거워하는 얼굴로 맞장구를 쳤다.

"그러고 보면 이거. 누나에게도 줄게."

문득 생각났다는 듯 테토가 주머니 안에서 새빨갛게 익은 토마토를 꺼냈다.

"할아버지가 키웠어. 비 때문에 물을 먹어서 너무 커지는 바람에 찢어졌으니 팔지 못한다고 간식으로 주더라."

손바닥만 한 토마토는 확실히 껍질이 찢어져 금이 가 있었다.

싱그러운 색이 예뻤지만, 이래서는 확실히 상품으로 내놓지는 못할 것이다.

"맛도 좀 약하지만 물기가 많아서 맛있어. 우리가 번갈아 가면서 물 줬어~."

그렇게 말하며 유우가 자기 주머니에서도 마찬가지로 토마토를 꺼내서 깨물었다.

미샤는 토마토를 빤히 뜯어본 뒤 유우처럼 그대로 깨물었다.

입 안에 과즙이 넘친다.

확실히 조금 밍밍하지만, 그래도 맛있었다.

"맛있는데 아깝네. 비가 너무 내리면 안 되는 거야?"

다 묻히고 먹어서 지저분해진 아나의 입가를 닦으며 테토가 고개를 끄덕였다.

"물을 너무 빨아들이면 표면의 껍질이 성장을 따라가지 못하고 터진대. 상처가 나면 거기로 벌레가 들어가거나 금방 썩어버리니까 못 팔아. 덕분에 실컷 먹을 수 있지만, 요즘은 좀 질렸어."

어깨를 으쓱하는 테토에 이어 유우도 고개를 끄덕였다.

"맞아. 식사도 토마토 수프, 토마토 스튜, 전부 토마토야. 아까운 건 알지만 질린다고~."

묘하게 어른스러운 동작과 말투가 귀여워서 웃던 미샤는 문득 머 릿속에 무언가가 스치는 걸 느꼈다.

"……너무 줘도 안 되는 거구나?"

"그야 그렇지. 커지긴 하지만 맛이 별로라고 할아버지가 그랬어. 무슨 일이든 적당한 양이 있는 거래."

"그러면서 우리가 먹는 파이를 빼앗아 갔다고. 할아버지 너무 해~. 우리는 앞으로 성장할 거니까 영양이 더 필요한데!"

"그러니까! 너무 많이 먹는다고 하고~!"

할아버지에 대한 불만을 투덜거리는 두 사람의 목소리가 귀에 들 어오지 않을 만큼 미샤는 생각에 잠겼다.

"……적당한……."

머릿속에서 온갖 정보가 빙글빙글 돈다.

잘 정비된, 마치 정원처럼 아름다운 약초원.

푸릇푸릇하게 우거진, 통상보다 큰 약초들.

"……나라면 알 수 있다?"

미란다의 타이르는 듯한 눈동자와 말.

그리고 반쯤 잡초에 파묻혔지만 그래도 존재했던, 어머니가 옛날 에 만들었던 약초원의 흔적.

"누나?"

갑자기 굳어버린 듯 움직이지 않자 아이들은 불안한 듯 미샤의 얼 굴을 살폈다.

그것조차 눈치채지 못한 채 가만히 생각에 잠겨 있던 미샤는 별안 간 벌떡 일어났다.

"……알 것 같아."

작게 중얼거린 뒤, 미샤는 갑자기 멈췄다가 움직였다가 이상한 자신을 걱정하며 바라보는 아이들을 한꺼번에 와락 끌어안았다.

"고마워, 얘들아! 고민하던 게 해결될지도 몰라! 지금부터 확인하고 올게! 이 은혜는 다음에 꼭 갚을 테니까!"

소리치듯 선언한 뒤 미샤는 약초원을 향해 달렸다.

"……뭐였던 거지?"

"……글쎄?"

갑자기 와락 끌어안았다가 바람처럼 사라지는 미샤의 뒷모습을 세 사람은 멍하니 배웅했다.

"언니, 뭔가 기뻐 보였지?"

아나는 어영부영 받아버린 사탕 주머니를 기뻐하며 움켜쥐었다.

"할머니에게 줘도 될까?"

태평한 동생의 말에 서로를 쳐다본 두 소년은 어깨를 으쓱했다.

"괜찮지 않을까?"

"누나는 또 올 테니까 그때 뭐였는지 알려주겠지."

나이 때문인지 요즘 몸 상태가 안 좋고 식욕이 없는 할머니도 단것이라면 먹을지도 모른다. 세 사람은 서로를 쳐다보며 고개를 끄덕였다.

관심의 대상이 바로 바뀐 아이들은 짐을 들고 집을 향해 달려갔다.

숲 변두리의
꼬마 마녀

Little witch
at the edge of the forest.

13 약초원의 문제점

"영양 과다로 인한 급성장이 가져오는 폐해…… 라고요?"

여느 때처럼 약초원을 관리하던 아돌은 외출했던 미샤에게서 갑작스러운 호출을 받고 들은 말에 고개를 갸웃거렸다.

미샤를 위한 응접실 책상 위에는 각종 자료가 책상 위판이 보이지 않을 만큼 쌓여있었다.

그 책상을 사이에 두고 맞은편에서 미샤가 무겁게 고개를 끄덕였다.

미샤의 뺨은 살짝 발그레했고 눈동자는 흥분했기 때문인지 반짝반짝 빛이 났다.

"오늘 아이들에게 힌트를 받았어요!"

그렇게 말하며 미샤는 아돌에게 커다란 토마토를 건넸다.

빨갛게 익은 토마토는 싱그러웠지만 아쉽게도 껍질 일부가 터져서 속이 보였다.

"이건?"

"드셔보세요."

갑작스러운 요구에 당황하면서도 아돌은 미샤의 미소가 등을 떠미는 대로 토마토를 깨물었다.

조금 밍밍한 느낌이지만 딱히 이상한 맛이 나는 것도 아닌 평범한 토마토였다.

"다음은 이걸 드세요."

미샤가 무슨 말을 하고 싶은지 알 수 없어서 난감한 표정인 아돌의 눈앞에 새 토마토가 들이밀어졌다.

이번에는 아까보다 작지만, 상처는 없어 보였다.

"……맛있네요."

단맛이 나고 맛도 강하다.

명백히 아까보다 진한 맛이 나자 아돌은 눈을 가늘게 떴다.

"같은 품종의 토마토예요. 키운 사람도 같죠. 하지만 키우는 과정이 조금 달라서, 처음 드신 토마토는 그냥 밭에서 키운 거고. 다른 하나는 지붕이 있는 곳에서 화분에 심어 키웠다고 해요. 흙도 비료도 같은 걸 썼지만 딱 하나, 물의 양만이 달랐죠. 올해는 비가 많이 내려서 밖에서 키운 건 수분을 너무 먹어서 터졌다고 해요."

두 손으로 토마토를 든 채 미샤가 설명해주는 토마토 이야기를 들으며 아돌은 고개를 갸웃거렸다.

"……토마토 이야기는 알겠습니다. 하지만 그게 무슨 관련이 있죠?"

여전히 난감한 표정인 아돌을 보고 순간 불만이라는 듯 입술을 삐죽인 미샤는 책상 위에 있는 서류를 가리켰다.

"여기 있는 건 세데스의 성장기록이에요. 씨앗에서부터 키워서 모종을 선별한 뒤 밭으로 옮겨 꽃이 필 때까지 대략 석 달 정도 걸렸죠."

"네, 그렇죠."

"제가 채집하던 세데스는 꽃이 필 때까지 아무리 빨라도 넉 달은 걸렸어요. 가장 약효가 강한 열매가 맺히고 익으려면 두 달 가까이 더 걸렸고요. 여기의 세데스는 명백히 너무 빨리 자랐어요."

"……그건."

"세데스는 원래 잡초처럼 번식력이 강하고 비교적 장소를 가리지 않고 자라는 약초예요. 그게 지나칠 정도로 좋은 환경과 영양분을 준 탓에 이 토마토와 같은 상황이 일어난 게 아닐까요? 첫날에 먹어본 세데스 잎사귀는 향기도 특유의 쓴맛도 밍밍했거든요."

"그래서 급성장으로 인한 폐해라고 말씀하신 거군요."

휘몰아치듯 말하는 미샤의 눈을 바라보며 아돌이 중얼거렸다.

"……확실히 그만큼 성장 속도가 다르다면 달라지는 게 있을지도 모릅니다. 하지만……."

"아돌 씨."

망설이듯 배회하는 아돌의 시선을 이번엔 미샤가 단단히 붙잡았다.

"어떤 사람이 '식물은 땅에 뿌리를 내린다'고 가르쳐주셨어요. 그리고 저라면 알 수 있다고도."

미샤의 뇌리에 무언가를 시험하듯 자신을 바라보는 미란다의 눈빛이 떠올랐다.

그리고 지금까지 자신이 채집했던 약초의 상태. 10년도 더 전에 만들었는데도 잡초에 뒤덮여서도 살아남은 어머니의 약초원이.

"약초 중에는 험준한 바위 밭에서만 자라는 종류가 있습니다. 반대로 습기를 좋아해서 물가에 자라는 약초도 있죠. 각각의 장소에서 각각에 맞게 성장하는 거예요. 엄마가 만들었던 약초원은 작은 규모였지만 제대로 자연이 느껴졌어요. 구역을 나누는 게 아니라, 있는 그대로의 모습으로 다양한 식물이 뒤섞여서 살았죠."

미샤의 녹색 눈동자가 순간 슥 내려갔다.

강한 의사와 함께 반짝이던 눈동자가 내려간 순간 그곳에 애틋한

빛이 스르륵 얼룩져 보였다.

그것은 향수인지 동경인지……

미샤의 사정을 모르는 아돌은 알지 못했지만, 그 애절함에 가슴속 깊은 곳이 욱신거리는 느낌이 들었다.

하지만 눈이 내려갔던 건 정말 잠깐뿐이었다. 바로 되돌아온 녹음에는 직전에 봤던 수심은 어디서도 찾을 수가 없었다.

그 사실에 아돌은 안도한 듯 실망한 듯, 상반된 신기한 감정을 맛보았다.

자신의 생각을 말하느라 필사적인 미샤는 그런 아돌의 상태를 눈치채지 못했다.

"여기 약초원을 봤을 때 무척 아름답다고 느꼈어요. 마치 정원 같다고. 왕성의 정원이라면 그래도 좋죠. 하지만 정원을 만들고 싶은 게 아니잖아요? 눈을 즐겁게 해주는 장소가 아니라 몸을 치유하는 식물을 기르는 장소잖아요?"

감정에 맡겨서 쏟아내는 미샤의 말은 논리정연함과는 거리가 멀고 어설펐다.

하지만 그 말은 망설이는 아돌의 마음에 분명히 닿았다.

"……여기서, 만들고 싶은 것."

이렇게까지 아름답게 정비한 약초원이 자랑스러웠다.

나무를 베고, 뿌리를 파내고, 벽돌을 쌓고, 흙을 만들었다.

왕성에서 파견된 정원사가 시키는 대로 움직인 것뿐이었지만, 여태껏 흙을 만지는 일을 제대로 해본 적이 없었던 몸은 비명을 질렀고 익숙해질 때까지 정말로 힘들었다.

애초에 본래 해야 하는 약사의 역할을 내던지고 정원사 노릇을 하는 아돌을 보며 동업자들도 눈썹을 찡그리는 사람이 많았다.

그래도 자신의 손으로 만들어내고 싶었고, 땅을 기어가듯 동료들과 함께 바닥부터 쌓아가고 싶었다.

하지만 그렇게 만들어낸 약초원에서 자라는 약초들은 본래의 역할을 다하지 못했다.

약으로써 도움이 안 되는 약초들은 완전히 허수아비. 보석인 척하는 유리구슬에 불과하다.

하지만 유리구슬이라도 아름다움으로 눈을 즐겁게 해줄 수는 있다. 언젠가 진짜가 되는 날도 올지도 모른다. 그렇게 자신을 위로해서 덮어버리고 이리저리 모색하며 필사적으로 키웠다.

여기까지 정비하는 데 2년이 넘는 세월이 들어갔다.

그 모든 걸 내던지고 다시 처음부터 시작하라고, 미샤는 그렇게 말하고 있다.

심지어 그게 잘 된다는 보장은 없다.

아돌의 뇌리에 처음 왕을 알현하고, 그 이상을 듣고 흥분하면서 이야기했던 나날의 기억이 되살아났다.

약초를 손에 넣기 힘든 환경을 바꾸고 싶다.

물류가 막혀도 최소한의 약을 우리 손으로 만들어낼 수 있다면 구할 수 있는 목숨이 늘어날 것이라며 눈을 빛냈다.

그 말 뒤에는 그 비극적인 나날이 있었던 게 틀림없다.

원인 불명의 병이 유행하여 문을 닫은 수도 안에서 그저 죽어가는 사람들을 간호할 수밖에 없어 무력함을 곱씹었다.

낫게 하지 못한다면 하다못해 고통을 거둬주고 싶다. 열을 내려서 부은 목을 가라앉히면 물을 먹일 수도 있다며 이를 악물었다.

물류가 막힌 수도에서는 고작 그 정도의 약초조차 손에 넣기 힘들었다.

왕의 바람은 그 나날을 살아남은 아돌의 바람이기도 했다.

자신에게 다시 한번 이상을 꿈꾸며 걸어갈 기력이 있을까? 그동안 함께 걸어온 동료들은 아직 더 따라와 줄까? 아돌은 자문했다.

"아돌 씨."

조용한 아돌을 미샤의 녹색 눈동자가 꿰뚫었다.

똑바로 향하는 녹음에 둘러싸이는 듯한 기분이 들어 아돌은 무의식중에 크게 숨을 들이마셨다.

마음속 깊은 곳에서 형언할 수 없는 고양감이 치밀어오른다.

"제가, 할 수 있을까요."

아직 조금 위태로운 울림을 지닌 중얼거림이었지만, 그 눈동자는 미샤의 열이 옮은 것처럼 반짝반짝 빛났다.

"할 수 있어요."

아무런 근거도 없는, 하지만 똑바로 돌아오는 긍정이 아돌의 몸을 꿰뚫었다.

'그래. 나는 할 수 있구나.'

언제부터인지 잃어버린 자신감을 보여주듯 굽어있던 등이 곧게 펴졌다.

아돌은 큰 심호흡을 한 번 한 뒤 싱긋 웃었다.

"우선 무엇부터 시작할까요."

"글쎄요. 우선은 약초들을 가르고 있던 벽돌을 부숴버릴까요?"

두 사람은 마치 장난을 꾸미는 어린아이처럼 순수한 눈동자로 미래에 대해 상담하기 시작했다.

그건 왕과 이상을 이야기한 그날 이상의 흥분을 불러와 아돌을 취하게 했다.

'뭘까. 지금이라면 뭐든 할 수 있을 것 같아.'

책상 위의 자료를 헤집자 연이어 하고 싶은 일이 떠오른다.

그건 오랜만에 느끼는 감각이었다. 아돌은 전에 없던 만능감을 느끼며 백지 위에 미래 예상도를 잇달아 그리기 시작했다.

"미샤 님은 박식하시군요."

성으로 돌아가는 길에 텐츠가 작게 중얼거렸다.

평소 말이 없는 텐츠의 갑작스러운 중얼거림에 놀라서 발을 멈춘 미샤는 살짝 어깨를 움츠리고 다시 걷기 시작했다.

"저는 태어났을 때부터 숲에서 자랐으니까요. 애초에 약초원 직원 중에 전문적으로 약초를 채집하던 사람이 한 명이라도 있었다면 눈치챘을 거예요. 부자연스러울 정도로 잘 자라는 약초도, 향이 약하다는 것도."

대화에 너무 열중해서 조금 날이 저물기 시작한 거리를 천천히 걸어갔다.

노점은 이미 대부분 닫혔고 뒷골목에서는 저녁 식사를 준비하는 맛있는 냄새가 퍼져 나왔다.

"하지만 그들도 매일 약을 만드는 일을 하던 사람들이잖아요?"

신기하다는 듯 고개를 갸웃거리는 텐츠를 보며 미샤는 조금 난처한 듯 웃었다.

"저도 그렇게 생각했지만요. 수도 주변에는 약초를 채집할 수 있는 장소가 별로 없다더라고요. 이 나라는 대부분 평지라서 산지가 드물죠. 평원에서 캐는 약초도 있지만, 많은 사람이 수도에 모인 결과 수도 주위에는 사람이 손을 대지 않은 평원이 거의 없대요. 그래서 수도 인근의 약사는 아무래도 말린 원료를 주로 다루게 되고, 생태는 책에서 본 지식이 중심이 되었다고 하더라고요."

조금 전 아돌과 대화하면서 알게 된 수도 약사의 현재 상황은 미샤에게도 놀라움의 연속이었다.

아돌부터가 직접 채집한 경험은 손에 꼽을 정도밖에 없다고 한다.

기본적으로 전부 직접 조달했던 미샤에게는 믿어지지 않는 이야기였다.

약초에 따라서는 말린 것보다 갓 채집한 게 효과가 강한 것도 있다고 말하자 아돌은 몰랐다며 눈이 휘둥그레졌다. 그걸 보고 미샤는 더욱 큰 충격을 받았다.

"신선한 재료를 손에 넣기 힘드니까 직접 키우려고 하는 줄 알았거든요. ……아니었지만요."

미샤는 쓰게 웃으며 중얼거렸다. 관련 지식이 없는 텐츠는 뭐라고 말을 건네야 할지 알 수 없어서 입을 다물 수밖에 없었다.

"하지만 오늘은 정말 감사했습니다. 기사님을 심부름꾼으로 썼다는 걸 들키면 분명 혼나겠죠?"

침묵을 치워내듯 미샤가 장난기 어린 얼굴로 텐츠가 있는 대각선 뒤를 돌아보았다.

아이들과 헤어지고 약초원으로 돌아간 뒤 미샤는 확인을 위해 몇 가지 질문과 함께 텐츠에게 토마토를 사러 보냈다.

가능하면 같은 생산자의 토마토를 확보해달라고 했기에, 텐츠는 기왕 필요한 김에 아이들의 할아버지를 찾아 아랫마을까지 다녀왔다.

그 결과가 아돌이 먹은 토마토이자 미샤의 추측을 뒷받침해주는 정보였다.

"아뇨. 아이들의 집이 어디인지 알고 있었으니까요."

미샤의 안전을 위해 경비와 연계해서 조사했던 정보가 활용된 순간이었다.

국립 도서관에서 우연히 친해진 평민 아이들이지만, 뒤에서 어딘가에 연결되어 있지 않다는 보장도 없으니 만약을 위해 조사를 의뢰했었다. 결과적으로 딱히 문제는 없었기에 그 후에도 미샤와 교류하는 걸 내버려 두었다. 물론 당사자인 미샤는 그런 사실을 모른다.

갑자기 찾아온 기사를 보고 집안의 어른들이 눈을 부릅뜨긴 했지만, 그 점은 눈치채지 못한 걸로 치고 무사히 심부름을 완수했다.

"다음에 보답으로 뭔가 과자라도 만들어갈까~. 그때는 데려가 주세요."

즐거워하는 미샤의 말에 희미하게 웃은 텐츠는 작게 고개를 끄덕였다.

숲 변두리의
꼬마 마녀

Little witch
at the edge of the forest.

14 수수께끼의 소년

"누나, 그거 재미있어?"

갑자기 그런 목소리가 귀에 꽂히자 미샤는 읽고있던 책에서 고개를 들었다.

약초원이 리뉴얼 공사에 들어가자 힘을 쓰는 일에는 도움이 안 되는 미샤는 남아도는 시간에 책이라도 읽으려고 국립 도서관에 와 있었다.

1층에 있는 책장 숲을 산책한 뒤 여느 때처럼 중간층의 약초 관련 서적 코너에서 독서에 빠져있는 중이었다.

고개를 들자 눈이 가려질 만큼 모자를 깊게 눌러 쓴 소년을 발견한 미샤는 갸우뚱 고개를 기울였다.

약초 관련 책이 모여있는 이 코너는 사람이 거의 오지 않아서 언제 와도 미샤가 독점하다시피 하는 상태였다. 가끔 인기척이 나도 바로 사라졌다.

전문서를 모아둔 방도 따로 있다고 했었으니, 약사나 의사 같은 동업자는 그쪽으로 갔을 것이다. 하지만 풍토기나 전승 등 조금 수상한 책이 섞인 이 장소가 재미있어서 미샤는 아직도 여기에 다니는 중이었다.

"옛날이야기에 나오는 약초를 해설한 책이야. 독특한 시점과 해석이 재미있어."

읽던 책의 표지를 보여주자 소년은 눈이 휘둥그레져서 소리 죽여 웃었다.

"옛날이야기에 나오는 약초가 진짜 있는 약초야?"

"으음~~ 작가가 창작한 것도 있지만 실존하는 약초도 나오곤 하나 봐. 그리고 이름은 달라도 약초의 효과를 보면 이게 아닐까 같은 고찰도 있어. ……너도 약초에 관심이 있는 거야?"

나이는 7~8살 정도일까.

깊숙하게 눌러 쓴 모자 때문에 잘 보이지 않지만, 부드러워 보이는 금발의 곱슬머리와 조금 치켜 올라가서 고양이 같은 파란 눈동자가 보였다.

"아니, 별로. 나는 저기 역사서 코너에 있었는데, 볼 때마다 누나가 여기서 즐거워하고 있길래 그렇게 재미있나 궁금했어."

저쪽이라며 가리킨 곳은 회랑 건너편에 있는 중간층이었다.

"역사를 좋아해?"

중간층에는 1층에 있는 책보다 더 전문적인 책이 놓여있다고 들었던 미샤는 소년이 이 장소에 일상적으로 다닌다는 듯한 말에 눈이 휘둥그레졌다.

"그냥, 좋지도 싫지도 않아. 읽으라고 하니까 보는 것뿐이지. 아, 하지만 이 도서관을 만든 락슈르 왕 이야기는 재미있었어."

아직 그림책을 읽는 게 어울릴 법한 소년의 말에 미샤는 잠시 생각에 잠긴 뒤 생긋 웃었다.

"이 도서관을 만든 국왕님의 이야기라. 그건 조금 궁금한데. 어디에 있었는지 가르쳐줄래?"

순수한 질문에 소년은 신기하다는 얼굴로 고개를 갸웃거렸다.

"건방지다거나 대충 대답하지 말라고 안 해?"

그건 소년이 읽는 책을 보고 말을 거는 어른들에게 자주 듣는 말이었다.

딱히 무슨 말을 듣든 신경 썼던 건 아니었지만, 굳이 들여다보고는 못된 소리를 하는 어른들에게 신물이 났던 소년이었기에 순수하게 긍정하는 미샤는 무척 신기한 존재로 보였다.

"어? 왜?"

의아해하는 소년의 반응에 미샤도 어리둥절한 얼굴로 고개를 갸웃거렸다.

"재미있었다면서? 나도 궁금하니까 읽어보고 싶었던 것뿐인데."

자신을 똑바로 바라보는 녹색 눈동자에 거짓말이 없는 걸 본 소년은 기쁘다는 듯 웃었다.

"나는 캐로라고 해. 누나는?"

"나는 미샤야. 잘 부탁해, 캐로."

캐로는 미샤를 역사서를 모아둔 책장으로 데려가려고 손을 잡아당겼다.

모자의 챙이 드리운 그림자 속에서 파란 눈동자가 기뻐하며 웃는 게 보였다.

캐로가 서 있고 미샤가 앉아있었기 때문에 보인 것이었는데, 미샤는 그 의미를 눈치채지 못했다. 그저 그 눈동자의 색이 누군가를 떠올리게 했지만 누구인지 떠오르기 전에 캐로가 미샤를 일으켜 세웠다. 그러자 내려보는 각도가 되어 미샤의 시야에서는 커다란 모자에 가려진 캐로의 얼굴이 거의 보이지 않게 되었다.

"저기 있어, 가자."

천진난만하게 손을 잡아당기는 캐로는 미샤가 재미있을 것 같다고 했던 책을 소개해줄 생각으로 가득해 보였다.

"아, 미샤가 읽던 책은 나도 읽어보고 싶으니까 그것도 저기로 가져가자."

"괜찮을까?"

"나중에 놀려놓으면 돼!"

여태까지 보통 책을 꺼낸 책장 주변의 의자나 소파에서 읽었기 때문에 책을 들고 이동하는 걸 망설이는 미샤에게 캐로가 선뜻 대답하고는 미샤가 읽던 책을 옆구리에 꼈다.

"캐로는 도서관에 익숙하구나."

얌전히 끌려가면서 말을 건네자 캐로가 어깨를 으쓱했다.

"그 정도는 아니야. 평소엔 다른 마을에 살거든. 그냥 이 시기는 매년 놀러 오니까, 심심풀이랑 공부도 겸해서 자주 여기에 와. 여기라면 안전한 데다 다양한 책이 있으니까 시간도 죽일 수 있어."

'놀러 온다'고 말하는 것치고 캐로의 목소리가 무척 싸늘해서 미샤는 부모의 사정으로 온 건지도 모른다며 고개를 갸웃거렸다. 친구도 없는 먼 마을에 혼자 있으면 확실히 심심할 만도 하다. 그렇다고 혼자 어디든 다녀도 괜찮다고 풀어주기에는 캐로는 어려 보였다.

국립 도서관이라면 어른들의 눈도 많고 위험한 것도 없다. 책을 좋아한다면 아이를 혼자 두기에는 최적의 장소일 테지만, 외톨이로 계속 책을 읽는 걸 어린 마음에 어떻게 느낄까. 남의 일이지만 미샤는 걱정이 되었다.

'아이는 몸을 움직이는 것도 필요하다고 봐.'

미샤의 뇌리에 씩씩하게 뛰어다니는 아나 삼총사의 모습이 떠올랐다.

"캐로는 혼자야?"

"응? 지금은. 아마 무슨 일이 있으면 데리러 올걸."

회랑을 따라 걸어가 마침 반대편에 도착한 캐로는 익숙하게 받침대를 가져오더니 두꺼운 책을 하나 꺼냈다.

"이거야. 이리 와. 미샤는 특별히 초대할게."

싱긋 웃더니 다시 미샤의 손을 잡아당겼다. 근처에 있는 적당한 테이블에 가는 줄 알았는데 캐로는 그걸 전부 지나쳐갔다.

그러고는 책장 사이에 숨겨놓듯 사각지대에 있는 작은 문을 열어 안으로 들어갔다.

어른이라면 몸을 살짝 숙여야 지나갈 수 있을 만큼 작은 문에 당황하며 미샤도 캐로가 데려가는 대로 안으로 들어갔다. 힐끗 등 뒤를 보자 오늘도 호위를 위해 따라왔던 텐츠가 보였으나 그는 방 안으로 따라오지는 않았다.

"와, 이런 곳이 있었어?"

그곳은 입구는 작아도 안은 천장이 높아서 어른도 지장 없이 돌아다닐 수 있는, 아늑해 보이는 방이었다.

발밑에는 두꺼운 양탄자가 깔렸고 착석감이 좋아 보이는 소파 세트가 놓여있었다.

큼직한 소파에서는 낮잠에 빠지는 일도 있는지 쿠션이 가득하고 곱게 갠 담요도 있었다.

"특별실이래. 재미있지? 이 방에 다른 사람을 초대한 건 처음이야."

캐로는 재미있다는 듯 미샤에게 소파를 권하고는 책상에 놓여있던 작은 벨을 울렸다.

그러자 미샤가 들어왔던 문과는 다른 문에서 메이드복을 입은 여성이 들어왔다.

"차 부탁해."

미샤의 모습을 보고 살짝 놀라는 메이드였지만 캐로의 짧은 주문에 말없이 고개를 숙인 뒤 조용히 나갔다.

"캐로네 집에서 일하는 사람?"

소리 없이 움직이는 매끄러운 동작은 왕성에서 미샤에게 붙은 시녀들을 떠올리게 했다.

"아니, 도서관 사람. 이 방을 사용할 때 도우미로 붙여준 거야."

캐로가 고개를 저어 부정한 것과 동시에 다시 문이 열리고 메이드가 카트를 밀며 돌아왔다.

그리고 아무 말 없이 차와 과자를 세팅했다.

"대기하지 않아도 돼."

준비가 마친 순간 캐로가 작게 중얼거렸다.

그러자 메이드는 다시 작게 머리를 숙인 후 방에서 나갔다.

그동안 시선을 계속 내리고 한마디도 하지 않았다. 기본적으로 시중을 받을 때는 짧게 대화하거나 인사하는 게 일상이었던 미샤는 그 침묵이 조금 불편했다.

하지만 캐로는 신경 쓰는 기색도 없이 눈을 마주치지도 않았다.

'귀족 집 아이인가?'

메이드라고는 해도 어른을 상대로 당당한 태도는 사람을 부리는 게 익숙한 지배계급의 모습이었다.

그렇게 생각하고 보니 캐로가 입은 옷이 평민 같은 디자인이어도 고급스러운 옷감을 사용했다는 점도 상처 하나 없이 매끄러운 팔다리도 설명이 갔다. 애초에 어른이 읽을 법한 어려운 책을 재미있다고 한 시점에서 평범한 교육을 받지 않았다는 걸 알 수 있었다.

"자. 여기에서 주는 과자 맛있어."

하지만 천진난만하게 권하는 캐로의 모습을 보고 미샤는 모든 의문을 삼키기로 했다.

'뭐 됐어. 어른들만 있는 도서관에서 친구를 발견한 기분이겠지.'

캐로보다 조금 연상이지만 자기가 아직 어린아이로 분류된다는 자각이 있는 미샤는 바로 기분을 전환하고 손을 뻗었다.

이 방에 들어올 때 막지 않았던 텐츠.

그것만으로도 이 소년이 위험하지 않다는 건 보장되었다. 착각인지 텐츠의 얼굴이 딱딱하게 굳은 것처럼 보이기도 했지만, 미샤에게는 문제없다.

"아, 진짜다. 이 과자 맛있어."

"그렇지? 이걸 위해 여기에 올 가치가 있다니까."

즐겁게 간식을 먹는 동안 어른들이 허둥지둥 바빠졌던 것도 아이들에게는 상관없는 일이었다.

서로 추천하는 책을 소개하고 차를 마시며 느긋하게 독서했다.

책장 사이에 놓인 소파도 편안했지만, 인기척을 신경 쓰지 않아도 되는 조용한 개별실은 독서에 최적이었다. 이내 드문드문 오가던 대화고 멈추고 각자 책 속 세상에 몰두하기 시작하자 방에는 종이를 넘기는 희미한 소리가 들릴 정도로 정적에 감싸였다.

그리고 정신을 차리자 책에 열중했던 미샤는 문득 고개를 들자 맞은편 소파에서 캐로가 책을 무릎에 올린 채로 잠들어버렸다는 걸 알아차렸다.

'감기 걸리려나?'

읽던 책을 살며시 책상에 내려놓은 뒤 미샤는 잠든 캐로에게 다가갔다. 작은 몸을 소파에 눕히고 구석에 놓여있던 담요를 덮어주었다.

그 후 잠시 망설인 뒤 캐로가 쓰고 있던 모자를 조심스레 벗겼다.

챙이 넓은 카스케트를 쓴 채로 자는 건 불편해 보였기 때문이었다.

윤기가 흐르는 금색 곱슬 머리카락이 흘러내려 베개 대신 베고 있던 쿠션 위에 흩어졌다.

아이 특유의 부드러운 머리카락이 보드라워서 미샤는 자기도 모르게 살며시 쓰다듬고 말았다.

겉보기대로 극상의 감촉에 무심코 웃음이 흘러나왔다.

'예쁜 머리카락.'

잠시 부드러운 감촉을 즐긴 뒤 미샤는 그 자리를 살며시 뒤로했다.

창문이 없는 이 방에서는 시간을 알기 힘들었지만, 읽은 책의 양을 생각하면 상당한 시간이 지났다는 걸 짐작할 수 있다.

'텐츠 씨, 걱정…… 은 안 했겠지만, 많이 기다렸겠다.'

미샤도 어느 때라면 적당한 시점에서 독서를 멈추고 읽고 싶은 건 대출해서 돌아가지만, 막는 사람도 없는 편안한 환경 덕분에 상당히 집중하고 말았다.

"아, 맞다. 메모…… ."

조금 전 메이드에게 부탁할 수도 있지만 눈을 떴을 때 미샤가 없다면 실망할지도 모른다.

가져온 메모지에 먼저 돌아간다는 것과 한동안은 매일 같은 시간에 국립 도서관에 올 예정이라고 남긴 뒤 미샤는 그 작은 방을 뒤로 했다.

미샤가 떠난 방 안에서 캐로는 스윽 몸을 일으켰다.

비몽사몽 상태로 미샤가 다가왔던 건 눈치챘지만, 뭘 할 생각인지 궁금해서 계속 잠든 척했었다.

"뭐야, 저거."

모자를 벗겼을 때는 조금 철렁했지만, 결국 마치 어린아이를 대하듯 친절하게 담요를 덮어주고 머리를 쓰다듬었을 뿐이었다.

캐로는 국립 도서관 안에 있는 특별한 비밀의 방을 자유롭게 사용하며 메이드를 부려먹었다.

그것만 봐도 캐로가 '가치가 있는 아이'라는 건 미샤도 알았을 것이다.

하지만 미샤는 다른 사람처럼 아부하는 것도 아니고, 그냥 친구를 대하듯 차를 마시고 책 감상을 나누며 웃었다.

그리고 빈틈을 보이면 본성을 드러낼지도 모른다고 생각한 캐로가 잠든 척해도 미샤는 변함없이 친절했다.

"……마치 어린애가 된 것 같아."

캐로에게 그런 태도를 보이는 어른은 아무도 없었다.

특수한 출생인 캐로는 빨리 어른이 되어야만 했다. 삼촌만큼은 어른스럽게 행동하는 캐로를 조금 슬퍼하며 바라보았지만, 캐로에게는 어떻게 할 수 없었다.

무엇보다 가장 가까운 사람인 어머니가 누구보다 캐로의 교육에 열을 올렸으니 어쩔 수가 없다. 다정하지만 어리광을 받아주지는 않는다. 사랑한다고 말은 해도, 어두운 밤에도 천둥이 치는 날에도 캐로는 혼자였다.

"아버지처럼 똑똑해져야 해." "아버지처럼 강해져야 해."

캐로가 어머니의 말을 솜으로 된 사슬 같다고 느끼게 된 게 몇 살 때였을까.

"기분 좋다고 웃었지."

미샤의 손 감촉을 떠올리듯 캐로의 작은 손이 자신의 머리카락을 살며시 매만졌다.

책상 위에는 반듯한 글씨로 적힌 짧은 편지.

"……그래, 내일도 오는구나."

캐로의 입술이 느슨한 곡선을 그렸다.

"미샤는 오늘도 도서관에 갔었어?"

저녁을 함께 먹으며 라라이아가 미샤에게 말을 걸었다.

그 손에 들린 잔에 담긴 빨간색에 조금 부끄러움이 자극되면서도 미샤는 고개를 끄덕였다.

"네. 약초원 쪽은 본격적인 개장공사에 들어갔으니 제가 도울 수 있는 건 현재 아무것도 없는데다, 그곳이라면 비가 내려도 방해받지 않으니까요."

변함없이 내리는 비는 미샤의 행동반경을 좁혀놓았지만, 아직까지 지루하지는 않았다.

"좋겠다. 나도 종일 틀어박혀 있고 싶어."

잔을 한 바퀴 돌리며 라라이아가 투덜거렸다. 요즘 몸 상태가 회복된 라라이아는 조금씩 왕족으로서 공무를 늘리고 있었다.

현재 공무를 맡을 수 있는 왕족이 라이언과 라라이아밖에 없기 때문이었다.

여태까지는 앓아눕는 시간이 더 길었던 라라이아였기에 최소한의 일밖에 하지 못해서 전부 라이언이 떠안아야 했다.

바쁜 라이언을 보며 내심 답답함을 느끼던 라라이아는 투덜거리긴 해도 사실 조금씩 늘어나는 공무를 기뻐하고 있었다.

그걸 아는 미샤는 막지도 못하고 쓰게 웃었다.

"아직 완벽한 컨디션은 아니니까 적당히 하셔야 해요?"

"알아. 여기까지 와서 쓰러졌다간 지금까지 고생한 게 수포가 되는걸."

일찍 자고 일찍 일어나는 것도, 규칙적인 생활도 간신히 몸이 적응해서 전처럼 힘들지 않아졌다. 관심이 없던 식사도 이것도 약이라며 눈을 부라리는 미샤의 감시를 받으며 제대로 먹었고, 미샤가 없어도 준비해주는 약초 주스와 약을 남김없이 먹게 되었다.

황당하게도 그것만으로도 침대에서 일어나는 것도 힘들었던 몸이 제대로 움직일 수 있게 되었다.

미샤가 하도 시끄럽게 잔소리하는 덕분에 다른 사람이 조용해진 것도 좋게 작용한 건지도 모른다.

만성적인 권태감이 주는 고통은 다른 사람은 공감하기 힘들다. 게을러서 빈둥거리는 것처럼 비치다 보니 지나가면서 비아냥을 툭툭 던져대는 일도 많았다.

원래 기질이 드세고 책임감이 강한 라라이아는 자신의 부족함은 잘 알고 있었다. 그래서 조금이라도 건강이 좋아지면 일하고, 다시 몸이 악화되어 앓아눕기를 반복했었다. 그걸 잘 모르는 사람이 곁만 보면 맞는 말인 '직언'을 올리면 욱해서 반발한다.

그 결과 '제대로 왕족으로서 책임을 다하지 않는 주제에 히스테리만 부리는 공주'라는 불명예스러운 인상이 붙어버렸다.

그런데 미샤가 온 뒤로는 뒤를 따라다니면서 사사건건 잔소리하는 모습이 여기저기에서 보이게 되었다.

라이언에게 불경죄를 묻지 않겠다는 면죄부를 얻었다는 건 널리 알려져 있었기 때문에 말리는 측근도 없었고, 얼굴을 찌푸리면서도 마지못해 따르는 라라이아의 모습에 이 이상 뭐라고 하는 것도 껄끄러웠던 건지 가시 돋친 말을 듣는 일이 격감했다. 오히려 '공주님도 고생이 많으십니다'라며 동정을 받는 형국이었다.

쓸데없는 스트레스가 줄어들자 짜증도 줄었다.

애초에 미샤의 잔소리도 '아침은 정해진 시간에 일어나세요' '식사할 때 편식하지 마세요' 등 맞는 말밖에 하지 않으니 그걸 스트레스로 받아들이는 건 라라이아에게 달려있다.

그리고 조금씩이지만 변해가는 몸을 느끼고 나니 반발할 마음도 사라졌다. 물론 툭하면 '네가 내 어머니야?!'라며 버럭하고 싶어지는 기분은 들지만……

"라라이아 님, 음료만 마시지 말고 제대로 식사도 하셔야죠."

저녁 약초 주스는 이미 다 마셨다. 어릴 때부터 익숙하게 마셔온 캘러스 와인(이렇게 말하면 미샤의 표정이 미묘해져서 재미있다)만 마시던 라라이아에게 미샤가 지적했다.

"나도 알아."

이 시기는 영양가가 있으니 식사 대신 이걸 마시고 넘기는 일이 많아서 습관이 되는 바람에 방심하면 계속 캘러스 와인만 마시게 된다. 흠칫 정신을 차린 라라이아는 조금 민망해하며 잔을 내려놓았다.

반듯한 동작으로 포크와 나이프를 들고 식사를 시작한 라라이아를 보며 미샤는 넋을 놓았다.

세련된 매너는 그것만으로도 아름답다.

미샤도 열심히는 하지만 아무래도 노력한 시간이 다르다.

그런 의미에선 라라이아와 함께 식사하는 시간은 미샤의 테이블 매너 실습 시간이라고도 할 수 있었다. 특히 눈앞에 좋은 교본이 있으니까.

"그러고 보니."

라라이아에게 넋을 놓고 있던 미샤는 낮에 느낀 의문의 정체를 깨달았다.

예쁜 금발 곱슬머리. 맑은 날의 하늘처럼 파란 눈동자.

"오늘 국립 도서관에서 새 친구를 사귀었는데요, 라라이아 님과 눈동자도 머리 색도 똑같았어요."

캐로를 어디선가 본 적이 있는 것 같았던 건 라라이아와 닮았기 때문이라는 걸 깨달은 미샤는 만족스럽게 웃었다. 그 말에 라라이아가 고개를 갸웃거렸다.

"국립 도서관에서?"

"네. 캐로라는 귀여운 남자아이예요. 아주 똑똑해서 어려운 책도 술술 읽더라고요. 그러고 보면 차도 얻어 마셨어요."

"……그렇구나."

'뭐라도 보답해야 하나?' 하는 생각에 빠진 미샤는 라라이아의 미간이 살짝 일그러진 걸 놓치고 말았다. 그건 아주 잠깐뿐이라서 바로 원래대로 돌아갔지만, 그 표정을 본 충실한 시녀 캘리가 소리 없이 그 자리를 뒤로했다.

"매일 즐거워 보여서 좋겠네. 바빠 보이는데, 미샤도 기운이 나도록 한잔 어때?"

라라이아는 쿡쿡 웃으며 와인잔을 들었다.

"됐습니다."

추태를 보인 그날 이후 툭하면 놀려대는 바람에 슬슬 익숙해진 미샤는 고개를 홱 돌리고 거절했다. 하지만 그 귀가 살짝 빨개진 건 숨기지 못했다.

"맛있는데."

"저는 건강 체질이라서 안 마셔도 돼요!"

계속 놀리는 라라이아에게 미샤는 버릇없다는 걸 알면서도 입술을 삐죽였다.

"그 아이가 미샤에게 접촉했어요."

식사를 마치고 미샤가 방으로 돌아간 걸 확인한 뒤 라라이아는 오빠의 집무실로 돌격했다.

사전 연락도 없이 노크 소리와 함께 들어온 동생을 보고 눈이 휘둥그레진 라이언은 낮게 죽인 목소리에 어깨를 움츠렸다.

"알아. 그게 왜?"

"네에에에에?"

라라이아의 입에서 반사적으로 숙녀답지 않은 반응이 튀어나왔지만, 신경 쓰는 사람은 없었다.

정확하게는 라라이아를 따라온 호위도 시녀도 라라이아가 문밖으로 내보냈기 때문이었다.

"무슨 생각이시죠? 오라버니."

"딱히 아무것도."

서류에서 고개를 들지도 않고 선뜻 대답하자 라라이아의 눈썹이 확 치켜 올라갔다.

동생이 화내는 걸 감지한 라이언은 그제야 서류에서 손을 놓았다.

"이 시기에 그 애가 수도에 돌아온다는 것도, 하루의 태반을 국립 도서관에서 보낸다는 것도 매년 반복된 일이잖아. 최근 도서관에 자주 다니는 미샤를 만났다고 해도 신기한 일이 아니지."

아무렇지도 않다는 듯 돌아온 대답에 순간 수긍할 뻔한 라라이아는 고개를 저었다.

그러고는 책상을 두 손으로 쾅 두드렸다.

"얼버무리지 마세요, 오라버니. 경계심이 강한 그 애가 모르는 사람에게 먼저 말을 걸 리가 없잖아요!"

열심히 으르렁거리는 라라이아였지만 익숙한 라이언은 가볍게 흘려넘겼다.

"확실히 화제로 올리긴 했지만 대단한 말은 안 했어. 이웃 나라에서 유학 온 아이가 있고, 국립 도서관에 열심히 다닌다고만 했지."

좁쌀만큼의 신뢰도 없는 눈이 라이언을 물끄러미 응시했다.

그 눈빛에 어깨를 으쓱해서 돌려준 뒤 라이언은 다시 서류로 시선을 내렸다.

"뭐, 그 전에 우연히 지올드가 보고서를 가져와서 저쪽 테이블에 올려놨으니 어쩌면 무언가를 읽었을지도 모르지."

"으으으으윽! 완전히 유도하신 거잖아요. 골치 아픈 일이 일어나도 저는 몰라요!"

화풀이하듯 말을 뱉고 떠나가는 라라이아의 분노 어린 발소리가 멀어져가는 걸 들으며 라이언은 한숨을 쉬고 천장을 올려다보았다.

"아주 건강해졌네."

"괜찮은 겁니까?"

구석에서 기척을 죽이며 서류를 읽고 있던 트리스가 살며시 물었다.

"라라이아? 아니면……."

"물론 그분이죠."

트리스가 건네는 서류에는 어떤 소년의 오늘 하루 행적이 정리되어 있었다.

"그래, 자기를 캐로라고 지칭했구나. 뭐, 틀린 건 아니지. 이제 아무도 부르지 않게 된 애칭이지만 그래도 지금은 그 아이의 이름이니."

무언가 아픔을 견디듯 라이언의 눈썹이 살짝 일그러졌다.

"나는 기대하는 거야, 트리스. 아무도 어떻게 할 수 없었던 라라이아가 저렇게 나에게 항의하러 올 수 있을 만큼 건강해진 것처럼. 미샤가 그 아이를 구해줄지도 모른다고."

중얼거리는 목소리는 정적을 되찾은 집무실 안에 서글프게 울리다 사라졌다.

15 즐거운 시간

"미샤, 찾았다. 왜 안에 들어오지 않는 거야?"

불현듯 뒤에서 들린 목소리에 미샤가 몸을 돌렸다.

그곳에는 위풍당당하게 서 있는 캐로의 모습이 있었다.

"어라, 캐로. 안녕."

변함없이 모자를 깊게 눌러 쓴 캐로의 표정은 보이지 않았으나 목소리는 명백하게 신경질을 부리는 것처럼 들렸다. 하지만 미샤는 아랑곳하지 않고 웃으며 인사했다.

"안녕…… 이 아니고, 왜 이런 곳에 들렀냐고."

같은 시간에 국립 도서관에 온다고 했던 미샤의 메모를 믿고 점심 시간이 되기 전부터 도서관에 있던 캐로는 어제 만난 시간이 지나도 모습을 보이지 않는 미샤를 찾아 도서관 바깥까지 나왔다.

입구에서 기다리면 놓치지 않을 거라고 생각했는데, 막상 본인이 누군가를 기다리는 얼굴로 서 있어서 무심코 말을 걸고 말았다.

"설마 벌써 있을 줄은 몰라서 밖에서 기다리면 만날 수 있을 줄 알았거든."

미샤가 조금 부끄러운 듯 그렇게 대답하자 짜증이 나 있던 캐로는 순식간에 기분이 풀렸다.

"심심해서 점심 먹기 전에는 와 있었어. 여기는 밥도 맛있거든."

아무리 기다려도 모습을 보이지 않는 미샤에게 화가 났던 자신이 조금 부끄러워진 캐로는 살짝 빠른 어조로 대답했다. 설마 엇갈리지 않도록 입구에서 기다리고 있을 줄은 생각지도 못했다.

"그렇구나. 그리고 보면 어제 먹었던 과자도 맛있었지."

딱히 의문으로 느끼지도 않았던 듯 미샤가 대답했을 때 발치에 무언가가 달려와서 캐로는 순간적으로 긴장했다. 하지만 그 정체를 알아차리고 힘을 풀었다.

"……강아지?"

달려온 무언가의 정체는 렌이었다. 렌은 그대로 미샤의 발로 뛰어들었다.

"어라, 렌. 돌아온 거야?"

바로 쪼그려 앉아 렌의 머리를 쓰다듬는 미샤에게 캐로가 말을 걸려고 한 그때, 멀리서 미샤를 부르는 목소리가 들렸다.

"언니~ 기다리는 애 왔어?"

"고마워, 잘 만났어~."

미샤는 자리에서 일어나 말을 건 어린 소녀를 향해 손을 흔들었다.

"미샤, 아는 사이야?"

모자를 꾹 눌러 고쳐 쓴 캐로는 그쪽을 살피며 물었다.

"맞아. 내가 계속 여기 있으니까 걱정해줬어. 처음에는 같이 기다려줬는데, 렌이 지루해서 놀아달라고 부탁했지."

발치에 앉아있던 하얀 강아지가 씩씩하게 앙! 하고 울었다.

"렌?"

자기의 이름을 아는 건지 하얀 강아지가 폴짝 뛰었다.

"그래. 여행하던 도중에 주워서 그 후로 계속 같이 있어. 렌, 이 애가 어제 이야기한 캐로야."

소개받은 렌은 캐로 앞에서 얌전히 앉더니 잘 부탁한다는 듯 꼬리를 파닥파닥 흔들었다.

"굉장해, 똑똑하네? 말을 알아듣는 것 같아."

캐로는 미샤를 따라 쪼그려 앉은 뒤 살며시 손을 내밀어 렌의 머리를 쓰다듬어보았다.

"우와. 부드러워."

가까이서 본 동물은 말 정도였던 캐로는 처음으로 만져보는 강아지의 부드러움에 눈이 휘둥그레졌다.

"렌 만지면 기분 좋지?"

렌의 감촉에 푹 빠져서 쓰다듬던 캐로는 문득 들린 미샤와는 다른 목소리에 몸을 굳혔다. 하지만 바로 옆에 앉은 사람이 조금 전에 말을 걸었던 자신보다 작은 여자아이라는 사실을 깨닫고 바로 경계를 풀었다.

"나는 아나야. 오빠는 미샤 언니 친구야?"

천진난만하게 갸웃거리는 아나의 질문에 캐로는 잠시 망설인 후 고개를 끄덕였다.

"오빠들은 오늘 아저씨 도와주러 배를 탔어. 오빠도 보러 가자."

"어? 뭐?"

무슨 말을 한 건지 이해하기도 전에 일어난 아나가 손을 잡아당겼다. 캐로는 자기보다 작은 여자아이의 손을 뿌리치는 것도 망설여져서 난감해하며 미샤를 돌아보았다.

"아나의 오빠와 그 친구가 호수 어부 아저씨의 일일 조수가 되어서 배를 탔대. 호숫가에서 배가 보이니까 같이 보러 가자고 하는 거야."

미샤가 쿡쿡 웃으며 아나의 말을 해설해주었다.

"? 그렇게 말했잖아!"

아나는 전해지지 않았다는 사실에 토라져서 입술을 삐죽였다.

"아니, 그 설명을 듣고 어떻게 알라는 거야."

"에이! 아무튼 가자! 고기 많이 잡으면 오빠에게도 나눠줄게."

꾹꾹 팔을 잡아당기는 바람에 당황하는 캐로의 등을 미샤가 웃으며 떠밀었다.

"잠깐 같이 가 줘. 분명 재미있을 거야!"

발치에서 렌도 같이 가자며 짖고는 먼저 호수를 향해 달려갔다.

"오빠아아!"

호숫가에 도착한 아나가 물 위에 떠 있는 작은 배를 향해 손을 흔들었다.

배로 그물을 끌어 올리던 소년들이 목소리를 듣고 손을 마주 흔들어주었다.

"나와 비슷한 나이로 보이는데."

옆에서 보고 있던 캐로가 작게 중얼거렸다.

"오빠는 곧 8살이야."

아나가 호수를 계속 쳐다보면서 대답했다.

"같은 나이잖아."

"평민 아이들은 저만한 나이에는 저렇게 일을 돕는 게 일반적이야. 부모님 일을 돕기도 하고, 일손이 부족하다고 하면 저렇게 다른 집을 도와주러 가기도 하지. 그중에 자기에게 맞는 일을 찾아서 10살 정도면 제자로 들어가 본격적으로 일하기 시작해."

"생선도 받아와. 오늘 저녁이야!"

기뻐하여 웃는 아나와 물 위에 떠 있는 작은 배를 번갈아 본 캐로는 입을 다물어버렸다.

'역시 귀족인가 봐. 상인의 아이라면 이렇게 당황하진 않을 테니까.'

자기와 비슷한 나이의 어린아이가 일하는 걸 보고 충격을 받은 캐로를 보며 미샤는 캐로의 정체에 한 걸음 다가갔다.

"있잖아, 아나도 도와준다? 오빠들을 기다리는 동안 들풀을 찾아."

조용한 캐로를 보고 무슨 생각을 한 건지 아나가 갑자기 가슴을 폈다.

"오빠에게도 가르쳐줄게. 가져가면 저녁에 먹는 반찬이 늘어나서 엄마가 칭찬해준다?"

"어? 아니, 나는……."

"괜찮아. 어렵지 않아. 아나가 잘 가르쳐줄게."

다시 팔을 잡아당기자 당황하는 캐로에게 미샤는 웃으며 손을 흔들었다.

"이 김에 실습하자! 어제 읽은 책에 나왔던 식물도 있으니까 찾아봐."

미샤의 말에 캐로는 눈을 깜빡였다.

어제 미샤와 함께 읽었던 책 중에 식물도감이 있었다. 거기에는 확실히 식용에 적절하다고 적힌 것들도 있었으나, 캐로에게 그건 글자 속의 정보에 불과했다.

"오빠도 아는 거 있어? 그럼 서로 가르쳐주자! 맛있는 거 있을까?"

대답도 안 듣고 냅다 수풀 속으로 끌려간 캐로는 어쩐지 우스워졌다.

'나는 책을 읽으러 온 건데 왜 들풀 같은 걸 찾는 거지?'

힐끗 뒤를 보자 변장하고 몰래 따라왔던 호위가 조금 떨어진 곳에서 조마조마한 얼굴로 보고 있는 걸 발견했다.

항상 무표정하고 담담하던 호위의 보기 드문 표정에 한층 웃음이 치밀었다.

'아, 미샤의 호위가 말 건다.'

심지어 포기하라는 듯 어깨를 토닥토닥 두드리는 걸 보고 만 캐로는 결국 소리 내어 웃기 시작했다.

"뭐 재미있는 거 있었어?"

"아니, 아니야. 저거 먹을 수 있는 들풀 같은데, 어때?"

어리둥절한 아나에게 고개를 저은 뒤 캐로는 관목을 휘감듯 자라난 덩굴로 손을 뻗었다.

"아, 진짜다. 오빠! 그거 수프에 넣으면 맛있어!"

손뼉을 치며 기뻐하는 아나도 질세라 손을 뻗었다.

"오빠, 아무거나 뜯으면 안 돼. 색이 연하고 부드러운 이파리만 뜯는 거야. 커다란 녹색 이파리는 딱딱해서 맛이 없고, 덩굴까지 뜯으면 다음엔 못 뜯어."

적당히 뜯으려고 하는 캐로에게 아나가 진지한 얼굴로 주의를 줬다.

"알았어. 색이 연한 잎사귀만 찾는 거지?"

마찬가지로 진지하게 고개를 끄덕이는 캐로를 조금 떨어진 곳에서 지켜보는 미샤가 즐겁게 웃었다.

어둑한 도서관에 틀어박혀 있기만 하면 안 된다고 생각했기 때문에 아나 삼총사와 만나게 해줄 수는 없을지 고민했었다. 오빠 둘이 없었던 건 예상 밖이지만, 씩씩한 아나 덕분에 무사히 끌고 나올 수 있었다. 심지어 어째서인지 들풀 캐기가 시작되었다.

'역시 아나야. 천진난만함이 이겼어.'

이러니저러니 미샤도 두 오빠도 아나의 파워에 휘말리곤 했는데, 처음 만나는 소년까지 똑같이 휘말릴 줄은 생각지 못했다. 어제는 똑똑한 만큼 세상을 조금 삐딱하게 보는 듯하던 캐로가 지금은 아나와 함께 순수하게 웃고 있었다.

"아~ 오빠, 뛰어들었다!"

갑자기 아나가 손가락질하며 소리쳤다. 그 손을 따라가듯 호수로 시선을 옮기자 배에서 헤엄쳐서 이쪽으로 오는 두 명의 그림자.

두 사람이 상당한 속도로 경쟁하듯 헤엄치고 있었다.

"오빠 되게 빨라!"

"둘 다 화이팅~~."

아무래도 헤엄치는 사이에 자연스럽게 경쟁이 붙은 모양이었다. 두 사람의 속도가 점점 빨라졌다.

"우와~! 화이팅~."

신이 나서 폴짝거리는 아나가 기슭의 젖은 흙에 발이 미끄러져서 주룩 넘어질 뻔했다.

"위험해!"

옆에 있던 캐로가 반사적으로 부축하려고 손을 뻗었지만, 어리다고는 해도 미끄러지는 기세가 붙은 아나의 몸을 지탱할 수가 없어서 둘 다 호수에 빠져버렸다.

다행히 엉덩이부터 미끄러지듯 떨어졌기 때문에 다치진 않은 모양이었지만 머리까지 호수에 풍덩 잠기고 말았다.

벌떡 일어나자 수심은 앉았을 때 배꼽 부근까지만 올라왔으나 전신이 푹 젖은데다 모자까지 벗겨지고 말았다.

"아 정말! 그런 곳에서 폴짝거리면 당연히 미끄러지지!"

"에헤헤, 미안해~."

앞으로 쏟아진 머리카락을 쓸어 넘기며 불평하는 캐로에게 아나가 웃으며 사과했다.

"너, 하나도 반성 안 했지!"

긴 머리카락에서 물을 흘리며 웃는 아나의 머리를 캐로가 황당하다는 얼굴로 가볍게 쿡 밀었다.

"뭐 하는 거야, 아나. 그리고 애는 누구야?"

마침 그곳에 도착한 유우가 말을 걸었다. 조금 늦게 테토도 도착했다.

"먼저 시작하는 건 치사하잖아. 다시 해, 다시! 근데 누구?"

유우와 테토는 배 위에서 이미 낯선 소년이 있다는 걸 알고 있었다.

미샤가 같이 있는 건 보였으니 이상한 사람은 아닐 것이다. 하지만 낯선 소년이 아나 옆에 있는 건 역시 불안해서 정신이 팔리자, 오늘의 고용주가 일단락되었으니 돌아가도 된다고 보내주었다.

고기잡이를 멈추고 바래다 달라고 하기도 미안하고 굳이 반대쪽에 있는 선착장에서 돌아가는 게 귀찮았던 나머지 호수에 뛰어든 것이었다.

오늘은 오랜만에 날씨가 좋아서 더웠던 참이라 딱 좋았기도 했다.

"누구? 오빠는 미샤 언니의 친구야! 이름은…… 어? 뭐지?"

""모르는 거냐!""

고개를 갸우뚱하는 아나에게 동시에 태클을 거는 유우와 테토.

그걸 보고 미샤가 크게 웃었다.

"어~~ 캐로야, 잘 부탁해."

태평한 대화에 어쩐지 독기가 빠져버린 캐로는 이름을 밝히고 손을 내밀었다.

"……유우야. 동생이 미안해."

"테토야. 이 둘과는 소꿉친구. 그런데 이 모자 캐로 거야?"

캐로가 내민 손을 순간 당황한 듯 쳐다봤다가 붙잡은 유우 옆에서 물에 떠서 흘러갈 뻔한 모자를 주워준 테토.

그걸 보고 그제야 자기가 모자를 쓰지 않았다는 걸 깨달은 캐로는 놀란 얼굴로 머리에 손을 가져갔다.

"……어, 내 거야. 고마워."

아무것도 아니라는 얼굴로 모자를 받은 캐로는 어떻게 할지 망설였다.

모자를 쓰지 않은 머리카락을 드러내는 건 그리 좋지 않은 일이라고 들었다. 하지만 이제 와서 다급히 써봤자 늦었고, 애초에 젖은 머리에 젖은 모자를 쓰는 것도 너무 부자연스럽다.

망설이는 것도 모른 채 아나가 뒤에서 캐로의 머리카락을 쿡 잡아당겼다.

"캐로 머리카락, 반짝거려서 예뻐. 아나의 머리보다 반짝반짝해."

"확실히 예쁜 색이네."

"너희도 비슷하잖아. 나만 까만색이라서 재미없어."

자기 머리카락도 잡아당기며 생글생글 웃는 아나와 고개를 끄덕이는 유우, 한탄하는 테토.

그런 세 사람을 본 캐로는 저도 모르는 사이에 긴장했던 어깨에서 힘을 뺐다.

아버지에게 물려받은 금발과 파란 눈동자.

드러내놓고 다니면 사기가 누구인지 떠벌리고 다니는 것이나 마찬가지라는 말을 계속 들어왔다.

하지만 눈앞의 아이들은 신경 쓰지 않는다.

그냥 예쁜 색이라고 칭찬했을 뿐이다.

캐로는 어쩐지 웃고 싶은 듯한 울고 싶은 듯한 복잡한 기분이 들었다.

이 감정을 뭐라고 표현해야 할 지 알 수 없어서 입을 열었다 닫기를 반복했다.

그런 캐로에게 아이들이 의아한 얼굴로 무언가 말하려고 한 순간.

"아우웅!"

기슭에서 렌이 힘차게 뛰어내렸다. 처음에는 얌전히 미샤와 함께 기다리고 있었는데, 도통 올라올 생각이 없는 아이들을 보고 인내심이 끊어져 자기도 물놀이에 끼려고 한 것이었다.

새끼 늑대의 작은 몸이라지만 기세가 붙으면 화려한 물보라가 일어난다.

그 결과 앉아서 대화하던 아이들은 머리부터 성대하게 물보라를 뒤집어쓰게 되었다.

이미 젖어있었으니 새삼스럽지만, 얼굴에 직격하는 것만큼은 문제다. 방심했던 만큼 운이 나빴던 테토는 물을 잔뜩 마셔버려서 콜록거렸다.

"렌~~!"

"앙?"

원망 어린 목소리를 내는 테토를 향해 렌은 '왜?'라는 듯 귀엽게 고개를 갸웃거렸다. 하지만 어째서인지 그 눈은 웃는 것처럼 보였다.

"너 분명 노린 거지!"

달려드는 테토를 깔끔하게 피하는 렌.

갑자기 시작된 술래잡기는 성대한 물보라를 뿌리며 피해자를 속출시켰다.

"으악! 테토, 너 여기에 피해가!"

"꺄! 흙 튀겼어!"

"멈춰, 여기 오지 마!"

미샤는 야단법석이 시작된 물가에서 세 걸음 뒤로 물러났다.

"으음~~. 세 사람은 그렇다 쳐도 캐로에게는 갈아입을 옷을 준비해주는 게 좋겠지?"

즐겁게 터지는 웃음소리가 멈추려면 조금 더 시간이 걸릴 것 같았다.

한 번 벽이 허물어지고 나면 아이들이 친해지는 건 순식간이다.

거기에는 어른들이 정한 신분 같은 건 상관없다.

물론 캐로의 호위들에게는 캐로가 푹 젖어버린 건 큰 문제였던 건지 어느새 준비한 커다란 수건으로 둘둘 말아버린 뒤 신속하게 회수해갔다.

"금방 돌아올 테니까 도서관에서 기다려!"

결국 거의 대화하지 못했던 미샤에게 캐로는 호위들에게 끌려가면서도 큰 목소리로 선언했다.

아이들도 일이 무사히 끝난 걸 보고하러 일단 집에 돌아간다고 했기에 미샤는 예정대로 국립 도서관에서 보내기로 했다.

"그럼 저는 렌을 왕궁에 데려다 놓고 오겠습니다."

"네, 항상 있는 곳에 있을게요."

푹 젖어서 지저분해진 렌을 도서관 안에 들여놓을 수도 없었기에 이쪽도 텐츠가 회수반을 맡아주었다.

미샤도 같이 돌아갈까 생각했으나, 이미 몇 번이나 와 봤던 도서관 안에 있는 거고 잠깐이라면 문제없을 거라며 남기로 했다.

"가능하면 1층 직원대기소 근처에 계셔주세요."

조금 걱정하는 텐츠에게 고개를 끄덕인 뒤 미샤는 도서관 앞에서 한 명과 한 마리에게 인사하고 안으로 들어갔다.

도서관에서 왕궁까지 텐츠의 발로는 왕복 30분이면 충분할 것이다.

'텐츠 씨는 걱정이 많다니까.'

그런 생각을 하며 미샤는 가끔은 소설이라도 읽으려고 서둘러 책장으로 걸음을 옮겼다.

숲 변두리의
꼬마 마녀

Little witch
at the edge of the forest.

16 캐로의 정체

"너, 잠시 괜찮을까?"

갑자기 들린 목소리에 미샤는 읽던 책에서 고개를 들었다.

책을 고르기 위해 책장 사이를 걸어 다니다 괜찮아 보이는 책을 들고 내용을 확인하고 있었다.

1층은 다양한 장르가 대량으로 모여있기 때문에 오히려 선택하기 힘들다.

읽을 것이 정해져 있지 않다면 계속해서 책의 바다를 헤엄치게 된다.

물론 미샤에게 그건 그거대로 행복한 시간이라고 할 수 있지만.

그런 행복한 시간을 갑자기 가로막은 범인은 낯선 남성이었다.

고급스러운 옷에 윤기가 흐르는 머리카락이나 피부는 명백하게 돈이 들어가 있어서 남자가 부유층의 일원이라는 걸 보여주고 있었다.

"그 머리카락과 눈동자 색. 네가 그 '숲의 백성'이지?"

무례한 시선이 품평하듯 전신을 빤히 뜯어보자 미샤는 불쾌해서 눈썹을 살짝 찌푸렸다. 그래도 어디의 누구인지도 알지 못하는 이상 실례되는 태도를 보일 수는 없으므로 미샤는 그 불쾌함을 삼켰다.

"누구시죠?"

일단 조용히 나온 것이라 편한 복장을 입긴 했으나 일단 미샤는 이웃 나라 공작가의 영애다.

무시하고 지나갈 수도 있었지만, 미샤 안에서 연장자를 대할 때의 상식이 그런 무례한 태도는 안 된다며 제지했다.

"아아. 이름을 밝히는 게 늦어져서 미안하군. 나는 야고르 백작가 사람이야."

살짝 거만한 데다 가문명만 말하고 이름은 대지 않는 상대의 태도에 미샤는 눈썹을 찡그렸다.

'야고르 백작가라면 제법 큰 상회를 보유하고 있는 곳이었던가? 가주는 고령이지만 아직 현역이고, 네 명 있는 아들 중 아직 누구도 후계자로 지명하지 않았다고 들었던 것 같아.'

예법의 일환으로 미란다에게서 귀족 일람을 보며 각 가문의 특징을 배운 미샤는 기억 속 서랍을 열었다.

수상한 미소를 지은 남자는 아직 상당히 젊어 보였다.

'장남의 아들 중 누군가이거나, 나이 차이가 많이 난다는 사남이거나. 어느 쪽일까?'

어쨌거나 귀족이라기에는 아웃이다.

둘 다 후계자가 아닌 이상 소속 가문의 신분에 좌우되는 게 귀족 사회다.

저쪽은 백작가, 미샤는 공작가.

본래대로라면 정식으로 이름을 밝히고 말을 걸어도 괜찮은지 물어본 뒤 허락을 받으면 대화가 시작된다.

둘 다 잠행이라는 걸 고려하면 그렇게까지 딱딱하게 예를 차리지 않아도 괜찮긴 하지만, 그건 암묵적인 양해이지 일방적으로 거만하게 행동해도 된다는 건 아니다.

'뭐, 미란다 씨가 가르쳐줄 때까지 나도 몰랐지만.'

게다가 사실 이 나라의 귀족이 미샤에게 개인적으로 접근하는 건 왕명으로 금지해놓았으나 그 점은 미샤는 모르는 일이었다.

가만히 상대를 바라보며 아무 말도 하지 않는 미샤의 반응에 무슨 생각을 한 건지는 알 수 없지만, 남자가 나불나불 이야기하기 시작했다.

"왕매 전하의 치료를 맡는 영예를 얻었다고 들었어. 이런 단기간에 야회에 나가실 수 있을 만큼 전하의 건강을 호전시켰다니 대단하군. 역시 환상의 일족이라고 불릴 만해."

"······네?"

무슨 말을 하고 싶은 건지 잘 알 수 없어서 미샤는 고개를 갸웃거렸다.

"분명 그 외에도 대단한 약을 갖고 있겠지? 개중에는 죽은 사람을 되살리거나 불로불사가 되는 약도 있다고 들었는데."

"네? 그런 게 있어요?"

알지도 못하는 약의 존재를 떠벌려대자 미샤는 저도 모르게 눈을 깜빡였다. 그런 것까지 조합할 수 있다면 '숲의 백성'을 잡으려는 사람이 있는 것도 이해가 갔다.

"그래, 이해해. 일족의 비밀인 거지? 하지만 그 비술을 독점하는 건 옳지 않다고 생각하지 않아? 그 비술이 있다면 살 수 있는 목숨이 많이 있는데 말이야."

한탄스럽다는 양 이마를 짚고 고개를 젓는 남자는 미샤의 말을 전혀 듣지 않는 모양이었다. 연극 같은 그 동작에 미샤는 더욱 당혹스러웠다.

"저기, 가족 중에 건강이 나쁜 분이 계신 건가요?"

그래도 어떻게든 진의를 간파하려고 노력하는 미샤에게 남자는 의기양양하게 한 걸음 다가갔다.

부딪칠 것 같은 기세에 미샤도 무심코 한 걸음 물러났다. 게다가 손도 다가와서 들고 있던 책을 가슴에 끌어안듯 안으며 가드했다.

허공을 가르는 손에 남자의 얼굴이 순간 불쾌하다는 듯 일그러졌지만 또 원래의 수상한 미소로 돌아왔다.

"다행히 우리 가족은 건강하지만, 세상에는 환상의 약을 간절히 바라는 인간이 많이 있지, 아가씨. 우리 집은 널리 장사를 하고 있어. 가문의 상회를 통하면 필요한 사람에게 효율적으로 약을 판매할 수 있지. 물론 다소 수수료는 받지만, 너도 많은 돈을 손에 넣을 수 있어. 좋은 제안이지?"

남자는 야고르 백작가의 넷째 아들이었다. 보는 눈도 없고 의욕도 없이 그저 특권을 누리기만 할 뿐인 철딱서니라는 수식어가 붙지만. 그리고 그런 인간의 전형답게 자존심만큼은 하늘을 찌를 듯 높았다.

평소에는 노년에 접어들 때 생긴 막내아들에게 무른 아버지도 장사에 관련된 일에는 착실했고, 형들과는 다르게 큰 사업을 맡기지 않았다. 자식으로서는 예뻐해도 장사꾼의 눈으로 보면 한참 멀었다는 판단 때문이었다.

하지만 남자는 그게 불만이었다. 자신도 하면 할 수 있는데 기회를 주지도 않다니 너무하다고 생각했다.

그래서 장사할 아이템을 찾는다는 명목으로 거리를 돌아다니며 시간을 죽이던 남자는 우연히 미샤를 발견하고 환희했다.

야고르 백작은 지난 전쟁에서 물자운반으로 막대한 공적을 거뒀기에 백작이긴 해도 라이언과 직접 대화할 수 있는 사람이었다. 미샤의 이야기도 '숲의 백성'의 이야기도 당연히 정보를 쥐고 있었고, 가족끼리 모여있을 때 화제로 올리기도 했다.

남자는 그 이야기에서 자기 좋은 부분만 기억하고 있었다.

아버지는 제대로 불가침 명령이 내려졌다고 말했는데…….

그 이야기에 나온 색을 지닌 아름다운 소녀가 거리를 걷고 있었다. 호위인 듯한 기사를 데리고 있지만 고작 한 명뿐이다. 평민 아이에게 말을 걸고 까진 무릎에 약 같은 걸 발라주는 것도 보았다.

순수한 미소는 무척 선량한 사람처럼 보였다.

'기회잖아!'

약이 없어서 힘들어한다고 죄책감을 자극해서 잘 유도해 약을 손에 넣는다.

왕매 전하가 이용하는 약. 더불어 '숲의 백성'이라는 브랜드도 붙었다. 아무리 높은 가격을 붙여도 원하는 손님이 나타날 것이다. 게다가 그 '숲의 백성'과 교섭할 수 있는 권리를 손에 넣으면 자신의 가치도 올라갈 것이다.

자신은 돈과 명성을 손에 넣고 소녀도 고생하지 않고 거금을 얻을 수가 있다.

쌍방에게 손해가 없는 훌륭한 제안이라며 남자는 자기 좋을 대로 꿈을 꾸며 일그러진 미소를 지었다.

당연히 거리에서 소녀를 발견했다는 건 아무에게도 말하지 않았다. 모처럼 찾은 기회를 아무와도 나눌 마음이 없었기 때문이었다.

'아버지도 항상 상인은 다른 사람을 제칠 줄 알아야 진짜라고 하

셨으니까.'

그래도 호위가 있을 때 말을 걸었다간 호위가 제지할 것 같았기에 남자치고는 끈질기게 때를 기다렸다. 당연하게도 일은 빠지고 부하에게 떠넘겼지만, 큰일 앞에서는 사소한 일이라며 신경 쓰지 않았다. 부하들도 어느 의미 항상 그랬기 때문에 한숨만 한 번 쉬었을 뿐, 다행인지 불행인지 남자의 행동은 누구에게도 발각되지 않았다.

그리고 주사위는 던져졌다.

'어? 장사? 왜?'

일방적으로 쏟아내는 내용에 미샤는 이번에야말로 망연해졌다.

'확실히 나는 약을 조합할 수 있지만 증상도 모르는 사람에게 맞춰서 약을 만들지는 못하고, 애초에 이 사람이 원하는 약은 뭐지?'

뭐라고 대답해야 할지 알 수 없어서 입을 다물었다. 미샤가 생각했던 반응을 보이지 않자 남자는 답답해서 짜증이 나기 시작했다.

"뭐 됐어. 어떤 약을 얼마나 만들어달라고 할지는 지금부터 자세히 이야기합시다. 가게로 안내하죠."

이런 어린애를 상대로 계약서 같은 건 필요하지 않을 테지만, 거래할 때는 서류가 오가지 않으면 아버지가 받아들이지 않을 것이니 남자는 미샤를 잡아당겼다.

장소를 옮겨서 맛있는 과자와 보석이라도 보여주면 고분고분해질 거라고 생각했기 때문이었다.

한편 갑자기 팔을 잡힌 미샤는 놀라서 굳어버렸다.

갑자기 나타나서 이해할 수 없는 소리를 쏟아내더니 어딘가로 데려가려는 남자가 너무 무서웠다. 애초에 조금 전부터 대화가 통하는 것 같지가 않다.

끌어당기는 힘에 저항하며 어떻게든 손을 뿌리치려고 버둥거렸다.

"싫어, 놓으세요."

"뭐? 왜 안 따라오는 거야. 빨리 걸어."

남자는 이런 훌륭한 제안을 받아들이지 않는다니 이해할 수가 없어서 혼란스러웠다.

몸이 작은 미샤가 조금 버둥거려봤자 남자의 손에서 힘이 빠지는 일은 없었으나, 큰 목소리를 내면 다른 사람이 무슨 일이냐며 달려올 것이다.

"누구를 위해서인지도 모르는 약은 만들 수 없어요. 애초에 당신은 누구인데요?!"

울먹이며 소리치자 남자의 조급함이 최고조에 달했다. 애초에 남자는 제대로 야고르 백작가 사람이라고 밝혔는데 경계하는 이유를 알 수 없었다.

"그런 소릴 하면서 약을 독점할 생각인 거지! 어린 게 이렇게 치사하다니. 조용히 해, 시끄러워!"

남자의 손이 올라가는 걸 본 미샤는 순간적으로 눈을 감고 충격에 대비했다.

"뭐 하는 거야! 그 손 놔!"

하지만 비명을 지른 건 남자 쪽이었다.

"미샤, 괜찮아?!"

당황한 목소리는 기억에 있는 목소리였기에 눈을 뜨자 캐로가 걱정하며 얼굴을 살폈다.

그 뒤에선 남자가 머리를 감싸 쥐고 신음하고 있었다. 등 뒤에는 두꺼운 책이 떨어져 있다. 어쩌면 조금 전에 들린 퍽 하는 소리는 저걸로 때려서 난 걸까?

"아, 책을 함부로 굴려서 미안. 반사적으로 던졌어."

어안이 벙벙한 얼굴로 책을 쳐다보는 미샤를 알아차린 캐로가 조금 미안하다는 얼굴로 사과했다.

"뭐, 망가지진 않은 것 같고 긴급사태니까 용서해주겠지."

"후후…… 그러게. 혼나면 같이 사과해줄게."

장난을 들킨 어린아이처럼 뻔뻔한 중얼거림에 미샤는 무심코 웃어버렸다. 공포와 긴장으로 굳어버린 몸에서 적절히 힘이 빠진 걸 느꼈다.

"이…… 게 뭘 잘했다고 웃고 있어? 내가 누구인 줄 알고!"

갑자기 당한 폭력에서 정신을 차린 듯한 남자가 머리를 누르며 일어났다.

"어? 어린아이를 납치하는 변태?"

캐로가 본 건 무언가 윽박지르며 미샤의 팔을 잡고 때리려고 하는 장면뿐이었다.

당연한 추측이었다.

"누가 변태야! 나는 그저 그 녀석이 비약을 독점하려고 하니까 설득했던 것뿐이라고."

"뭐? 아저씨는 남을 설득할 때 때려? 그건 그냥 폭력이거든?"

남자의 외침에 캐로가 싸늘한 시선을 보냈다.

"애초에 비약이 뭔데. 미샤, 아는 거 있어?"

"몰라."

갑자기 화살이 날아오자 미샤는 반사적으로 고개를 저었다.

"시치미 떼지 마. '숲의 백성'의 약이라면 죽은 사람도 되살릴 수 있다고 유명하잖아. 그걸 숨기려고 하다니 중죄라고. 나는 좋은 생각에서 약 거래를 제안한 건데!"

"죽은 사람을 되살리는 약이라니, 동화에서나 나오는 거잖아. 어린애도 아닌데 현실을 보라고, 아저씨."

기가 막힌 걸 넘어서 불쌍한 사람을 보는 듯한 눈빛인 캐로와 남자의 온도 차에 미샤는 웃음이 터지려는 걸 필사적으로 참았다. 조금 전까지 느꼈던 공포의 반동인지 아무래도 감정 상태가 이상해진 모양이었다.

"이 자식!! 평민 주제에 잘났다고! 불경죄로 처벌해주겠어!"

기어이 달려들려고 하는 남자의 몸을 뒤에서 다가온 손이 붙잡았다.

그대로 깔끔한 동작으로 제압해버린 건 얼핏 아무런 특징도 없는 남자였다.

하지만 그 얼굴이 물에 빠진 캐로를 안고 데려간 사람과 똑같았기에 미샤는 안도의 숨을 내쉬었다.

"정말이지. 무모한 행동을 하실 거면 떨어져서 호위하게 하지 말아주시죠. 당신께서 다치시면 물리적으로 제 목이 날아갈지도 모르거든요?"

저항하지 못하도록 남자의 팔을 등 뒤로 비튼 뒤 어디선가 꺼낸 밧줄로 재빨리 묶으며 느긋한 어조로 투덜거리는 호위를 향해 캐로는 코웃음을 쳤다.

"이 정도의 거리에서 호위 대상이 다칠 정도의 실력이라면 그만둬."

"상사가 신랄해서 마음이 꺾여버릴 것 같은데……."

"뭘 내 위에서 떠드는 거야! 놔! 내가 누구인 줄 알고! 백작가의 아들이라고. 너희들, 절대 용서 못 해!"

엎드린 자세로 바닥에 짓눌린 굴욕에 얼굴이 시뻘게진 남자가 소리쳤다.

"아 예. 대화는 저쪽에서 하자고. 도서관에서는 조용히~."

그 무렵에는 소란을 들은 도서관의 경비병이 달려왔고, 남자는 그쪽으로 인도되어 신속하게 연행당했다.

"미샤, 가자."

몇 마디 호위에게 말을 건 캐로는 아우성치며 끌려가는 남자를 배웅하던 미샤의 손을 부드럽게 잡아당겼다.

조금 전 남자와는 다르게 자신보다 작고 부드러운 손은 미샤를 안심하게 해주었다.

멍하니 데려가는 대로 도서실을 나온 미샤는 비밀 응접실 중 한 곳으로 이동했다.

"미샤, 마셔."

미샤가 정신을 차리자 어느새 소파에 앉아 따뜻한 홍차가 담긴 찻잔을 잡고 있었다.

"깜짝 놀랐지? 괜찮아. 여기엔 무서운 사람은 없으니까."

다정한 캐로의 목소리가 권하는 대로 홍차를 한 모금 마신 미샤의 눈에서 눈물이 뚝 흘러내렸다.

무리도 아니다.

위협과는 거리가 먼 숲속에서 생활하던 미샤에게 언성을 높이는 어른도 실제 폭력을 당할 뻔한 것도 처음이었기 때문이다.

놀라고 무서워서 도망치고 싶었다.

"이제 괜찮아."

캐로는 소리 없이 우는 미샤에게 한 번 더 같은 말을 반복했다.

위안조차 안 될지도 모르지만 여기는 안전하다고 반복할 수밖에 없었다.

젖은 옷을 갈아입기 위해 곁을 떠났다가 즐거웠던 기분 그대로 돌아왔더니 미샤가 낯선 남자에게 폭력을 당할 뻔한 걸 보았다.

그 광경을 발견했을 때의 충격은 헤아릴 수 없다.

반사적으로 옆 책장에서 꺼낸 책을 남자의 머리에 맞힐 수 있었던 건 평소 훈련한 덕분일 것이다.

고귀한 출신이기에 항상 유괴나 암살 위험과 가까운 생활을 보내는 캐로는 어릴 때부터 긴급 시의 대처법을 배웠다. 호위가 옆에 있는데 이게 무슨 의미가 있는 건지 의심스러웠지만, 반사적으로 움직일 수 있을 만큼 대처법을 몸에 스며들게 한 저 만만치 않은 호위에게 처음으로 고맙다는 말이 나올 뻔했을 정도였다.

'설마 나를 지키기 위해서가 아니라 남을 위해 움직일 줄은 몰랐지만.'

끌어안기에는 너무 작은 몸이지만, 그래도 이럴 때는 혼자서는 불안할 거라며 살며시 미샤 옆에 붙었다.

"괜찮아. 무서운 어른은 제대로 벌을 받을 거야."

살짝 흉흉한 발언이었지만, 다행히 자기 안의 공포와 싸우던 미샤는 눈치채지 못했다.

"삼촌, 미샤의 경비가 좀 안이한 거 아니야?"

그날, 미샤에게 접근했던 몹쓸 인간의 뒤처리를 마치고 간신히 돌아온 집무실에서 자신을 기다리고 있던 작은 그림자를 보고 라이언은 어깨를 축 떨궜다.

"설마 그렇게 경고했는데 손을 대려는 멍청이가 있을 줄은 몰랐지."

질린다는 듯 한숨을 쉬는 라이언을 보고 모자를 벗은 캐로가 어깨를 으쓱했다.

"몰랐어? 멍청이는 무슨 소릴 해도 이해 못 해, 멍청하거든. 경고만 해봤자 소용없다고 생각하지 않아?"

캐로는 미샤에게는 절대 보여주지 않을 심술궂은 얼굴로 웃었다.

캐로.

미샤에게는 그렇게 이름을 댔지만, 소년의 진짜 이름은 카롤루스다. 즉위 반년 만에 붕어한 선왕 카롤루스의 유자녀이기도 했다.

아버지가 죽은 뒤, 태어난 지 얼마 되지 않은 아기는 어머니의 간곡한 희망으로 아버지의 이름을 이어받았다.

라이언이 왕이 되었을 때 후대는 형의 자식에게 왕관을 돌려주겠다고 선언했기 때문에, 반대 세력에게 목숨을 노려지는 위험을 느끼고 몰래 숨겨서 키우는 '환상의 왕자'. 그게 그의 정체였다.

평소에는 전 재상의 영지에서 지내지만 이 축제 시기만은 어머니의 희망으로 수도에 돌아온다. 어머니와 아버지가 만난 추억의 날이므로 어머니는 이 시기엔 매일같이 왕묘를 찾아가 아버지를 그리워하는 것이 습관이었다.

'참 로맨틱하지.'

그런 어머니를 조금 차가운 눈으로 보면서도, 카롤루스에게도 이 시기는 몇 없는 자유시간이었다. 정확하게는 아무것도 하지 않아도 괜찮은 날이지만.

그러나 딱히 하고 싶은 것도 없어서 국립 도서관에서 멍하니 책을 읽으며 지내는 게 일상이었다.

캐로는 죽은 아버지의 애칭이었다.

어린 라이언이 형의 이름을 부르려고 했지만 발음이 잘 안 되어서 '캐로루루'라고 부른 게 시작이었다. 그것도 길어서 발음이 불편했던 건지 언젠가부터 '캐로'로 줄어들었고, 어느새 가족이나 극히 가까운 사람이 사용하는 애칭이 되었다고 한다.

어린 시절부터 아버지의 약혼자로서 함께 지냈던 어머니도 그렇게 불렀다고 한다. 그리운 듯 이야기해주는 어머니의 표정에서 어린 카롤루스에게 그 애칭은 행복의 상징처럼 스며들었다. 같은 이름인 자신이 어머니나 주변 사람에게 그렇게 불리는 일은 없었지만.

그래서.

삼촌인 라이언을 찾아온 이 방에서 문득 읽어본 미샤의 여행 보고서에 관심이 생겨 국립 도서관으로 만나러 갔을 때.

아무것도 모르는 미샤가 이름을 물어보자 그만 순간적으로 충동이 들었다.

지금은 이미 아무도 부르지 않는 애칭.

행복의 상징으로 각인된 그 이름으로 불러준다면 어떤 기분이 들까, 그런 생각이 들었다.

삼촌은 본인을 중간 다리 왕이라고 칭하며 정통 핏줄에게 돌려준다며, 다음 왕으로 형의 아들인 카롤루스를 지명했다.

이제 막 태어난 아기에게 원하지도 않는 커다란 짐을 떠넘겼다.

어머니를 비롯한 주변 사람들은 고이고이 키워주었다.

'아버지처럼'이라는 말을 입에 달면서.

카롤루스는 우수한 아이였다. 하나를 들으면 열을 알고, 검술이나 체술을 배우면 쑥쑥 향상되었다. 한 번 들은 건 잊어버리지 않고 모범을 보여주면 응용까지 해낸다.

어머니는 환희했다.

목숨을 걸고 지켜준 사랑하는 남편의 아이를 누구보다 훌륭한 왕으로 만들겠다는 미래에 매달려 열정을 기울였다.

그 결과 카롤루스는 어머니의 온기 대신 과도한 교육을 받으며 냉소적인 어린아이로 성장하고 말았다.

다들 자기에게서 죽은 아버지를 본다.

자신은 무엇을 위해 살고 있는가.

뛰어나기 때문에 울지도 못한 채 카롤루스는 서서히 삭막해졌다.

미샤에게 관심을 가진 건 입장은 달라도 자신과 같은 냄새를 느꼈기 때문이었다.

아직 13살인데 어른을 능가하는 지식을 지녔고 실제로 그걸 사용해서 사람을 구하는 **어린아이답지 않은** 어린아이. 약초 지식 말고도 눈썰미가 좋은 건지 컬트교 신자가 일으킨 사건을 해결한 이야기는 마치 소설 속 주인공 같았다.

그리고 불운의 사고로 어머니를 막 잃었다고 했다.

하지만 실제로 만나본 카롤루스는 실망했다.

항상 마음속 어딘가가 차가웠던 카롤루스와는 다르게 미샤는 따뜻했다.

'나와는 전혀 달라.'

어디의 누구인지도 모르는 '캐로'와 눈높이를 맞추듯이 이야기해주고, 아무것도 아닌 일에도 대단하다면서 칭찬해준다. 조금 시험해봐도 처음과 변함없이 자기보다 어린 평범한 어린아이로 대해 주었다.

누구보다도 일찍 어른이 되어야만 했던 카롤루스에게는 신선한 체험이었다.

소파에서 잠들자 예의가 아니라며 깨우는 게 아니라 조심스레 담요를 덮어주고 달래듯이 머리카락을 쓰다듬어주었다. 그때 치솟은, 뭐라 말할 수 없는 감정을 카롤루스는 지금도 잊지 못하고 있다.

그리고 미샤가 소개해준 평민 아이들과 그렇게 놀았던 것도 처음이었다.

거기서는 훌륭한 왕이 되어야 하는 후계자가 아니라 평범한 어린아이가 될 수 있었다.

흠뻑 젖고, 배가 땅길 때까지 웃고, 마음속 어딘가가 따뜻해지는 걸 느꼈다.

'분명 그게 행복인 거겠지.'

왕이 된다. 그건 지금의 카롤루스에게는 어른들이 떠넘긴 사명에 불과했다.

딱히 하고 싶은 것도 없고 거부할 이유도 없으니까 막연히 따랐을 뿐이다.

하지만…….

머릿속에 떠오르는, 즐거워하는 미소와 소리 없이 우는 모습.

"라이언 삼촌. 나 원하는 걸 찾았으니까 조금 진지하게 왕을 노릴게."

"뭐?"

갑작스러운 카롤루스의 선언에 라이언은 눈을 부릅떴다.

어딘가에서 '그러니까 골치 아파질 거라고 했는데'라며 한숨을 쉬는 라라이아의 목소리가 들린 것 같은 느낌이 들었다.

17 불길한 기척

커튼을 닫은 어두운 방 안에 콜록콜록 괴로운 기침 소리가 울렸다.

노파는 며칠 전부터 몸 상태가 나빠져 멈추지 않는 기침에 고생하고 있었다.

"열도 안 내리고……. 역시 약을 사 올게."

딸이 늙은 어머니의 등을 걱정스럽게 문지르며 말했다.

"……약을 먹을 정도는 아니야. 자면 나아."

기침을 너무 해서 조금 갈라진 목소리가 대답했다.

늙은 어머니와 딸 둘밖에 없는 가족이다. 결코 넉넉하지 않은 생활 속에서 약값을 내는 건 힘들었다.

그걸 잘 알기에 가벼운 감기 정도로 약을 사는 건 내키지 않았다.

설령 그게 아무리 시간이 지나도 권태감과 미열이 가시지 않아 어쩐지 평소와 상태가 다르다는 걸 느껴도.

……노파는 불안해지는 걸 자신이 나이를 먹었기 때문이라고 치부했다.

70살을 넘긴 지 꽤 지났다. 옛날과는 다르게 체력도 떨어졌으니 차도가 늦어지는 것도 어쩔 수 없다.

"……하지만."

그래도 걱정하는 딸을 향해 노파는 주름이 자글자글한 얼굴로 웃었다. 지난 며칠간 이어지는 미열 때문에 완전히 야위어버린 그 미소는 안쓰럽기만 할 뿐이었지만.

"더워졌다 추워졌다 오락가락한 데다 비 때문에 습기도 심하니까. 괜찮아, 햇님이 나타나면 금방 건강해질 거야. 자, 걱정하지 말고 너는 일하러 가렴. 정 신경 쓰이면 많이 벌어서 뭐 맛있는 거라도 먹게 해주고!"

머뭇거리는 딸을 어떻게든 방에서 쫓아낸 뒤 노파는 커튼 틈새로 밖을 바라보았다.

아까 간신히 그친 줄 알았던 비가 또 추적추적 내리고 있었다.

"정말이지, 날씨가 이상해. 비는 안 그치는데 묘하게 후덥지근하고……. 마치 그때 같잖아."

끔찍하다는 듯 하늘을 노려본 그때, 또다시 치밀어오르는 기침 발작에 노파는 몸을 접고 콜록거렸다.

뇌리를 스친 불안도 기침의 고통 때문에 어딘가로 날아가 버렸다.

그렇게 어두운 방 안에서 노파의 괴로운 호흡만이 조용히 울려 퍼졌다.

"찾았다~. 다들 뭐 해?"

계속해서 내리는 비를 피하며 아나의 집을 방문한 미샤는 아이들이 호수에 갔다고 듣고 찾으러 왔다.

호숫가의 덤불 속을 드나들던 세 사람을 발견할 수 있었던 건 정말로 운이 좋았다.

어른의 허리만 한 갈대 같은 식물에 가려져 기슭에서는 잘 보이지 않았기 때문이었다.

갑자기 덤불 속으로 뛰어든 렌의 행동과 이 근방에 있을 거라고 가르쳐준 지점에 어린아이의 작은 샌들이 놓여있는 게 아니었다면 그대로 지나쳤을 것이다.

"아~ 렌! 그리고 미샤 언니!"

갑자기 렌이 달려들어 비틀거리면서도 고개를 든 아나는 뺨에 흙을 묻힌 채 생긋 웃었다.

그대로 부스럭부스럭 덤불을 헤친 아나는 발치에 신이 난 렌을 데리고 미샤에게 달려왔다. 렌은 아나가 미샤에게 도착한 걸 지켜본 뒤 다시 호수 쪽으로 달려갔다. 아마도 아직 호수에서 무언가를 하는 두 소년에게 간 모양이다.

"있잖아~ 어제 만든 함정을 봤어."

기슭의 진흙에 담갔던 다리만이 아니라 간소한 원피스 자락까지 물에 젖은 아나는 환하게 웃으며 가르쳐주었다.

"생선 잡은 거야?"

"응! 캘러스! 할머니가 기운이 없으니까 먹여주려고~."

씩씩한 대답에 미샤의 얼굴이 순간 굳었다.

머릿속에 양동이 안에서 꿈틀거리던 모습이 스쳐갔다.

생긴 건 그렇지만 이 마을에서는 정말 그걸 자양강장 음식으로 시민들이 익숙하게 먹는 모양이었다.

"잡았어?"

"응. 아까 한 마리 걸렸어! 다른 함정에도 들어갔나 봐."

굳어버린 미샤의 표정은 눈치채지 못한 채 아나가 기뻐하며 고개를 끄덕였다.

최근 건강이 안 좋아져서 자꾸 앓아눕는 할머니에게 먹여줄 수 있다고 생각하자 기쁨도 한층 큰 모양이었다.

"대박! 다른 함정에 두 마리나 걸렸어!"

그때 흙투성이가 된 두 소년이 환하게 웃으며 돌아왔다. 대나무로 짠 속이 깊은 바구니를 높이 들어 올리는 모습이 정말 만족스러워 보였다.

유우의 말에 아나가 폴짝 뛰며 기뻐했다. 소년들과 함께 돌아온 렌도 즐거워하며 같이 폴짝거렸다. 참고로 그 몸은 어느새 아이들과 마찬가지로 흙투성이였다.

"굉장해! 오늘은 진수성찬이다!"

'⋯⋯토마토 스튜, 는, 맛있었지. 맛있었어. 응.'

신이 난 아이들을 보며 미샤는 마음속으로 살며시 자신을 타일렀다.

흥미진진하다는 듯 들여다보며 냄새를 맡는 렌과는 다르게 테토가 든 바구니 안을 들여다볼 마음은 들지 않았지만⋯⋯.

"언니, 왜 그래?"

캘러스를 잡은 걸 한바탕 기뻐한 세 사람은 그제야 미샤에게 의식을 돌렸다.

항상 밝은 미샤가 어쩐지 조금 지쳐 보였기에 아이들은 의아하다는 듯 미샤를 살폈다. 그러자 미샤는 쓰게 웃으며 고개를 저었다.

"아무것도 아니야. 토마토 일로 인사하러 집에 갔었는데, 너희가 없어서 찾으러 왔어. 그보다 할머니가 무슨 병에 걸리신 거야?"

미샤의 질문에 아이들은 걱정하는 표정을 지었다.

"⋯⋯병, 이라고 할 정도는 아니지만. 기운이 없어."

"몸이 나른하다면서 자꾸 누워 있어."

"조금이지만 열도 높아. 할머니는 나이를 먹으면 금방 피곤해진다고 하지만……."

'감기 초기 증상인가?'

풀이 죽은 세 사람을 보며 미샤는 아이들이 입에 담은 증상을 통해 짐작해 보았다.

"있잖아, 언니는 직접 약을 만들 수 있거든? 전에 아나가 다쳤을 때 발라준 약도 언니가 만든 거야. 그러니까 병에 대해서도 조금 잘 알아. 괜찮다면 할머니가 병인지 아닌지 봐 볼까?"

부드러운 아나의 벌꿀색 머리카락을 쓰다듬으며 생긋 웃었다.

"진짜?!"

아나의 눈이 놀라서 크게 떠졌다.

"물론이지. 하지만 우선 손과 발에서 진흙을 씻자."

"응!"

천진난만하게 기뻐하는 아나 옆에서 유우와 테토는 조금 난감한 듯 서로를 쳐다보고 있었다.

두 사람은 약이 비싸다는 걸 알기 때문이었다. 채소를 키워서 파는 유우의 집은 먹는 것으로 곤란하진 않지만, 가볍게 의사를 만날 수 있을 만큼 유복한 집도 아니다.

그 망설임을 읽은 미샤는 쿡쿡 웃으며 두 소년의 머리를 쓰다듬었다.

"친구네 할머니를 병문안하는 건 이상하지 않잖아? 그래서 증상에 맞는 약을 우연히 갖고 있다면 나눠줄 수 있을지도 몰라. 어때?"

"……응!"

부드러운 미소와 함께 재촉하듯 가볍게 등을 누르자 두 사람은 진흙을 씻기 위해 서둘러 호수로 달려갔다.

"아, 기다려! 오빠~!"

허둥지둥 뒤를 쫓아가는 아나와 렌을 따라 미샤도 웃으면서 호수로 내려갔다.

흙투성이인 렌을 어떻게든 하지 않으면 아무 데도 못 간다.

목욕을 싫어하는 렌이 도망치자 아이들이 붙잡느라 쫓아다니는 사이에 완전히 물놀이가 되어버린 건, 뭐 예상한 범주였다. 거기에 미샤까지 휘말린 건 예상하지 못했지만…….

신이 난 아이들을 보며 텐츠는 수건과 갈아입을 옷을 마련하기 위해 살그머니 그 자리를 떠났다.

권태감과 기침 발작. 열은 높지 않으나 밤이 되면 미열이 난다. 목이 붉게 부어있긴 했지만 기침이 계속 이어지기 때문인 듯했다.

위가 메슥거려서 식욕이 떨어졌다.

"감기 초기 증상 같아요. 목의 통증을 눌러주는 약과 위약을 드리겠습니다. 식사하시기 조금 전에 드세요. 만약을 위해 해열제도 둘 테니까 열이 나면 드시고요. 그리고 식욕이 없어도 영양가가 있는 걸 최대한 드셔야 해요."

뒤뜰로 난 침실에 누워있던 노파는 손자와 썩 나이 차이가 나지 않는 어린 소녀를 보고 조금 당황했지만, 차분한 동작으로 진찰해 나가자 미안하다는 표정을 지었다.

손주들이 데려온 소녀가 '약사'라고 밝혔을 때는 영락없이 부모가 약사인 아이의 놀이 수준으로 생각했기 때문이었다.

아이의 놀이에 어울려준다는 가벼운 마음으로 받아들였더니 아무래도 '진짜' 약사인 모양이다.

설명과 함께 꺼내놓는 약도 아마도 '진짜'일 것이다.

"진찰해주셨는데 죄송하지만 이 정도의 병으로 약을 살 정도의 여유는 없습니다."

난처한 얼굴로 거절하는 노파의 말에 미샤는 천천히 고개를 저었다.

"돈을 받을 생각은 없습니다. 저는 약사이긴 하지만 장사를 하는 건 아니거든요. 이웃 나라에서 유학하러 온 신분이라 장사할 예정도 없습니다. 오늘은 친구의 할머니를 문병하러 온 것뿐이에요."

미샤의 말에 당혹스러워하면서도 노파는 쉽게 고개를 끄덕일 수 없었다.

미샤가 아무렇지도 않게 건네려는 약이 가족의 사흘 치 식비에 상응하는 가치가 있다는 걸 알기 때문이었다.

난처한 얼굴로 받아들이려 하지 않는 할머니의 태도에 미샤도 난감해졌다.

설마 받아주지 않을 줄은 생각지도 않았기 때문이었다.

다들 난감해하고 있자 벽 앞에서 대기하던 텐츠가 스윽 한 걸음 앞으로 나섰다.

"미샤 님은 손주분들 덕분에 막막하던 문제를 해결할 실마리를 잡을 수 있었습니다. 그 보답이라고 생각해서 부디 받아주실 수 없을까요?"

고지식한 표정으로 하는 말에는 부드러운 배려가 가득했다. 그 격차에 굳어있던 분위기가 툭 풀렸다.

"아이들은 정말로 할머니를 걱정해서 조금이라도 힘이 되고 싶어 했어요. 애초에 이 약도 원래 제가 살던 숲에서 자라는 걸 제가 직접 뜯어온 거예요. 필요한 사람이 사용해주는 게 더 기쁩니다."

텐츠의 지원사격에 힘을 받은 미샤는 노파의 눈을 빤히 바라보았다. 그 옆에서 아이들도 필사적인 표정으로 고개를 끄덕였다.

진지한 눈들이 쳐다보자 노파는 뻣뻣하면서도 입가에 미소를 지었다.

"배려, 감사합니다. 잘 쓰겠습니다."

"네. 부족해지면 말씀해주세요! 아니, 또 상황을 보러 오게 해주세요!"

드디어 승낙을 얻은 미샤는 환하게 웃었다.

들떠서 말을 쏟는 미샤의 모습은 좋아하는 걸 손에 넣은 어린아이 같았다. 그 얼핏 보이는 앳된 모습에 노파는 그제야 자연스러운 미소를 지을 수 있었다.

'훌륭한 약사님 같지만 역시 아이구나.'

숲에서 자랐다고 했으니 이 소녀에게는 귀중한 약초도 들판에 핀 꽃과 같은 가치인 건지도 모른다. 그렇게 생각하니 어린 아나가 들꽃으로 만든 꽃다발을 내밀며 웃는 모습과 겹쳐 보이는 게 신기했다.

그런 거라면 웃으며 받는 게 어른의 본분이다.

눈앞에서 약을 먹는 걸 보여준 뒤, 노파는 포근하고 부드러운 미소를 지으며 다시 한번 고맙다고 인사했다.

"아돌 씨, 이 나라의 의료기관은 어떻게 되어있나요?"

약초원의 방침을 전환하면서 약효가 없는 약초를 고이고이 키워봤자 소용없다며 일단 전부 뽑아버렸다.

하지만 약으로서는 쓰지 못해도 허브티로 마시면 약간이나마 효력은 있을 거라며 약초를 말려서 쓰기로 했다.

그렇게 말린 약초를 선별하며 미샤는 아돌에게 의문을 던져 보기로 했다.

아나네 가족의 모습으로 보아 이 나라의 사람들은 쉽게 의사를 만나지 않는 것처럼 보였다.

미샤의 고향에서도 의사나 약사의 존재는 희귀했으니 이해할 수 있지만, 그래도 미샤가 아는 한 간단한 진통제나 기침약 정도는 집에 상비해두었다.

적어도 어머니를 따라다닌 작은 농촌에서는 그랬다.

그래도 감당할 수 없을 만큼 중증이 된 환자들을 진찰하는 게 레이어스의 일이었다.

물론 일이라고 해도 레이어스가 돈을 받는 건 거의 없었다. 기껏해야 채소나 말린 고기 정도를 받는 게 대부분이었다.

숲의 은혜를 모두와 나누는 건 당연한 일이라는 게 어머니의 입버릇이었다.

"그게…… 평범하게 개업한 의사나 약사도 있지만 수도에서는 무료로 진찰해주는 의료소가 몇 군데 있습니다. 다만 진찰은 무료여도 약값은 받으니 가난한 분들은 좀처럼 방문하지 않죠."

아돌이 작업에 집중하며 대답했다.

"약은 유료인 거예요?"

"수도에서는 약의 원료가 되는 약초를 기본적으로 다른 곳에서 들여올 수밖에 없으니 아무래도 비싸집니다. ……원래대로라면 약초원이 그 해결책이 되었을 테지만요."

미샤의 의문은 아돌의 깊은 한숨과 함께 해결되었다.

'여기가 잘 되면 그 의료소에서 약도 무료나 아주 저렴하게 제공할 예정이었던 걸까?'

그늘에서 잘 말린 덕분에 적절히 수분이 빠진 약초에서 농축된 향기가 났다.

박하 같은 맛이 나는 약초를 한 장 슬쩍 입으로 가져간 미샤는 고개를 갸웃거렸다.

몇 년 전에 크게 번졌다는 수수께끼의 병으로 나라에서도 몇 가지 대책을 강구하려고 했지만 도통 잘 풀리지 않고 있는 모양이었다.

코를 자극하는 상큼한 향기를 즐기며 미샤는 묵묵히 작업을 이어 가는 아돌을 곁눈질했다.

"……열심히 해요."

작게 중얼거린 목소리에 고개를 든 아돌은 잘 이해하지 못한 채로 가까이 있는 녹색 눈동자를 마주 바라보았다.

"네."

부드럽게 웃으며 동의한 아돌은 약초 선별 작업으로 의식을 돌렸다.

18 그때 숲속의 집에서는

『오빠에게.

이 편지를 오빠가 읽고 있다는 건 나는 숲속으로 돌아오지 못했다는 거겠지.

저택에 머물러 있을 때 오빠가 와서 엇갈린 것뿐이라면 다행이지만, 만약 그게 아니라면…….

부디 남아버린 이샤를 지켜줘.

이 숲속 깊은 곳에 숨어서 키워버린 그 아이는 인간의 악의를 몰라.

분명 많이 상처받을 거야.

그리고 가능하다면 '숲의 백성'의 길을 되찾아줘.

내 아이지만 그 아이는 가르쳐주지도 않았는데 누구보다 일족의 긍지와 힘을 지니고 있어.

부모의 몽깡지인지도 모르지만.

그리고 제대로 확인한 적은 없지만, 그 아이는 일족의 힘을 이어받은 것 같아.

사실은 더 일찍 오빠에게 맡겼어야 했는데 나는 나약해서 사랑하는 딸을 도저히 보내줄 수가 없었어.

오빠.

오빠는 알고 있을 테지만, 나는 무척 행복했어.

인족의 숲에서 멀리 떠나 사랑하는 사람과 함께 사는 걸 선택한 그날은 후회한 적은 없어.

정말로, 정말로 행복했어.

오랫동안 지켜봐 줘서 고마워.

마지막까지 이기적이고 자기 멋대로인 동생이라 미안해.

내 사랑하는 딸은 부디 잘 부탁해.』

조금 흐트러진 글씨는 이 편지를 서둘러 썼다는 걸 알려주었다.

전에 없이 어지러운 집 상태를 보아 어지간히 서둘러 뛰쳐나갔으리라는 건 바로 상상할 수 있었다.

시간이 흘렀기 때문에 읽어내기 어려웠지만 집 앞에 남아있는 여러 마리의 말발굽 자국으로도 상황이 얼마나 급박했는지 전해졌다.

그런 가운데 슬슬 찾아올 자신을 위해 편지를 남긴 동생의 성실함을 칭찬해야 할지 라인은 잠시 망설였다.

아니면 감이 예리한 레이어스이니 무언가를 느꼈던 건지도 모른다.

오랫동안 사람의 손길이 닿지 않아 싸늘한 거실 의자에 앉아 숨겨진 찬장 안에서 발견한 편지를 다 읽은 라인은 천천히 숨을 내쉬었다.

그럼으로써 마음속에 휘몰아치는 감정의 폭풍을 어떻게든 버텨냈다.

죽음을 많이 봐 온 라인이라고 해도 피를 나눈 하나뿐인 동생의 유서가 되어버린 편지를 읽는 건 무척이나 고된 일이었다.

여느 때처럼 전장을 돌아다니던 도중 약속한 때가 왔다는 걸 떠올린 건 무언가의 예감이었던 건지도 모른다. 동생의 거처로 향하는 길에 흉흉한 소문을 들었다.

설령 비밀스러운 장례였다고 해도 사람의 입에 문을 달아두지는 못하는 법이다.

하물며 왕제의 스캔들이라고 할 수 있는 사건은 은밀히 퍼져나갔고, 라인은 상당히 진실에 가까운 정보를 손에 넣었다.

그래도 우선은 여기에 왔고, 편지를 발견했다.

'바보 동생 같으니.'

입술을 깨물고 마음속으로 욕을 뱉었다.

목소리로 냈다간 억누르고 있던 폭풍이 분출될 것 같았다.

한 번 정한 건 절대 뒤집지 않는 강인함을 속에 숨긴 부드러운 미소를 떠올렸다.

고향에서 멀리 떨어진 이런 숲속에서 살면서, 그럼에도 한 번도 힘들다고는 하지 않았다.

소중한 보물에게 사랑을 쏟고 한 달에 한 번 오는 방문을 기대하며 평화롭게 조용히 살던 동생은 본인의 말대로 정말 행복했을 것이다.

'그렇다면 동정하는 건 잘못된 일이지. 설령 그게 남이 보면 무슨 죄라도 지은 사람 같은 생활이었다고 해도.'

편지를 콱 쥐어 구긴 라인은 난로에 종이를 던지고 불을 붙였다.

사는 사람이 없어진 집 안을 묵묵히 걸어 다니며 찾아낸 몇 가지 물품을 마찬가지로 전부 난로 안에 던졌다.

그건 지금은 아직 세상에 내놓을 수 없는, 지나친 지식의 결정이었다.

동생이 이 숲속에서 근근이 이어오던 연구의 성과들.

본인도 공표할 마음은 없었겠지만, 연구자로서 궁금한 걸 그대로 둘 수는 없었던 모양이었다.

외상 치료를 중심으로 하는 자신과는 방향성이 다르지만 차근차근 이어온 그것은 라인의 눈으로 봐도 훌륭했다.

이 성과를 지금의 의학에 도입하면 약학의 일부는 극적이지는 않아도 확실하게 좋은 방향으로 갱신될 것이다.

하지만 그렇기에 관리하는 사람이 없는 상태에서 세간에 내놓아도 되는 정보는 아니었다.

이런 숲속을 어지럽히러 오는 사람도 그리 없을 테지만 만에 하나가 있다. 아니, 동생의 정체를 아는 사람이 있다면 호기심 때문에 오기도 할 것이다.

그런 자들의 손에 넘어가도 되는 지식이 아니라고 판단한 라인은 그것들을 모조리 소멸시키기로 했다.

약은 쉽게 독이 된다.

'숲의 백성'으로서 처음에 받는 교육 중 하나이자 혼자 전장에서 온갖 악의에 노출되었던 라인은 자기 일처럼 느껴지는 말이기도 했다.

'미안하다, 레이어스. 모처럼 낸 성과이니 마을에 가지고 돌아가 살려주고 싶은 마음도 굴뚝같지만, 살아있는 인간이 먼저지. 일단 어느 정도는 기억했으니까 기억나는 부분은 누군가에게 연결해 줄게.'

곧장 고향으로 돌아간다면 모를까 레이어스의 십수 년이 담긴 기록은 다른 일을 하면서 운반할 수 있는 양이 아니었다. 그렇다고 다른 누군가에게 부탁하기에는 정보누설이 마음에 걸렸다.

붉게 타오르는 불꽃을 바라보며 라인은 조금 망설이듯 손에 있는 노트를 만지작거렸다.

그건 동생이 남긴 일기였다.

매일 쓴 건 아니고, 무언가 마음에 남은 것을 그때그때 적은 듯한 일기는 약사로서 새로운 고찰과 일상의 추억이 뒤죽박죽 섞여 있었다.

약사로서는 보물이라고도 할 수 있는 지식.

하지만 그 이상으로 딸인 미샤에게는 소중한 유품이 될 것이다.

조금 망설인 뒤 라인은 결국 그 노트를 가방에 집어넣었다.

자기가 책임을 지고 관리한 뒤 적절한 때에 미샤에게 주면 문제없을 것이다.

첫 날짜가 고향 숲을 떠난 날이었던 걸 보고 가슴 속 어딘가가 욱신거렸다.

그 이전에 적었던 건 마을에서 가지고 나가는 걸 금지당했을 것이다.

그날.

동생이 고향에서 가지고 나갈 수 있었던 건 몇 벌의 옷과 태어난 날 부모님에게 선물 받은 보석, 그리고 여행하려면 필요할 거라며 챙긴, 어머니가 전에 사용하던 지팡이뿐이었으니까.

"정말 바보 같은 동생이야."

비밀을 태우는 붉은 불꽃을 바라보며 라인은 작게 중얼거렸다.

그래도 행복했다며 웃던 동생의 얼굴이 지금도 선명하게 되살아나니, 라인은 그 이상 괜한 생각은 하지 않을 수 있었다.

그 남자는 일단 최소한의 규칙은 지킨 셈이니까.

불꽃이 전부 태워버릴 때까지 지켜본 라인은 재를 처리한 후 집에서 나왔다.

그리고 문 앞에서 주위를 빙글 둘러본 뒤 조용히 손가락을 입에 넣고 피리를 불었다.

독특한 리듬으로 높게, 낮게 울리는 그 소리가 조용한 숲속에 울려 퍼진다. 마지막 소리가 사라지자 푸드덕 무거운 날갯짓 소리가 퍼지며 한 마리의 새가 내려왔다.

맹금류의 날카로운 발톱과 눈을 지닌 그 새는 미샤와 레이어스가 연락 수단으로 길렀던 전서조였다.

"안녕, 카인. 오랜만이야."

친한 친구를 대하듯 부드럽게 말을 걸고 목을 손끝으로 간질이자 카인이라고 불린 새는 기분 좋다는 듯 눈을 휘며 고개를 기울였다.

"다들 가 버려서 혼자서는 쓸쓸하지? 나는 미샤를 쫓아갈 생각인데, 카인도 같이 올래?"

카인은 가만히 그 말을 들었다.

그러고는 바로 짧게 한 번 울었다.

마치 대답이라도 하는 듯한 그 울음소리에 라인은 피식 웃었다.

"그럼 우선 못난 매부에게 편지를 전해주겠어? 나도 뒤따라갈 테니까."

카인의 다리에 편지통을 단 뒤 날아가기 쉽도록 팔을 크게 휘둘렀다.

카인은 그 반동을 이용해 힘차게 날개를 퍼덕이며 하늘로 날아올랐다.

저 높은 곳에서 한 바퀴 돌았다가 바로 작아지는 카인의 모습을 배웅한 뒤, 라인도 다시 걷기 시작했다.

뒤에 있는 오두막을 돌아보지 않고 성큼성큼 걸어가는 그 모습에서는 이미 난로의 불꽃을 바라보던 험악함은 없었다.

깊은 숲속.

사는 사람도 찾아오는 사람도 잃은 작은 오두막은 조금 쓸쓸한 듯이, 하지만 그 안에 있는 따뜻한 나날의 추억을 지키듯 그저 그 자리에 우두커니 서 있었다.

방문은 갑작스럽게, 그리고 은밀히 끝났다.

미샤가 떠난 저택에서 혼자 상처 후유증과 싸우던 디노아크는 갑자기 창문으로 날아온 '전서조'를 보고 방문자의 존재를 알았다.

지정된 날짜에 뒤뜰에 있는 작은 약초원으로 향하자 우거진 나무 사이로 숨듯이 한 남자의 모습이 있었다.

디노아크의 모습을 확인하고 망토의 후드를 슥 벗었다.

그 안에서 나타난 익숙한 색채에 디노아크의 어깨가 순간 굳었다.

그러고는 깊이 머리를 숙였다.

말없이 내려간 머리를 가만히 바라보던 라인은 한숨을 한 번 쉬었다.

변명도 하지 않고 그저 말없이 허리를 숙인 디노아크를 비난하는 말은 딱히 떠오르지 않았다.

행복하다며 웃는 동생의 모습이 라인에게서 그 말을 빼앗아버렸다.

"고개 들어. 딱히 너를 비난하러 온 게 아니야."

어딘가 나른한 듯한 목소리에 디노아크는 고개를 들었다.

기억 속에 남아있는 말투에서 변하지 않은 상대의 눈동자에는 그 말대로 증오도 슬픔도 감돌지 않았다.

사랑하는 아내와 마찬가지로 아름다운 녹음이 자신을 똑바로 바라본다.

그에 어딘가 불편함을 느끼고 살짝 몸을 꿈틀거리자 허리에서 다리에 걸쳐 욱신거리는 통증이 내달렸다.

"아, 그러고 보면 등을 다쳤다고 했지. 신경에 부하가 남았나."

살짝 굳은 표정과 몸에 라인이 툭 중얼거렸다.

아무렇지도 않다는 듯 맞힌 것에 놀라자 쓴웃음이 돌아왔다.

"네가 다친 건 전해 들었어. 거기서 상처 경과나 남을 법한 후유증을 예측하는 건 딱히 어렵지 않지. 그렇게 괴물을 보는 것처럼 보지 마."

조금 떨어져 있었지만 같은 전장에 있었다고 밝히자 디노아크는 어안이 벙벙한 표정을 지었다.

설마 그렇게 가까운 곳에 라인이 있을 줄은 생각지도 못한 모양이었다.

"이야기를 듣고 찾아갈까 생각했을 땐 너는 이미 전장을 이탈했더라. 뭐, 나도 바로는 움직이지 못했으니 측근들의 재빠른 판단이 다행인지 불행인지…… 미묘하네."

라인의 말에 디노아크는 고개를 숙였다.

돌아온 결과 자신의 목숨은 건졌지만 소중한 존재를 잃어버렸다.

침묵하는 디노아크를 보며 라인은 씁쓸하게 웃었다.

비난할 마음은 없다고 해 놓고 결국 비슷한 소리를 해버린 자신에게 조금 기가 막혔다.

삼켰다고 생각한 감정은 아무래도 쉽게 해소되는 게 아니었던 모양이다.

"미안하다. 그나저나 미샤를 만나러 온 거야. 어디 있어?"

짧은 사과와 함께 고개를 살짝 저은 디노아크는 미샤의 현재 상황을 알려주었다.

그 순간 라인의 미간에 주름이 파였다.

"……하필이면 거기냐."

"응?"

작은 중얼거림은 디노아크의 귀에는 들리지 않았다.

의아해하는 상대를 보고 라인은 슥 표정을 지운 뒤 고개를 저었다.

"아니. 아무것도 아니야. 바로 찾아가 보지."

라인의 말에 디노아크는 마차를 내어주겠다고 제안했으나 거절당했다. 게다가 바로 떠난다는 라인의 말에 스스로도 표정이 어두워지는 걸 느꼈다.

레이어스 이야기를 할 수 있는 상대는 얼마 없다.

가능하다면 잠깐이라도 좋으니 대화하고 싶었다.

하지만 그런 디노아크의 심경 같은 건 모른다는 양 라인은 후드를 뒤집어쓴 뒤 발치에 놓여있던 가방을 멨다.

머릿속에선 여기서부터 레드포드까지 가는 가장 빠른 경로를 검색하느라 바빴다.

"그럼 다음에 또. 무슨 일이 있으면 카인을 보낼게."

가벼운 이별의 말을 입에 담은 라인은 돌아보지 않고 나무 사이로 사라져버렸다.

미미한 여운도 없이 떠나버린 뒷모습이 사라진 뒤에도 디노아크는 한동안 움직이지 않고 더는 아무런 기척도 남아 있지 않은 그 장소를 계속 바라보았다.

숲 변두리의
꼬마 마녀

Little witch
at the edge of the forest.

19 서프라이즈는 갑작스럽게

"무도회라고요?"

라라이아의 식사를 도우던 미샤는 고개를 갸웃거렸다.

"그래. 여름이 오는 걸 축하하는 무도회. 매년 이 시기에 열거든. 왕성만이 아니라 성 아랫마을에서도 축하해. 랜턴을 잔뜩 장식해놔서 예뻐."

라라이아의 말을 듣고 '그러고 보니……' 하며 마을의 모습을 떠올렸다.

노점가에서 예쁜 랜턴을 많이 팔고 있었던 것 같다.

"재밌겠어요. 밤에 외출할 수 있을까?"

문득 흘린 중얼거림에 라라이아가 특제 믹스 주스를 쭉 들이켠 뒤 고개를 갸우뚱 기울였다.

"그건 요청하면 되는데, 미샤는 안 될걸? 왕성 무도회에 나가야 하니까."

"네? 무도회에 제가?!"

식후에 먹을 약을 준비하던 미샤는 갑작스러운 사태에 놀라서 소리쳤다.

"처음 듣는데요?!"

무도회 이야기도 지금 막 들은 참이다. 거기에 참석해야 한다는 이야기를 들었을 리가 없다.

"말 안 했으니까."

하지만 돌아본 시야에 히죽 웃는 라라이아의 미소가 들어오자,

미샤는 아마도 큰 행사일 무도회 이야기를 지금까지 듣지 못했던 이유를 정확하게 깨달았다.

"……라라이아 님. 주변 사람들을 끌어들이셨군요?"

원망스러워하는 미샤의 반응에 라라이아는 쿡쿡 즐겁게 웃었다.

"괜찮아. 미샤의 드레스는 내가 준비했으니까. 실제로 입어보고 최종적으로 손만 보면 돼."

"라라이아 님!"

이어진 폭탄 투하에 미샤는 비명을 지를 뻔했다.

옷까지 굳이 준비했다면 도망치는 게 어려워진다.

"그런 문제가 아니라고요. 애초에 저는 춤을 못 추는데요?!"

무도회라고 하면 당연히 춤이 중심일 테니, 춤을 추지 않는다는 선택은 아마 불가능할 것이다.

"괜찮아. 오라버니는 실력이 좋으니 기본 스텝만 외우면 나머지는 어떻게든 수습해주실 거야."

생글생글 웃으면서 조금도 도움이 되지 않는 소릴 하는 라라이아의 발언에 미샤는 말문이 막혔다.

'나는 왕성 무도회에서 왕과 춤을 춰야 하는 거야……?'

굳어버린 미샤의 손에서 캘리가 조용히 라라이아의 약을 가져가자 다른 시녀가 자연스럽게 미샤의 등 뒤에 서서 어깨에 살며시 손을 올렸다.

"그렇게 되었으니 지금부터 드레스를 입어 봐. 그 후 일단 선생을 불렀으니까 댄스 레슨을 받고. 올해는 내 건강 상태도 좋으니 끝까지 참석할 수 있을 것 같아. 기대된다~."

순수한 미소가 진짜인지 계산적인 건지 이미 알 수 없었다.

미샤가 아는 건 오직 하나.

부드럽게 놓여있을 뿐인 시녀의 손에서 어째서인지 도망칠 수 있을 것 같지 않다는 현실뿐이다.

"미샤 님께선 국빈이시니까요."

그래도 무심코 매달리듯 벽 앞에 서 있던 키노에게 시선을 던지자 공손한 인사가 돌아올 뿐이었다.

"자, 미샤 님. 이쪽으로 오시죠. 겸사겸사 당일의 헤어나 장식도 정해두도록 하겠습니다. 팔이 근질거리네요~."

"한번 미샤 님을 제대로 꾸며보고 싶었어요."

"미샤 님은 자기 일은 전부 스스로 하시니까~~~."

그렇게 즐거워하는 시녀들에게 연행당하는 미샤의 모습을 배웅하며 라라이아도 또 즐겁다는 듯 웃고는 더욱 큰 폭탄을 던졌다.

"무도회는 사흘 뒤니까 힘내~~."

멀리서 미샤의 비명이 들린 것 같았다.

"……지쳤어."

예법이고 뭐고 책상에 엎드린 미샤는 녹초가 되어 중얼거렸다.

"하지만 무척 잘 어울리셨는걸요?"

티아는 그런 미샤의 행동을 지적하는 대신 홍차를 가져다주었다.

옆에 놓인 찻잔에서 피어오르는 상쾌한 향기에 미샤는 홀린 듯이 몸을 일으켰다.

"……잘 마시겠습니다."

현재 간신히 드레스 시착 외 기타 등등이 끝나고 객실 중 한 곳에서 쉬고 있었다.

이후에 댄스 레슨이 시작되므로 선생이 오는 걸 기다리는 중이었다.

미샤가 정원의 오두막으로 옮긴 뒤에도 티아와 이자벨라는 미샤 담당으로서 왕성 안에 오면 옆에서 시중을 들어주고 있었다.

때로는 정원 오두막에도 찾아와서 이래저래 돌봐주는 두 사람의 모습은 주인과 시녀라기보다는 자매 같은 분위기였다.

미샤도 기꺼이 환영하며 시간이 맞으면 일을 마친 두 사람과 함께 저녁을 먹는 등 양호한 관계를 구축하고 잇었다.

미샤는 티아와 이자벨라에게는 상당히 거리감이 없어졌고, 두 사람과 다른 사람의 눈이 없을 때는 시녀의 틀을 슬쩍 넘어서 웃곤 했다.

"티아는 춤출 줄 알아?"

"……일단 기본은."

왕성 시녀가 되려면 제대로 된 신원이 필요하므로 대부분 하위 귀족의 딸이었다.

티아도 그 대부분에서 예외가 아닌 남작가의 차녀로, 예법이나 댄스는 교육의 일환으로서 어느 정도 수준까지 배운 몸이었다.

"나 대신 나가주지."

"미샤 님을 대신할 수 있는 사람은 아무도 없습니다."

무리라는 걸 알면서도 칭얼거리는 미샤에게 티아는 쓰게 웃으며 대답했다.

의료나 약초 쪽에는 본직도 혀를 내두를 정도의 지식을 지닌 소녀지만 이상한 구석에서 무지하고 어리다.

그 언밸런스함이 귀여워서 자꾸 필요 이상 손을 내민다.

지금도 홍차를 마시며 어깨를 축 떨구는 모습이 불쌍하면서도 귀여워서 입이 자연스럽게 풀어져 있었다.

안쪽에서 빛나는 듯한 백금발도 굴러떨어질 듯 커다란 녹색 눈동자도 무척 아름다운데, 미샤는 기장이 긴 드레스는 움직이기 불편하고 정성스러운 헤어스타일은 어깨가 뻐근해진다며 마치 평민 소녀 같은 모습을 선호했다.

자국에서는 공작가의 딸이라고 하는데 전혀 그런 느낌이 없다.

나라의 귀빈을 모셔야 하나 나이가 비슷해야 긴장하지 않을 거라는 이유만으로 뽑힌 티아는 처음 만날 때까지는 긴장해서 식사가 목을 넘어가지 않았을 정도였다.

하지만 실제로 만나서 대화해보니 앞서 말한 대로 거들먹거리는 면도 없고 솔직하고 귀여워서, 맹랑한 친동생과 교환해달라고 하고 싶을 정도였다.

그러나 문득문득 동작이 무척 세련되고 어른스러워 보이곤 하니 정말로 신기했다.

특히 조금 전처럼 옷을 차려입고 머리카락을 공들여 치장하면 쉽게 말을 붙이는 것도 망설이게 될 정도로 아름다웠다.

왕성에서 일하다 보면 자연스럽게 눈이 높아진다.

하지만 오랫동안 일하는 선배들조차 숨을 삼킬 정도였다.

그때를 떠올리자 티아는 자랑스러워서 가슴이 두근거렸다.

마음만은 '우리 애가 최고!'였다.

"괜찮습니다. 기본 스텝은 어느 나라도 별 차이가 없고, 그렇게 어려운 게 아니니까요. 미샤 님이시라면 금방 익히실 거예요."

생글생글 웃으면서 차를 더 따라주는 티아에게 쓴웃음을 돌려준 미샤는 작게 한숨을 쉬었다.

어쩐지 티아도 이자벨라도 가끔 미샤를 아주 높게 평가하는 듯한 느낌이 들어서 막상 미샤는 당혹스러웠다.

'하지만, 그래. 정해진 일을 계속 투덜거려봤자 소용없지……. 할 수 있는 일을 최선을 다해서 하면 되는 거야.'

계속 고집을 부리듯 투덜대는 건 성격에 맞지 않는다며 미샤는 드디어 마음을 전환하기로 했다.

적어도 앉았다 일어났다 하며 드레스와 액세서리를 입었다 벗었다 꼈다 뺐다 하는 것보다는 몸을 움직이는 게 더 즐거울 것 같다.

'그러고 보면 아빠와도 가끔 췄었지.'

숲속의 집으로 찾아온 아버지나 호위 기사까지 끌어들여 좁은 거실에서 빙글빙글 춤을 췄다.

음악은 어른들이 번갈아 연주하는 피리나 노래.

미샤의 키가 짧아서 손을 잡아야 했지만 무척 즐거웠고, 아버지와 어머니가 마주 안고 춤추는 모습은 몽롱해질 만큼 아름다웠다.

멍하니 기억의 바다에 잠겨있던 미샤는 불현듯 들린 노크 소리에 정신을 차렸다.

댄스 선생이 온 줄 알고 긴장한 미샤였으나, 손님을 맞으러 나간 티아가 조금 당황한 듯 돌아보았다.

"미샤 님. 고국에서 아버님의 사자라는 분이 오셨다고 합니다."

난처한 표정에서 티아도 알지 못했던 소식이라는 걸 추측할 수 있었다.

미샤도 처음 듣는 방문자 이야기에 조금 당황했다.

오늘은 예상치 못한 일정을 듣게 되는 날인 걸까.

우선 지금 생각에 잠겨봤자 어쩔 수 없다며 입실을 허락한 미샤는 안내해준 듯한 키노의 뒤를 따라 들어온 사람의 모습을 보고 자기도 모르게 눈이 휘둥그레져서 일어났다.

"카이트!"

그건 아버지의 저택에서 이래저래 신세 졌던 젊은 기사의 모습이었다.

타국의 왕성을 방문하기 위해서인지 기사의 정복을 차려입고 검은 머리카락을 뒤로 단정히 넘긴 모습은 마치 다른 사람 같았다.

셔츠에 바지라는 편안한 차림만 익숙했던 미샤의 눈에는 조금 위화감이 느껴졌으나, 제대로 기사의 예를 갖추는 남색 눈동자가 조금 재미있다는 감정을 머금고 있다는 걸 보자 그 위화감도 사라지고 남은 건 오랜만에 만났다는 기쁨뿐이었다.

"무슨 일이야? 갑자기!"

환하게 웃으며 달려오는 미샤 앞에서 카이트는 고지식한 표정을 살짝 무너트렸다.

"공작님께서 맡기신 것을 전해드리러 왔습니다."

"맡기신 것?"

미샤는 뭘 맡긴 건지 의아해서 고개를 갸웃거렸다.

"저택을 떠나기 전에 치수를 재셨잖아요? 만들게 했던 의복이 드디어 완성되었기에 가져왔습니다."

카이트의 말에 미샤는 '아!' 하고 외쳤다.

떠날 당시에 가져온 옷으로 충분히 만족했던 미샤는 완전히 잊어버렸지만, 그러고 보면 그쪽은 기성품을 수선한 것이고 제대로 된 건 서둘러 만들고 있다고 했었다.

굳이 처음부터 만들다니 호들갑이라고 생각했었다.

"짐은 우선 처음에 사용하셨던 성 안의 방에 운반했습니다. 추후에 확인 부탁드립니다."

놀란 미샤에게 키노가 정중히 전달했다.

"굳이 그거 때문에 와 준 거야?"

티아의 눈짓을 받고서야 서서 이야기하고 있었다는 걸 깨달은 미샤는 서둘러 카이트를 소파로 안내했다.

바로 따뜻한 차와 과자가 마련되었다.

"네. 그 외엔 미샤 님이 어떻게 지내는지 보고 오라고 의뢰하셨습니다. 차마 공작님께서 직접 여기에 오지는 못하니까요."

희미하게 웃은 카이트가 차를 입으로 가져갔다.

기사답게 단련된 손가락이 의외일 만큼 우아하게 섬세한 찻잔을 다루는 모습을 미샤는 멍하니 바라보았다.

"아빠의 상처는 좀 어때?"

지금 가장 궁금한 일이 생각하기도 전에 스륵 튀어나왔다.

"순조롭게 회복되고 있습니다. 미샤 님이 가르쳐주신 운동도 계획대로 제대로 하시고, 지금은 짧은 거리라면 지팡이 없이 걸을 수 있게 되셨죠. 승마는 무리지만 마차를 타고 왕성까지 이동할 수도 있게 되어서 정력적으로 일하고 계십니다."

물어볼 거라고 예상한 건지 카이트는 막힘없이 줄줄 대답했다.

마치 준비해놓은 듯한 유창한 대답에 미샤는 쿡쿡 웃었다.

걱정 끼치지 않겠다는 아버지의 마음이 조금 간지러웠다.

"아직 상처가 막 아물었으니까 너무 무리하지 말라고 전해줘. 다른 사람들도 순조롭게 회복하고 있고?"

미샤의 의문에 꼼꼼히 대답하는 카이트.

그런 편안하고 즐거운 시간은 다시 들린 노크 소리에 중단되었다.

"댄스 선생이 오셨습니다."

대응하러 나간 키노의 말에 미샤의 표정이 조금 어두워졌다.

"춤을 배우십니까?"

"……이번에 무도회에 나가야만 하거든. 오늘부터 서둘러서……."

어깨를 축 떨군 미샤는 문득 생각나서 카이트를 빤히 바라보았다.

어린 나이에 공작가를 모시는 걸 보면 카이트도 혹시 귀족이거나 한 걸까?

왕성에서도 그렇지만, 신분이 높은 사람을 곁에서 모시는 기사나 시녀가 평민인 건 드물다는 걸 미샤는 이 나라에 와서 알았다. 지올드는 몇 없는 예외였다.

즉 카이트도 귀족 출신이라면 그에 맞는 교육을 받았다는 뜻이니까…….

"……카이트, 춤출 줄 알아?"

"……일단 기본은 하죠."

녹색 눈동자가 물끄러미 응시하자 불길한 예감에 조금 멈칫하면서도 카이트는 솔직하게 대답했다.

그 순간 미샤의 눈이 반짝반짝 빛났다.

"나한테 옷을 전해주러 온 거지? 그럼 이 뒤에 할 일 없는 거지? 시간 내 줘!"

"컥, 진심이냐."

무심코 새어나간 마음의 목소리를 비난하는 사람은 없었다.

"이 뒤에 잠시 성 밖을 시찰하러 갈 생각이었는데요."

"그건 그냥 관광이잖아? 괜찮아. 나 아랫마을을 꽤 잘 알게 되었으니까 나중에 안내해줄게!"

처음 온 타국, 심지어 왕성에서 수많은 사람이 지켜보는 가운데 댄스 레슨.

상상만으로도 위가 욱신거릴 듯한 이벤트에 어떻게든 도망칠 수 없을지 모색하는 카이트의 손을 덥석 잡은 미샤가 몸을 앞으로 쭉 내밀고 카이트의 눈을 빤히 들여다보았다.

"부탁이야, 카이트."

말은 '부탁'이었지만 손에서 느껴지는 힘은 '놓칠까 보냐'고 말하고 있었다.

잠시 침묵이 흐르고, 먼저 시선을 돌린 건 카이트 쪽이었다.

"알았어. ……알았으니까, 좀 떨어져 주세요. 가깝거든요."

어깨를 꾹 밀어서 거리가 벌어져도 자신이 바라는 대답을 얻어낸 미샤는 개의치 않았다.

오히려 만족스럽게 웃으며 서둘러 소파에서 일어났다.

"그럼 가자. 키노, 안내 부탁드려요."

조금 전과는 다르게 동료를 얻어서 희희낙락하게 걷는 미샤의 뒤를 따라가는 카이트의 발걸음은 무거웠다.

댄스 레슨은 예상했던 것보다 더 즐거웠다.

숲속의 집에서 정식은 아니라도 춤을 추거나 아버지와 어머니가 추는 걸 구경했던 게 보탬이 된 건지 미샤의 댄스 실력 향상은 놀라울 정도로 빨랐다.

기억 속 스텝과의 차이는 티아가 말했던 대로 아주 조금뿐이라서 수정에 그리 큰 고생도 없었다.

무엇보다 카이트의 리드가 예상보다 더 교묘했기에, 키가 조금 부족해서 살짝 어긋난 홀드도 신경 쓰이지 않을 만큼 즐겁게 출 수 있었다.

"다음에는 굽이 있는 구두를 신고 춰 봅시다. 키 차이가 줄어들어서 조금 더 춤추기 편해지실 거예요."

나이가 지긋한 여성 선생은 파트너를 알아서 붙잡아온 미샤의 준비성에 아주 만족스러워하면서 정성껏 스텝을 가르쳐주었다.

미샤의 댄스 기초가 생각보다 더 잡혀있었던 덕분에 예정보다 빠른 속도로 두 번째 곡에 들어갈 수 있었던 것도 그녀의 기분이 좋아진 원인 중 하나였다.

한편 갑자기 파트너로 발탁된 카이트는 한계가 온 모양인지 선생이 나간 순간 구석에 있던 소파에 털썩 앉았다.

딱히 한두 시간 정도 춤을 췄다고 지칠 만큼 어설프게 단련한 건 아니었으나, 타국의 왕성에서 시선을 받으며 추는 춤은 몸이 아닌 정신에 피로를 주었다.

"왜 이런 꼴이……."

고개를 숙이고 얼굴을 덮은 손바닥 안에서 툭 중얼거린 카이트의 심정은 처절했다.

"카이트는 춤을 잘 추는구나. 여성용 스텝까지 알고 있어서 놀랐어."

그런 카이트의 심경 같은 건 모르는 미샤는 맞은편 소파에 앉아

천진난만하게 웃었다.

"교양의 하나로 기사 학교에서도 철저히 가르치거든요. 여학생 수가 적어서 기본적으로 남자끼리 추게 되니 대단히 어색한 광경이 되지만요."

한숨과 함께 고개를 들고 찻잔을 잡았다.

몸을 움직인 뒤라서 그런지 차가운 허브티가 목을 타고 시원하게 넘어갔다.

여름도 코앞인 이 시기에 마실 것을 식혀줄 만한 얼음이 있다는 건 역시 대국의 왕성이라고 해야 할까.

이 한 잔만으로도 여기서 미샤를 얼마나 귀하게 대하는지 전해 졌다.

후우 숨을 내쉬자 카이트의 지친 모습을 보고 억지로 끌어들인 죄책감을 느끼는 건지 미샤가 염려하는 얼굴로 이쪽을 바라보고 있었다.

"미안해. 생각해 보면 카이트는 이 나라에 막 도착한 참이라서 피곤했지?"

"뭐, 확실히 오늘 아침에 도착한 거지만 신경 쓰지 마세요. 다른 부분이 피곤한 거라서요."

얼버무리듯 쓴웃음을 짓자 미샤는 어리둥절해서 고개를 갸웃거렸다.

구석에서 즐겁다는 듯 이쪽을 구경하며 소곤거리는 시녀들의 모습은 어느 의미 익숙한 광경이었기 때문에 카이트도 신경 쓰지 않았다.

하지만 출구 근처에서 이쪽을 응시하는, 키노라고 불린 집사복 남자의 시선은 문제였다.

카이트의 몸동작에서 무술 수준이나 인간성까지 간파하려는 차가운 시선.

숨길 마음도 없는 날카로움이 차라리 시원스러울 정도다. 하지만 호의적으로 받아들일 수 있냐면 그럴 리는 없다.

물론 당사자도 어느 정도 실력이 없다면 눈치채지 못할 정도의 품평이었기 때문에 아무것도 모르는 미샤에게 알려줄 마음도 들지 않았다.

미샤 뒤에 서 있는 키노에게 힐끗 시선을 주자 키노는 입꼬리를 씩 올렸다.

저 반응을 보는 한 역시 그 무례한 시선은 의도적인 시험이었던 모양이다.

한숨을 삼키며 카이트는 품에서 작은 상자를 꺼냈다.

사실은 옷만 가져다주는 거라면 굳이 미샤를 면회할 필요도 없었다.

공작이 손수 맡긴 이 상자를 확실하게 미샤에게 건네기 위해 카이트는 지금 여기에 있었다.

"그나저나 무도회가 있다면 어느 의미 좋은 타이밍이었네. 공작님께서 맡기신 또 다른 물건입니다."

테이블 위에 작은 상자를 살며시 올려놓자 미샤는 고개를 갸웃거렸다.

미샤의 두 손바닥에 올라갈 정도로 작고 납작한 상자.

살며시 들어보니 예상보다 무거운 상자의 뚜껑을 연 미샤는 크게 숨을 삼켰다.

"이건!"

마치 미샤의 눈을 옮겨놓은 듯한 아름다운 녹색 에메랄드. 커다란 알을 둘러싸듯 아름다운 은세공 받침이 광채를 더해주는 목걸이와 그보다 조금 알이 조금 작지만, 디자인은 목걸이에 맞춘 귀걸이 세트였다.

크기도 그렇고 광채도 그렇고, 국보로 다루어도 손색이 없을 만큼 훌륭한 액세서리였다.

"레이어스 님과 혼례하실 때 마련한 것이라고 합니다. 어쩌면 사용할 기회도 있을지도 모른다고 보내셨죠."

그랬다. 미샤의 눈동자 색이라는 건 어머니인 레이어스와도 같은 색이라는 뜻이다.

희미하게 떨리는 손이 목걸이의 보석을 살며시 더듬었다.

미샤의 눈이 순식간에 젖어 들더니 뺨을 타고 눈물이 흘러내렸다.

"나 이거 알아. 엄마가 보여준 그림에 그려져 있었어."

숲속의 집에 소중히 넣어둔, 결혼식의 모습을 남긴 그림.

'엄마의 보물이야'라면서 보여준 어머니의 행복해 보이는 미소에 뒤지지 않을 만큼 그림 속 두 사람은 행복하게 웃고 있었다.

그 그림에서 어머니가 차고 있던 액세서리였다.

"엄마의 부모님이 유품으로 남긴 보석을 아빠가 아주 멋진 액세서리로 만들어줬댔어. 여기에 가져오는 건 무서우니까 아빠에게 맡겼지만, 내가 시집갈 때 물려줄 거라고…… 엄마가…… ."

이루지 못했던 모녀의 약속.

어머니의 미소가 되살아나자 미샤는 뚝뚝 눈물을 흘렸다.

카이트는 조금 망설인 뒤 미샤 옆으로 살그머니 자리를 옮겨 가냘
픈 어깨를 안아주었다. 밀착한 장소에서 전해지는 온기에 매달리듯
미샤는 카이트의 가슴으로 몸을 던졌다.

자신보다 조금 낮은 온기에 미샤의 눈물이 빨려 들어간다.

조금 어색하게 머리를 쓰다듬는 손은 다정한 어머니의 우아한 손
과는 퍽 달랐지만, 같은 따스함을 느꼈기에 미샤는 안심하고 울 수
있었다.

이게 마지막이라고 몇 번을 마음먹어도 약간의 계기에 눈물이 흘
러나왔다.

하지만 눈물의 의미가 조금씩 바뀌고 있다는 걸 미샤는 아직 깨닫
지 못했다.

아무리 괴로운 일도 시간의 흐름이 다정하게 치유해준다는 걸 어
린 미샤는 아직 모른다.

하지만 언젠가 깨닫는 날은 올 것이다.

아픔은 추억이라는 포근함에 감싸이고, 눈물은 미소로 바뀌는
것을.

빨리 그날이 오면 좋겠다며 지켜보는 눈동자는 조금 괴로운 듯,
하지만 부드럽게 가늘어졌다.

숲 변두리의
꼬마 마녀

Little witch
at the edge of the forest.

20 춤과 거리 산책

"공작이 보낸 사자가 방문한 모양입니다."

집무실에 찾아온 트리스의 말에 라이언은 보고 있던 서류에서 고개를 들었다.

"젊은 기사라는데, 키노가 말하기를 그 나이치고는 제법 강해 보인다는데요?"

추가된 정보에 라이언은 고개를 갸우뚱 기울였다. 트리스가 무슨 말을 하고 싶은 건지 알 수 없었다.

다만 어쩐지 무언가 의도가 있는 말이라는 건 적나라하게 느껴져서 기분 나빴다.

"……공작이 사자로 보낼 정도니까 어려도 실력자인 건 당연하겠지. 무슨 말을 하고 싶은 거야? 너는."

"더불어 미샤 님과 상당히 친해 보였고, 댄스 연습 파트너도 맡겼다고 하던데요? 호흡도 딱 맞았다나."

트리스는 라이언의 질문은 깡그리 무시한 채 말을 이어갔다.

라이언의 얼굴이 못마땅함에 일그러졌다.

"……알다시피 나는 나름 바빠. 영문을 알 수 없는 문답에 어울려 줄 여유는 없거든?"

하지만 낮게 깔아 내린 목소리로 윽박질러봤자 어릴 때부터 교류했던 트리스에게는 조금도 영향이 없었다.

"저런, 여유 없이 몰아세우는 건 안 되죠. 잠시 휴식하시면서 기분 전환하시는 건 어떻습니까?"

트리스는 싱긋 웃으며 라이언의 손에서 펜을 빼앗은 뒤 팔을 잡고 일으켜 세워서 집무실 밖으로 쫓아냈다.

너무나 갑작스러운 트리스의 행동에 어안이 벙벙해져서 저항하는 것도 잊어버렸던 라이언은 등 뒤에서 탁 문이 닫히는 소리에 정신을 차렸다.

"……뭐야 대체."

순간 집무실로 돌아갈까 생각했으나, 저 모습으로 보아 트리스가 다시 쫓아낼 게 뻔했다.

한숨을 한 번 쉰 다음 라이언은 걷기 시작했다.

확실히 최근 '화월제(花月祭)' 준비로 몹시 바쁘게 일했으니, 휴식하라는 트리스의 주장도 틀린 건 아니다.

축제 준비도 대강 가닥이 잡혔으니 조금 정도는 괜찮을 것이다.

"그러고 보면 하도 바빠서 요즘 라라이아의 얼굴을 보지 못했지."

최근에는 몸 상태가 많이 안정되었다는 보고는 받았다. 미샤의 약과 지시도, 처음에는 반발했던 모양이지만 다소 우악스럽게 밀어붙이는 미샤에게 휘말려서 지금은 순순히 따르고 있다고 한다.

물론 그래도 쌓이는 스트레스는 이따금 장난이라는 형태로 미샤를 비명 지르게 만들면서 풀고 있는 모양이지만.

"……동생의 비위라도 맞추러 갈까."

지금 시간이라면 방에서 공부하고 있거나 자신과 마찬가지로 휴식하고 있을 것이다.

라이언은 라라이아의 방을 향해 걸어갔다.

"미샤, 의외로 잘 추네."

라라이아는 소형 홀 구석에 마련된 테이블 세트에서 느긋하게 차를 즐기며 빙글빙글 춤추는 미샤를 구경하고 있었다.

오늘은 굽이 있는 신발을 신고 연습하기로 했기에 8센티미터 정도 되는 굽이 달린 신발을 준비했다.

하이힐은 처음이라 무서워하는 미샤에게 굽이 굵은 것으로 마련해준 건 최소한의 온정이었다.

그래도 미샤는 익숙하지 않은 신발 때문에 처음에는 평범하게 걷는 것만으로도 휘청거렸다.

결국 춤을 출 수 있는 상태가 아니라서 우선은 키노의 에스코트를 받으며 보행훈련부터 했다.

그 후 슬슬 괜찮을 것 같아 조금 전에야 간신히 본래의 목적인 댄스 레슨이 시작되었다.

미샤는 스텝 자체는 익혔으나 신발 때문인지 영 발놀림이 어색했다.

이건 자꾸 해서 익숙해질 수밖에 없다는 선생의 판단으로 현재 미샤는 빙글빙글 계속 춤추는 중이다.

참고로 병약하다고는 해도 일국의 왕녀인 라라이아의 댄스는 완벽했다.

건강 문제로 야회에는 거의 참석하지 않기 때문에 보여줄 기회는 거의 없었으나, '모범을 보여줄게'라며 한 곡 춘 라라이아의 스텝은 마치 날개가 돋아난 것처럼 사뿐사뿐했다.

우아하게 마무리 인사를 하는 모습에 미샤는 성대한 박수를 보냈고 라라이아는 '호들갑은!'하고 눈썹을 찌푸렸다.

물론 도도하게 고개를 돌린 얼굴의 입꼬리가 풀어져 있다는 건 옆에 있는 시녀들에게는 훤히 보였기 때문에, 다들 따뜻한 눈으로 지켜보았다는 걸 당사자 두 명만이 눈치채지 못했다.

"미샤의 파트너는 블루하이츠에서 온 기사가 하는 거 아니었어?"

여유롭게 찻잔을 기울이던 라라이아는 갑자기 들린 목소리에 뒤를 돌아보았다.

"어머나, 오라버니. 어쩐 일이세요?"

의자 등받이에 한 손을 가볍게 올려놓고 선 라이언의 모습에 라라이아는 고개를 갸웃거렸다.

"트리스에게 일을 너무 많이 한다고 집무실에서 쫓겨난 김에 동생 비위라도 맞추러 왔지."

"저런."

라이언의 말에 라라이아는 눈이 동그래졌다가 쿡쿡 웃었다.

"확실히. 함께 식사할 여유도 없을 만큼 바빠 보이셨죠."

"축제가 끝날 때까지는 할 일이 많거든. 너무 괴롭히지 마."

눈썹이 팔자가 된 라이언을 보고 라라이아는 더욱 기분이 좋아져서 웃었다.

"미샤를 찾아온 기사님이라면 오전에는 볼일이 있다면서 자리를 비우셨어요. 시녀들이 무척 잘생긴 사람이었다고 수군거려서 저도 만나보고 싶었지만요."

"그래…… 엇?"

"앗!"

라라이아의 고개를 끄덕이려고 한 시선 저편에서 미샤가 크게 휘청거리는 바람에 두 사람은 동시에 작은 소리를 냈다.

다행히 키노가 부축해서 무사했던 모양이지만, 그 김에 쉬기로

한 건지 미샤가 돌아왔다.

혼자서 걷는 건 불안했던 건지 키노의 한쪽 손을 빌려 도움을 받는 미샤의 안색은 편안하지 않았다.

"고생했어. 아직 멀었네."

녹초가 된 표정으로 주저앉은 미샤에게 라라이아가 말을 걸었다.

반론할 기운도 없는 건지 힘없는 미소를 지은 미샤는 시녀가 즉각 내어준 홍차를 쭉 비웠다.

그 후 라라이아 옆에 앉은 라이언을 향해 작게 고개를 숙였다.

"역시 이 신발은 영 불편해요⋯⋯. 하다못해 조금 더 낮은 굽은 없을까요?"

추욱 어깨를 떨군 미샤는 완전히 풀이 죽은 모습이라 보는 사람의 동정을 자극했다.

"아무래도 신발을 불편해하는 마음 때문인지 몸에 괜한 힘이 들어간 모양이야."

마찬가지로 시녀가 내온 홍차를 마시던 라이언은 잠시 생각에 잠기듯 침묵한 뒤 불쑥 일어나 미샤 앞에 섰다.

"나와도 한 곡 춰 보자. 이리 와."

손을 잡아당겨 미샤를 일으켜 세운 뒤 홀 중앙으로 데려갔다.

"미샤. 발밑을 의식하지 말고 곡을 들어. 괜찮아. 만약 넘어진다고 해도 미샤 한 명 정도는 쉽게 받쳐줄 수 있고, 여차하면 들 수도 있어."

눈을 마주치고 싱긋 웃은 라이언이 잡은 홀드 자세는 키노의 예의 바른 홀드와는 다르게 힘이 강하고 조금 더 몸의 거리가 가까웠다.

밀착한 부위가 늘어난 만큼 조금 부끄럽긴 했지만 안정감은 올라갔다.

"그래. 파트너에게 몸을 맡겨버리면 돼."

놀란 얼굴로 올려다보는 미샤에게 라이언이 칭찬하듯 가볍게 고개를 끄덕이자 그게 신호였다는 듯 곡이 시작되었다.

조금 전까지 추던 것과 같은 음악.

움직이기 시작하자 무의식중에 긴장하는 미샤에게 라이언이 노렸다는 듯 말을 걸었다.

내용은 라라이아의 최근 건강 상태, 피곤할 때 마시는 약주 등 미샤에게는 친숙한 화제였다.

무심코 의식이 질문으로 향하자 몸에서 괜한 힘이 빠졌고, 그 틈에 라이언의 다소 억지스럽지만 교묘한 리드가 곡의 세계로 이끌었다.

어느새 그토록 어색하던 스텝도 리드를 따라가듯 자연스럽게 다리가 움직였고 순식간에 곡이 끝났다.

그 사실을 미샤가 알아차리기 전에 바로 다음 곡이 시작되었다.

밀착한 몸이 다음 움직임을 알려준다.

무언가 생각할 새도 없이 미샤는 끌려가듯 리듬을 타고 빙글빙글 춤추고 있었다.

"미샤는 너무 어렵게 생각해. 스텝 같은 건 상대에게 적당히 맞추면 돼. 그러기 위한 파트너니까."

눈이 휘둥그레진 미샤를 보며 라이언이 즐겁다는 듯 웃고 턴을 반복했다.

몸의 움직임에 맞춰서 긴 드레스 자락이 하늘하늘 나부꼈다.

라이언의 미소에 전염되듯 어느새 미샤의 얼굴에도 웃음이 번졌다. 어느새 음악을 즐길 여유마저 생겼다.

빙그르르 도는 미샤에 맞춰서 드레스 자락도 아름다운 곡선을 그렸다. 시간이 지날수록 두 사람의 숨이 서서히 차올랐고, 그에 맞추듯 라이언은 조금씩 스텝의 난이도를 올려 나갔다. 하지만 리듬을 탄 미샤는 그걸 깨닫지 못하고 라이언이 초대하는 곡의 세계에 몰두해 있었다. 어느새 대화는 사라지고 두 사람의 입술은 호를 그릴 뿐이었다. 그러나 맞물린 시선이 이 시간을 마음껏 즐기고 있다는 걸 알려주었다.

연속으로 세 곡을 추고 난 뒤에야 두 사람은 춤을 멈추었다.

점점 있는 대로 휘둘렸던 미샤는 숨을 헐떡였지만, 표정은 춤을 추기 전과 비교할 것도 없이 밝았다.

"오라버니도 참! 그렇게 빙빙 돌리면 어지러운데!"

기가 막힌다는 라라이아의 목소리도 어딘가 즐거운 울림이 느껴져 미샤는 쿡쿡 웃어버렸다.

"하지만 굉장히 재미있었어요. 감사합니다."

라이언의 에스코트로 라라이아가 기다리는 테이블에 돌아가며 미샤는 라이언에게 인사했다.

오늘의 댄스 레슨이 시작한 뒤로 가장 즐거웠고, 스텝도 잘 밟은 느낌이 들었다.

"나야말로. 좋은 휴식이 되었어. 당일에도 이런 식으로 즐기면 돼. 무도회라고 해도 결국은 여름이 온 걸 축하하는 축제니까."

조금 헝클어진 머리카락을 손으로 가볍게 정리해주면서 라이언도 웃는 얼굴을 돌려주었다.

"네. 그렇게 하겠습니다."

미샤는 기쁘다는 듯 눈을 휘며 순순히 고개를 끄덕였다.

약속 장소는 국립 도서관 앞.

카이트가 오전에는 볼일이 있다고 해서, 정오가 지난 시각에 만나 거리 안내를 해주기로 했다.

축제 이틀 전이기도 해서 거리에는 일찍 모인 사람들, 그리고 평소에도 영업하는 노점에 추가로 임시 개점한 노점이 빼곡하게 들어차서 한층 더 북적거렸다.

오는 길에 본 마을 분위기를 떠올리며 미샤는 노점에서 점심을 먹기로 한 자신의 판단을 내심 칭찬했다.

평소엔 볼 수 없는 타국의 신기한 먹거리 노점도 있어서 무척 맛있어 보였기 때문이다.

참고로 블루하이츠에서 자주 먹을 수 있는 요리가 이국요리라는 간판을 달고 있어서 고향을 떠나있다는 걸 실감하기도 했다.

'오랜만에 레노 수프도 좋지…….'

국립 도서관의 대문 기둥에 등을 기대며 미샤는 멍하니 생각에 잠겼다.

블루하이츠의 명물 향신료를 듬뿍 넣은 수프는 일주일에 한 번은 먹었을 정도로 친숙한 고향의 맛이었다.

'아, 하지만 카이트는 별로겠다……. 뭐, 노점 요리니까 다양한 걸 조금씩 사면 문제없겠지?'

알아서 수긍하듯 고개를 주억거리고 있었더니 문득 눈앞에 사람이 선 기척을 느꼈다.

고개를 들자 기다리던 사람이었다.

예상했던 것보다 한 명이 많았지만.

카이트 옆에 30대 초반 정도로 보이는 남자가 서 있었다.

카이트보다 머리 반 개 정도 더 키가 크고 체격도 탄탄했다.

선명한 빨간 머리카락을 지녔고 적갈색 눈동자는 즐거움으로 반짝이며 미샤를 바라보고 있었다.

무엇보다 큰 특징은 한쪽 소매의 팔꿈치 아래가 납작하다는 점일 것이다.

미샤의 눈이 놀라서 크게 떠지는 걸 보며 남자는 장난에 성공한 어린아이같은 얼굴로 웃었다.

"안녕, 아가씨. 오랜만이야."

"샤이딘 대장님!"

남은 왼팔을 들고 쾌활하게 인사하는 남자는 아버지의 저택에서 부상병 신분으로 요양하던 걸 미샤가 치료한 사람 중 하나였다.

오른팔의 팔꿈치 아래가 잘렸고 가슴에도 깊은 상처를 입었었다.

자칫 목숨까지 잃을 뻔할 만큼 크게 다쳤으면서도 절망에 젖어 어두워지기 십상인 치료실을 타고난 포지티브함과 카리스마로 밝게 북돋아 주던 사람이었다.

원래 기사로서 최전선에서 싸웠기 때문에 몸을 잘 단련했던 모양이다. 미샤가 여행을 떠날 무렵에는 상처도 경이적인 속도로 개선되었고, 남은 왼팔을 구사하여 재활만 하는 게 아니라 검까지 휘둘러댔다가 상처가 벌어진다며 미샤에게 혼났던 인물이기도 했다.

"이젠 대장도 아닌데. 이름으로 불러줘."

"어? 그만두셨어요?"

쾌활한 표정으로 하는 말에 미샤의 눈썹꼬리가 축 내려갔다. 무심코 확인하듯 옆에 선 카이트를 보자 카이트는 난처해하며 어깨를 으쓱했다.

"그래. 한쪽 팔이 없으면 예전처럼 싸우는 건 무리잖아. 도움이 안 되는 놈이 대장님이라면서 거들먹거리면 쓰나."

"……라고 고집을 부렸죠. 주변에서 한참을 말렸지만요."

대조적인 두 사람의 표정에 미샤는 고개를 갸웃거렸다.

"어라? 그럼 여기에는 왜? 카이트와 같이 온 게 아닌 거예요?"

"아니? 같이 온 거 맞아. 팔이 하나라도 마차는 조종할 수 있으니까. 마부로 고용해달라고 했지."

껄껄 웃는 샤이딘 옆에서 한숨을 쉬는 걸 보면 그때도 한바탕 실랑이가 있었던 모양이다.

대충 듣고 싶은 듯 듣고 싶지 않은 미묘한 느낌에 미샤는 쓰게 웃으며 눈치채지 못한 척했다.

"상처는 이제 괜찮으세요?"

그보다 궁금했던 점을 물어보자 샤이딘은 팔꿈치 아래가 없는 팔을 붕붕 돌렸다.

"덕분에 평범하게 생활하는 정도는 지장이 없어. 처음에는 영 균형이 안 맞는데 그것도 익숙해졌지."

씩 웃는 샤이딘 옆에서 카이트가 고개를 저었다.

"당신이 떠난 뒤로 막을 수 있는 사람이 없어서 무모한 행동을 했다가 몇 번이나 가슴의 상처가 벌어질 뻔했습니다. 이번에도 완치한 게 아닌데 억지로 따라온 거예요."

"아, 카이트! 너 고자질하지 마!"

당황한 듯 카이트의 입을 틀어막는 샤이딘에게 미샤가 싸늘한 시선을 보냈다.

"……그토록 무리하면 낫는 게 늦어진다고 했는데…….”

평소 미샤의 목소리와는 다른 낮은 목소리에 샤이딘의 등이 꼿꼿해졌다.

"이 근처에 제가 신세 지는 약초원이 있어요. 약과 도구도 있으니까 잠시 진찰하게 해주세요.”

냉기마저 느껴지는 미샤의 미소는 눈이 웃고 있지 않았다.

그 후 약초원에서 방을 빌려 샤이딘을 진찰한 미샤가 분노의 잔소리를 퍼부어대는 등 한바탕 소동이 있었지만, 일행은 어떻게든 처음 일정으로 돌아가 북적북적한 노점가의 한곳에서 늦은 점심을 먹었다.

참고로 샤이딘이 샀다.

"그러고 보면 어째서 굳이 따라오신 거예요?”

반가운 고향의 요리에 감격하며 미샤는 새삼 샤이딘에게 물었다.

치료해줘서 고맙다고 인사한다는 목적만으로 굳이 국경을 건너올 만큼 특이한 사람은 아닐 터이다.

샤이딘은 쾌활하고 대충대충 넘기는 성향이지만, 부대를 이끌 수 있을 정도로는 제대로 상황을 읽을 수 있고 합리적인 인간이라는 걸 미샤는 짧은 교류 기간 속에서도 눈치챘다.

구운 고기의 **뼈**를 잡고 호쾌하게 뜯어먹던 샤이딘은 이쪽을 똑바로 바라보는 미샤의 시선에 피식 쓴웃음을 지었다.

"뭐, 다 들켰구만. 거추장스러운 건 성격에 안 맞으니까 단도직입적으로 간다?"

어깨를 으쓱한 뒤 들고 있던 고기를 접시에 내려놓은 샤이딘은 미샤를 향해 머리를 넙죽 숙였다.

"'숲의 백성'을 소개해줘."

주저 없이 나온 말에 카이트가 숨을 삼켰다.

전장에서 싸우는 사람들에게는 전설처럼 전해지는 일족.

동화라기에는 현실에 가깝고, 실제로 목숨을 건졌다는 사람의 이야기를 직접 들은 적도 있다.

전장의 최전선에서 신출귀몰하게 나타나서는 적과 아군을 구분하지 않고 평등하게 목숨을 구한 뒤 떠나가는 존재.

미샤의 어머니가 그 일족의 인간이라는 건 영주 일가와 가까운 사람이라면 암암리에 알고 있는 사실이었다. 그리고 그 부분을 건드리면 안 된다는 것도.

샤이딘의 갑작스러운 행동에 카이트와 마찬가지로 숨을 삼켰던 미샤는 살며시 숨을 내쉰 뒤 여전히 머리를 숙이고 있는 샤이딘을 빤히 바라보았다.

"'숲의 백성'을 만나서 뭘 하고 싶으신데요?"

미샤의 목소리는 시끌시끌한 소음 속에서 몹시 조용하게 울렸다.

"……의수를 만들어 달라고 하고 싶어. 겉보기만 맞추는 거 말고. 제대로 움직이는 의수를. 그 일족이라면 분명 그런 기술을 가지고 있을 거야."

고개를 든 샤이딘은 이쪽을 똑바로 바라보는 녹색 눈동자에 제 눈을 마주쳤다.

"평범하게 생활하는 데는 지장이 없다고 했는데도요?"

"……그래. 밥을 먹고 일하고, 그냥 살기만 할 뿐이라면 한쪽 팔로도 충분하지."

샤이딘은 조용한 목소리로 대답했다. 조금 전 미샤와 마찬가지로 몹시 잔잔한 목소리. 그러나 피부를 찌를 듯한 진지함을 품고 있었다.

"하지만 나는 욕심이 많거든. 지키고 싶은 게 있는데 한쪽 팔만으로는 부족해."

마치 팽팽한 실 같은 두 사람의 분위기에 카이트는 끼어들지도 못한 채 그저 가만히 지켜보고 있었다.

그곳만 시간이 멈춰버린 것처럼 아무도 움직이지 않았다.

그런 시간이 얼마나 이어졌을까.

먼저 그 분위기를 풀어버린 건 미샤였다.

"샤이딘 씨의 바람이 이뤄질지는 모르지만, 아는 사람을 만나게 해주는 것만큼은 약속할게요."

작게 숨을 뱉고 대답한 미샤는 조금 식어버린 수프를 입으로 가져갔다. 그러고는 코를 자극하는 향신료의 냄새에 눈가를 부드럽게 휘었다.

"충분해."

짧게 대답한 뒤 샤이딘도 식사를 재개했다.

그런 두 사람을 보고 카이트도 간신히 굳어있던 몸에서 힘을 뺐다.

긴장된 분위기가 어전 시합 때보다 무겁게 느껴진 이유는 뭘까.

조금 전의 긴장감 같은 건 없었다는 듯 느긋하게 식사를 마저 하는 두 사람에게 새삼 뭐라고 말하는 것도 이상한 느낌이 들어 카이트도 한숨을 한 번 쉬고는 고기를 끼운 빵을 입에 넣었다.

숲 변두리의
꼬마 마녀

Little witch
at the edge of the forest.

21 거리 산책 (카이트와 함께 편)

"그럼 나는 잠깐 다른 곳에 볼일도 있으니까 여기서부터는 따로 가자."

샤이딘은 채소와 고기를 사이에 끼우고 기름으로 튀긴 빵 꾸러미를 들고는 훌쩍 일어났다.

"어? 같이 안 구경하실 거예요?"

갑작스러운 행동에 미샤는 놀라서 물었다.

"어. 아가씨를 만나려던 볼일은 끝났으니까. 이 이상은 괜한 참견이지."

익살스럽게 한쪽 눈을 찡긋하는 모습은 의외로 그럴싸해 보였다.

"게다가 아가씨에게 중개를 부탁한 이상 나도 그때까지 이 나라에 있어야 하니까 집하고 일거리를 빨리 찾아야지. 지금이라면 거리가 들떠있어서 대범해진 녀석들도 많을 테니 딱 좋아. 카이트가 블루하이츠로 돌아가기 전에 저 녀석을 통해 어디에 있는지 연락할게."

가볍게 한 손을 들더니 커다란 등이 순식간에 혼잡 속에 파묻혀 사라졌다.

하도 재빨라서 말릴 새도 없었기에 미샤는 멍하니 그 등을 지켜볼 수밖에 없었다.

"뭐, 제가 블루하이츠로 돌아갈 때까지는 같은 숙소에 있을 테니까 걱정하지 않으셔도 됩니다."

샤이딘의 행동에 익숙한 카이트는 딱히 신경 쓰는 기색도 없이 식사를 마저 했다.

그 모습에 미샤도 자주 있는 일이라는 걸 깨닫고 조금 식어버린 수프로 시선을 되돌렸다.

수프에 들어간 채소를 굴려 하나 입에 가져가자 푹 익힌 채소가 입 안에서 사르르 녹았다.

"카이트는 가고 싶은 곳 있어?"

"……글쎄요. 우선 대성당에는 가보고 싶어요. 그리고 어머니와 고모가 여행 선물을 사 오라고 했으니 그걸 찾는 걸 도와주시면 감사하죠."

생선튀김을 깨물며 대답하자 미샤는 성인 여성이 좋아할 법한 상품을 다루는 가게를 몇 가지 떠올리며 이후 일정을 짰다.

"그럼 우선 대성당에 가자. 이렇게 사람이 많은 걸 보면 아주 혼잡할 테니까 예배 순서가 올 때까지 시간이 걸릴 거야."

"어? 아가씨는 귀빈으로 초대받으셨는데 순서를 건너뛸 수 있는 특혜 같은 건 없나요?"

식사를 마치고 일어나는 미샤를 향해 카이트가 씩 웃었다.

"신의 집에서 그런 새치기는 안 됩니다!"

휙 고개를 돌리며 대답하자 카이트가 실망했다는 듯 어깨를 축 떨어트렸다.

잠시 침묵이 지나간 후, 두 사람은 견디지 못하겠다는 듯 쿡쿡 웃음을 터트렸다.

"어쩔 수 없지. 경건한 신자답게 인파에 치이는 시련을 견디기로 할까."

"그게 좋겠어. 가자."

작게 웃으며 두 사람은 식사를 마친 뒤 목적지를 향해 인파 속을 걸어갔다.

대성당은 수도가 만들어졌을 때부터 이 도시에 있는 역사 깊은 건물이자, 국교의 본거지이기도 했다.

더불어 대륙에서도 가장 신자가 많은 종교이기도 하기 때문에 지난 전쟁에서 수도를 덮쳤던 무뢰한들도 신의 집을 모독하는 건 두려웠던 건지 피해가 거의 없었다.

그래서 건국 이래 지금도 변함없는 모습을 유지하고 있었다.

따라서 신자라면 물론이고 그렇지 않은 사람도 수도 관광의 핵심지 중 하나로 다들 한 번쯤은 찾아가려고 하는 장소였다.

즉 여름의 시작을 축하하는 '화월제'를 즐기려고 수도에 사람이 모이는 이 시기에는 말도 안 될 만큼 사람으로 넘쳐난다. 그래서 수도 사람은 장사라도 할 생각이 없는 한 이 시기엔 절대 접근하려 하지 않는 장소이기도 했다.

그런 건 잘 몰랐던 새내기 주민 미샤는 훌륭하게 인파에 치이며 혼자 떠밀려갈 뻔했으나, 카이트가 팔을 잡아 당겨준 덕분에 아슬아슬 위기를 피할 수 있었다.

"예상은 했지만 그래도 사람이 정말 많네."

대로에서 꺾어져 대성당으로 향하는 길은 어디서 모여든 건지 놀라울 만큼 사람으로 가득 차 있었다.

인파 속에 끼어들었다간 그 흐름에서 빠져나오는 건 쉽지 않고, 그저 흘러가는 대로 앞으로 갈 수밖에 없다.

카이트의 팔에 끌어안기다시피 하며 보호받고 있는 미샤는 사람이 너무 많아서 눈이 빙빙 돌았다. 주변을 둘러보기는커녕 마치 껴안긴 듯한 지금 상태조차 의식할 여유가 없었다.

알 수 있는 건 오직 하나. 자신을 단단히 잡아주고 있는 이 팔에서 떨어졌다간 어디로 흘러갈지 예측 불가능. 즉 미아 탄생 직행 코스라는 점뿐이다.

차마 이 나이에 미아는 사양이다.

살짝 패닉에 빠진 미샤는 눈치채지 못했지만, 설령 여기서 카이트와 떨어진다고 해도 왕성까지 가는 길은 알고 있으니 미아가 될 일은 없고 카이트도 마찬가지다.

한편 카이트는 어쩔 수 없다고는 해도 몸에 팔을 감고 꽉 끌어당겨도 싫어하지 않고 오히려 단단히 매달리는 미샤의 반응에 고개를 갸웃거렸다.

하지만 굳어있던 미샤의 표정으로 대충 심경을 추측하고는 웃음이 치밀어오르는 걸 가까스로 참았다.

그렇게 인파에 몸을 맡기고 걸으며 주위의 기척을 살폈다.

미샤를 몰래 따라오고 있던 호위는 인파에 치여 마침 적당히 거리가 벌어진 상태였다.

저 위치에서라면 이쪽의 모습은 보여도 목소리는 들리지 않고, 몸이 작은 미샤는 인파에 파묻힌 데다 자신이 안고 있으니까 입 모양은커녕 정수리 정도만 보일 것이다.

게다가 이 인파 속에서라면 대화하기 위해 얼굴을 가까이 가져가도 부자연스럽게 보이지 않을 테고, 그러면 키 차이 때문에 아래를 보게 되니까 자신의 입 모양도 가려진다.

설령 독순술을 습득한 사람이 있다고 해도 들키지 않고 대화할 수 있는 지금 상황은 정확히 카이트가 노리던 상황이었다.

"미샤, 그대로 들어."

품속에 안고 있던 미샤의 귀에 입술을 가져간 카이트가 몰래 속삭였다.

호흡이 귀를 그쳐서 간지러웠던 건지 미샤의 몸이 살짝 움찔거렸다.

"공작님의 전언이야. 라인이 곧 찾아갈 테니까 기다려."

"삼촌이?!"

귓가에서 속삭여도 간신히 들을 수 있을 만큼 작은 목소리가 전달해준 메시지에 미샤는 숨을 삼켰다.

그건 너무나 예상치 못한 방향에서 온 전언이었기 때문이었다.

라인의 정보가 들어온다면 미란다를 통할 줄로만 알았다.

미란다는 현재 라인을 찾기 위해 미샤 곁을 떠나 여기저기 돌아다니는 중이니까.

무심코 고개가 돌아갔다. 그러자 귀에 입술을 가져갔던 카이트는 까딱 부딪칠 뻔해서 급하게 머리를 뒤로 치웠다.

한편 미샤도 예상치 못하게 가까운 거리에 카이트의 얼굴이 있어서 놀란 나머지 자칫 비명을 지를 뻔했다.

"미안해! ……가 아니고."

반사적으로 사과했다가 정신을 차렸다.

지금은 동요하기보다 조금이라도 라인의 정보를 많이 얻고 싶었다.

"삼촌이 아빠를 찾아갔어? 나한테도 오는 거야? 왜?"

미샤는 몸까지 뒤로 돌리려고 했으나 강한 팔 힘이 그 움직임을 막았다.

느릿하지만 계속 움직이는 흐름을 거스르지 않도록 앞으로 유도되었다.

"진정해. 미샤의 가족 이야기는 너무 공공연하게 퍼트리지 않는 게 낫잖아? 호위에게 비밀로 하고 싶어. 조용히."

조금 난처한 듯 눈썹을 찡그린 카이트의 말에 미샤는 작게 고개를 갸웃거렸다.

오늘은 카이트와 같이 있으니 괜찮다고 호위 기사가 오는 걸 거절했다.

미샤는 약속 장소에서 헤어진 줄로 알고 있었는데, 사실은 계속 지키고 있었던 것이다.

"악용할 것 같지는 않지만, 조심해서 나쁠 건 없지. 그러니까 진정하고 앞을 봐. 미샤의 키라면 인파에 파묻혀서 호위에게는 머리 꼭대기밖에 안 보일 테니까."

카이트의 속삭임에 미샤는 이런 장소에서 이야기를 꺼낸 카이트의 의도를 드디어 이해했다.

왕성은 어디에 눈과 귀가 있을지 알 수 없다.

애초에 항상 시녀가 옆에 있었고, 이번 외출도 사실은 단둘이 돌아다니는 걸 꽤 반대했었다.

이유가 '말만 한 나이의 남녀가 단둘이 다녔다간 추문이 퍼지게 됩니다'였기 때문에 미샤가 웃어넘겨 버렸지만.

그런 가운데 라인…… 또 다른 '숲의 백성' 이야기를 했다간 순식간에 왕의 귀에 들어갈 것이다.

그게 좋은 일인지 나쁜 일인지는 라인이 판단할 일이지, 미샤가

마음대로 생각해도 될 것 같진 않았다.

여태까지 일어난 많은 일을 통해 미샤도 '숲의 백성'이 본인들의 존재를 공공연히 드러내고 싶어 하지 않는다는 걸 눈치챘기 때문이었다.

"삼촌, 언제 와?"

미샤는 카이트의 말을 따라 앞을 보면서 작은 목소리로 중얼거렸다.

"모르지. 하지만 공작님께 '전서조'를 써서 연락했다고 하니까 아마 미샤에게도 그렇게 할 거야. 우리가 떠나고 나흘 뒤에 나타났다니 그 후에 바로 움직였다면 그 정도의 차이를 두고 도착하지 않을까."

비슷하게 작은 목소리로 대답이 돌아왔다.

주변의 소음에 파묻힐 것 같은 속삭임이었지만 딱 붙어있었던 덕분인지 신기할 정도로 잘 들렸다.

"카인, 같이 있구나⋯⋯."

고향의 숲에서 헤어진 뒤로 만나지 못한 소중한 친구를 떠올린 미샤의 얼굴이 문득 부드럽게 풀어졌다.

알에서부터 키웠던 카인은 미샤에게 가족 같은 존재였다.

그리고 우연히 카인이 우화한 시기에 찾아왔던 탓에 육아 소동에 휘말렸던 라인도 이래저래 귀여워했던 걸 기억한다. 카인의 이름부터 라인을 조금 변형해서 붙인 이름이니까.

'자유분방한 오빠의 덕을 빌면 이 아이도 튼튼하게 자랄 것 같고, 자유롭게 하늘을 날아다니게 되겠지?'라며 웃던 어머니를 떠올리자 미샤의 미소가 진해졌다.

"……알았어. 카인이 알아채기 좋도록, 내가 어디 있는지 알 수 있을 법한 걸 창문에라도 걸어둘게. 전달해줘서 고마워, 카이트."

수도 관광으로 흔히 찾아가는 대성당을 카이트가 꼽았을 때 카이트답지 않아서 살짝 느꼈던 위화감이 지워지자 미샤는 쿡쿡 웃었다.

호위의 눈을 속이기 위해 이 인파에 숨어들려고 한 모양이었다.

갑자기 웃는 미샤를 보고 카이트가 의아해서 고개를 갸웃거렸다.

"카이트가 대성당을 보고 싶어 하다니 이상하다 했어. 이걸 노린 거지?"

"……뭐, 설마 이렇게까지 심하게 혼잡할 줄은 몰랐지만. 축제 시기를 우습게 봤어."

사방팔방에서 눌러대는 압박에서 미샤를 지키며 카이트는 어깨를 축 떨어트리고 한숨을 내쉬었다.

"이제 와서 빠져나갈 수 있을 것 같지도 않으니 포기하고 끝까지 관광해야지. 이야깃거리로는 쓸만할 거야."

"그동안 바쳐졌던 조각은 진짜 예쁘더라. ……천천히 구경할 수 있을지는 알 수 없지만."

조금 자포자기한 듯한 카이트의 목소리에 미샤는 한층 웃으며 고개를 들고 다시금 카이트의 얼굴을 올려다보았다.

"여기서 나가면 보답으로 마실 거 사 줄게. 맛있는 과일 주스 노점이 있어."

"……기대할게."

드디어 주인이 맡긴 임무를 전부 마친 카이트는 활짝 웃는 미샤를 향해 쓴웃음을 돌려주었다.

미샤는 자신이 쓰는 작은 오두막의 침실 창밖에 작은 드라이플라워 꽃다발을 매달았다.

벌레퇴치 효과도 겸하는 꽃다발이니 창가에 매달아 놓아도 부자연스럽게 보이지 않을 것이다.

설령 꽃다발 안에 말린 열매가 달린 나뭇가지가 섞여 있다고 해도…….

그건 카인이 좋아하는 음식이자 미샤가 숲에서 간식 대신 주던 열매였다.

분명 똑똑한 카인이라면 바로 알아차려 줄 것이다.

창문에서 들어오는 바람은 아직 조금 미지근해서 낮의 더위를 말해주고 있었다.

다행히 오늘은 비가 내리지 않았지만, 그 대신인 듯 이 시기치고는 햇볕이 강렬했다.

그 결과 과일 주스가 더 맛있었으니 단점만 있는 건 아니라며 미샤는 웃었다.

입장 제한이 걸린 대성당 안은 예상보다 차분히 즐길 수 있었다.

예술 방면에는 어둡다며 조금 부끄러워하던 카이트도 회랑을 장식한 조각들을 보며 눈을 빛냈고, 두 번째로 구경하는 미샤도 새로움은 없는 대신 지난 번에는 눈치채지 못했던 디테일을 즐길 수 있어서 무척 즐거웠다.

그 후 선물 고르기도 인기가 있는 걸 적당히 사려는 카이트를 '받는 사람에게 맞춰야지!' 하고 설득해서 이 가게 저 가게 돌아다니게 되었지만 아주 재밌었다.

문득 떠올리고 머리카락으로 손을 뻗었다.

낮에는 땋아서 모자 안에 넣었던 머리카락도 지금은 자연스럽게 풀어서 밤바람을 받아 살랑살랑 흔들리고 있었다.

그 일부를 연분홍색 꽃장식이 달린 머리핀이 장식하고 있다.

오늘의 보답이라며 카이트가 헤어질 때 선물한 것이다.

방으로 돌아와 꾸러미를 푼 미샤는 가게 순회 도중 예쁘다고 구경했던 것임을 깨닫고 놀랐다.

언제 산 걸까.

부드러운 천을 꽃잎 모양으로 잘라서 여러 겹으로 겹친 장식은 미샤의 온화한 분위기에 잘 어울렸다.

신이 나서 누구에게 보여주는 것도 아닌데 서둘러 머리에 단 자신의 행동을 떠올린 미샤는 혼자 쿡쿡 웃었다.

가슴속 어딘가가 간질간질한 느낌이다. 하지만 그게 조금도 싫지 않았다.

창가에 매단 꽃다발에서 상쾌한 향기가 밤바람에 실려 날아왔다.

"보답으로 포푸리라도 선물해볼까?"

야외 행동이 많으니까 벌레퇴치 효과가 있는 걸 선물하면 기뻐해주지 않을까?

"……그보다는 진통제 같은 약을 더 좋아하려나……. 하지만 안 예쁜데……."

작게 종알거리면서 올려다본 밤하늘엔 아름다운 달이 떠 있었다.

숲 변두리의
꼬마 마녀

Little witch
at the edge of the forest.

22 첫 야회 1

"……두근거려서 입에서 뭔가가 튀어나올 것 같아요."

예쁘게 차려입고 마지막으로 스타일링을 받으며 미샤가 툭 중얼 거렸다.

무도회는 밤에 열린다.

따라서 가벼운 점심을 먹은 후 시녀들의 손에 붙들려 욕실로 끌려 간 미샤는, 평소에는 거절하면 용서해주는 입욕 후의 피부 손질을 오늘만큼은 받아야 한다며 강요(두 명이 좌우에서 매달려 눈물로 애원했다…….)당해 전신이 반들반들 매끈매끈해진 뒤 드레스를 입 었다.

평소 평민 소녀가 입을 법한 원피스를 즐겨 입는 미샤에게 코르셋 부터 시작하는 '정식 드레스'를 입는 건 상당한 고행이었다.

"미샤 님은 날씬하니까 그렇게 세게 조이진 않았는데요?"

이자벨라가 찰랑찰랑한 머리카락을 예쁘게 땋으며 부드럽게 웃 었다.

거울 너머로 눈을 마주친 미샤는 작게 어깨를 움츠렸다.

"그런 의미가 아니라……."

"맞아요~. 많이 조이는 사람은 시녀가 아니라 남자의 힘을 빌려 서 조일 정도니까요~! 미샤 님의 코르셋은 정말 형식적인 수준이 에요."

생글생글 액세서리를 준비하며 끼어드는 티아의 말에 미샤의 어 깨가 이번에는 축 내려갔다.

"그렇게 힘껏 조였다간 호흡 곤란이나 혈행 장애가 올 것 같은데……."

"그렇죠. 매번 쓰러지는 사람이 나오니까 그런 분들을 위해 구호실을 여럿 준비해두고 있습니다."

어느 시대든 귀족 영애는 아름다움을 추구하기 위해서는 다소 무리를 하는 법이라며 덤덤한 얼굴로 대답하는 시녀들의 반응에 미샤는 아연한 얼굴로 입을 다물었다.

"자, 다 끝났습니다."

이자벨라의 목소리에 고개를 들자 평소에는 반묶음인 머리카락을 오늘은 전부 틀어 올린 스타일이었다.

미샤의 가느다란 목이 훤히 드러났다.

물씬 풍기는 색기 같은 건 없지만 어린 나무 같은 유연함은 시선을 끌어모으기에는 충분할 정도로 아름다웠다.

익숙하지 않은 머리 모양을 보고 느낀 당혹감은 '실례합니다'라는 말과 함께 목에 감긴 작은 무게에 사라졌다.

조금 넓게 트인 데콜테를 장식하는 아름다운 녹색 반짝임.

"역시 머리카락을 올리는 게 액세서리가 두드러지네요."

칭찬과 함께 귀에서도 녹색이 반짝였다.

어머니의 유품을 받았을 때 꼭 해 보고 싶다는 충동을 참지 못했던 미샤는 시녀들에게 상담했다.

모처럼 코디해준 거라면서 위축된 미샤였지만, 라라이아가 준비한 드레스와도 나쁘지 않게 어울렸기에 주변에선 흔쾌히 받아들여 주었다.

대신 '어울리는 헤어스타일 연구'에 동원되거나 '전체 모습을 한

번 봅시다'라면서 다시 마네킹이 된 건 좋은 추억이다.

그 결과 드레스의 목 디자인을 급히 변경하게 되자 미샤는 괜한 일감을 늘렸다며 미안해했으나, 직전에 변경하는 건 드문 일도 아니었기 때문에 아무도 신경 쓰지 않았다. 오히려 사례로 핸드크림을 선물하자 담당한 재봉사들은 크게 기뻐했다.

"정말로 예쁘세요."

"네, 정말……."

모든 치장을 마치자 이자벨라와 티아는 나른하게 감탄의 한숨을 흘렸다.

그런 두 사람도 눈치채지 못한 듯 미샤는 거울에 비친 자신의 모습을 빤히 바라보았다.

평소에는 등 뒤로 늘어뜨리는 일이 많은 머리카락을 업 스타일로 올리고 화장까지 한 얼굴은 자신이 아니라 어머니를 닮은 듯한 느낌이 들었다.

무엇보다 에메랄드 목걸이에 그림으로 봤던 어머니의 결혼식이 떠올랐다.

"……엄마."

살며시 손끝으로 거울을 쓰다듬자 눈시울이 뜨거워져서 미샤는 다급히 거울에서 시선을 돌렸다.

여기서 울었다간 몇 시간 동안 두 사람이 노력해준 게 수포가 된다.

그래서 뒤를 돌아본 미샤는 자신을 지켜보고 있던 티아와 이자벨라에게 힘껏 웃었다.

"예쁘게 꾸며줘서 고마워. 내가 아닌 것 같아서 몰라보겠어!"

조금 익살스러운 말투로 가라앉은 분위기를 날려버리려는 미샤의 마음을 느낀 두 사람은 싱긋 웃었다.

"어느 나라의 공주님보다도 예쁘세요!"

"진짜요. 미샤님이 최고예요."

아직 회장으로 이동하려면 시간이 있었기에 미샤는 시녀들과 티 타임을 가졌다.

"그런데 에스코트는 어떤 분이 해주시는 건가요?"

본래 주종이 함께 테이블에 앉는다는 건 말이 안 되지만, 이 방 안에서만이라도 그렇게 해 달라고 미샤가 졸라서 두 사람도 함께 테 이블에 앉아있었다.

"그게, 당일을 기대하라는 라라이아 님의 말씀 말고는 아무도 가르쳐주지 않았어."

티아의 질문에 미샤가 난처해하며 대답했다.

"어라? 역시 미샤 님에게도 비밀인 거군요. 저희에게도 가르쳐주지 않으셨거든요. 어지간히 미샤 님을 놀라게 하고 싶으신가 보네요."

느긋하게 웃는 이자벨라의 말에 미샤는 한숨을 쉬었다.

"……설마 라이언 님이 오시는 건 아니겠지?"

가장 큰 걱정거리를 조심조심 입에 담자 티아와 이자벨라가 서로를 쳐다보았다.

아무리 그래도 그건 아니겠지.

그래도 미샤를 대하는 라라이아의 태도나 라이언의 반응을 보는 한 절대 없다고 단언하지 못하는 게 고통이었다.

호위 겸 벽 주변에서 대기하는 키노를 향해 세 쌍의 시선이 돌아보자 잠시 침묵이 흐른 뒤 키노가 작게 고개를 저었다.

"아무리 그래도 공식 석상에 폐하와 입장했다간 큰일이 날 겁니다. 라라이아 님과 함께 마지막에 입장하신다고 들었습니다."

담담히 돌아온 대답에 저도 모르게 긴장했던 세 사람의 몸에서 힘이 풀렸다.

키노가 말했으니 틀림없을 것이다.

확실히 아직 미혼인 라이언의 에스코트를 받으며 공식 석상에 등장했다간 온갖 억측이 오가면서 난리가 날 것이다. 원래 미샤가 이나라에 오게 된 계기도 측실로 들여달라는 요청이었으니, 신빙성이 넘쳐난다. 신분도 입장은 아래라고 하나 일국의 공작가, 그것도 현국왕의 조카에 해당하는 존재다. 혈통만 본다면 정처로 들인다고 해도 문제가 없다.

"그렇겠죠! 그럼 누굴까요? 그 외에 아는 분은 지올드 씨하고, 트리스 님하고~~."

정신을 차린 듯 티아가 손을 꼽는 목록이 사실은 쟁쟁한 면면이라는 사실을 미샤만 눈치채지 못했다.

"아, 하지만 성의 그랜드 홀에서 아주 많은 사람이 모이는 거죠? 슬쩍 들어가서 구석에 있으면 눈에 안 띌 수 있을까?"

가장 큰 걱정이 사라진 덕분에 싱글벙글해진 미샤는 쿠키를 오독오독 깨물며 가벼운 어조로 중얼거렸다.

"'아니, 그건 무리지.'"

마음은 이해하지만 라라이아가 옆에 오라고 부를 게 뻔하고, 그걸 빼고 봐도 이래저래 화제인 소녀가 주목받지 않을 리가 없다.

지금껏 대외적인 자리에 나온 적이 없다 보니 더욱 소문이 소문을 불러 이 나라의 고위 귀족부터 하위 귀족까지 흥미진진해한다는 사실을 사용인 네트워크를 통해 세 명 모두가 알고 있었다.

　그런 인물이 처음으로 공식 석상에 나온다고 해서 이번 야회는 이전보다 더 대성황을 맞았다.

　기본적으로 화월제의 야회는 귀족에 적을 두고만 있다면 원하는 사람은 누구든 참석할 수 있다.

　왕은 처음부터 참석해서 끝까지 자리를 지키며 인사를 받지만, 인원이 제법 많다 보니 전반에는 하위 귀족, 후반에는 고위 귀족을 메인으로 두고 순서대로 교대하는 게 암묵적인 규칙이었다.

　하지만 올해는 영 추세가 다르다며 회장 운영팀이 얼굴이 새파래졌다.

　그 원인이 미샤라는 건 확실하다.

　이웃 나라의 공작 영애이자 손님.

　신분만 보면 고귀하지만, 본인은 아직 10대 초반의 어린 소녀라서 늦은 시간의 야회에 참석하는 건 위험하다.

　공작 본인이 있다면 또 달랐겠지만 지금 있는 건 어디까지나 어린 소녀뿐.

　즉 어느 시간대에 나타날지 도통 알 수 없는 상태였다.

　하지만 인맥이 없는 이상 이 기회를 놓치면 다음에 모습을 볼 수 있는 게 언제가 될지 알 수 없다.

　귀족사회는 정보 사회.

　최근의 가장 큰 화젯거리를 놓치고 싶지 않다.

　그런 순수한 구경꾼이나, 소녀와 안면을 터서 얻을 수 있는 이득을 상상한 조금 꿍꿍이가 섞인 야심 등등.

그런 목적들이 어지럽게 뒤섞이며 암묵적 규칙 같은 건 날아가 버렸다.

처음부터 눌러앉아 있으려는 건 귀여운 수준이고, 개중에는 미샤가 나타나는 시간대를 알려달라며 직접 요구하는 멍청이도 있었다고 한다.

그런 혼란 속에서 미샤를 지킬 수 있는 사람은 그리 많지 않다.

"……지올드 님은 지위는 있어도 평민 출신이시니까 귀족들의 방패가 되기는 어려우실 테고, 트리스 님은 약혼자가 계시니 그분을 에스코트하실 테고……."

"어? 트리스 씨, 약혼자가 계세요?"

항상 덤덤한 얼굴로 암약하는 인상인 트리스와 약혼자라는 단어가 매칭되지 않아 미샤는 눈이 동그래졌다.

"공작가의 후계자이기도 하시고 가문 간의 인맥도 있어서 어릴 때부터 약혼을 맺었다고 해요. 정략적 약속이긴 해도 사이가 좋다는 이야기도 많이 들리죠. 다만 트리스 님께서 바쁘신 점과 라이언 님께서 아직 상대가 없다는 점을 고려해서 혼인은 미루고 있다고 하지만요."

"그렇군요. 오늘 밤에 계신다면 인사할 수 있을까?"

호기심에 눈을 빛내는 미샤를 티아와 이자벨라가 흐뭇하게 지켜보았다.

"네. 아마 만나보실 수 있을 겁니다. 그나저나…… 그럼 어떤 분이 오시려나?"

도통 예측이 되지 않아서 고개를 갸웃거리게 되었는데, 그때 울린 노크 소리가 모든 답을 가져왔다.

"마중이 왔습니다."

열린 문 너머에서 나타난 사람은…….

"코난 씨?"

"허허. 미샤, 사흘만이구나."

싱글싱글 웃는 백발의 신사.

수석 의사 코난이었다.

"코난 씨가 저를 에스코트해주시는 거예요?"

익숙한 얼굴에 미샤는 웃으며 달려갔다.

라라이아의 치료를 통해 알게 된 이후 계속 코난과 대화하는 사이에 미샤는 '할아버지란 이런 느낌인 걸까?' 하면서 코난을 따르게 되었다.

게다가 의사로서도 지식이 풍부했기 때문에 대화가 무척 즐거웠다는 점도 있었다.

어떤 것이든 모르는 지식을 습득하는 건 미샤에겐 기쁨이었다.

"일단은 후작님이니까 말이다. 방패라는 희생자로 발탁되었지."

"그랬군요. 아무도 누가 에스코트하는 건지 알려주지 않았는데. 코난 님이라서 기뻐요."

생글생글 웃는 미샤를 보며 코난은 가볍게 어깨를 으쓱했다.

"아니? 나는 우리나라의 멍청한 귀족들을 상대하는 방패란다. 정식 에스코트는 이 남자지."

"네?"

히죽 웃은 코난의 뒤에 서 있는 인물을 알아차린 미샤는 놀라서 눈을 부릅떴다.

"카이트?! 왜?!"

"……공작님의 대리를 맡았거든."

거기에는 처음 보는 귀족 예복을 입은 카이트가 민망해하며 서 있었다.

"……어째서 이렇게 된 거지?"

한숨을 삼키며 몇 번째인지 모를 중얼거림을 흘리는 그에게 대답해주는 사람은 없었다.

굳이 꼽으라면 히죽히죽 재미있어하는 시선만 돌아왔다.

"……내가 공작 대리로 에스코트라니. 아무리 생각해도 짐이 무겁잖아."

여관에서 이동하는 마차 안에서 흘리는 투덜거림에 마부석에서 태평한 목소리가 날아왔다.

"그야 이번 일행에서 네가 제일 신분이 높고, 미샤와 아는 사이고, 더불어 보기에도 그럴싸하기 때문이잖아? 포기하고 당당하게 나라를 대표하고 와."

즐거워하는 목소리는 무시무시한 내용을 가볍게 돌려주었다.

"신분이라니……. 뒤를 이을 예정도 없는 백작가의 삼남 같은 건 없는 거나 마찬가지고, 미샤와는 여기 있는 전원과 아는 사이잖아요?!"

빽 소리 지른 카이트에게 웃음소리가 돌아왔다.

"그럼 미샤 옆에 나란히 서도 지지 않는 그 반반한 얼굴."

카이트와 함께 마차 안에 있던 정복 차림의 동료들은 '아, 말해버렸다'라며 서로를 쳐다보았다.

평소 입는 기사복이 아니라 귀족의 예복을 입은 카이트는 어딜 봐도 귀족 자제로 보였다.

어느새 짐 안에 들어가 있던 고급스러운 예복에 눌리지 않고 잘 소화하고 있었다. 평상시에는 대충 모아서 한 갈래로 묶는 머리카락도 꼼꼼하게 빗질하자 본래의 윤기를 되찾았고, 지금은 화려한 머리끈으로 정돈해놓았다.

굳이 따지라면 자수성가형 같은 분위기인 동료 중에는 이런 귀족 분위기를 낼 수 있는 사람이 거의 없었다.

"얼굴로 대리를 정하지 마시죠."

끝내 풀썩 고개를 떨군 카이트를 위로하는 사람은 없다.

괜히 동정했다가 자기에게 화살이 돌아왔다간 큰일이기 때문이다.

손님으로서 슬쩍 회장 구석에서 요리를 즐기는 건 대환영이지만, 이웃 나라 귀족들이 주목하는 가운데 왕족과 인사하는 건 사양이라는 게 동료들의 총의였다.

"……뭐, 아름답게 꾸민 미샤 님을 가장 먼저 만날 수 있으니까 이득 아니냐?"

"어른들 사이에 둘러싸여서 불안할 텐데 제대로 지켜줘."

절대 눈을 맞추지 않은 채 마음에도 없는 위로를 건네는 동료들에게 카이트는 원망 어린 시선을 던졌다.

애초에 이 무도회에 참석하는 건 출발하기 전부터 알고 있었다.

그런 게 아니라면 짐 속에서 자신의 예복이 튀어나온 걸 설명할 수 없다.

심지어 본가에 있을 때조차 입어 본 적이 없는 고급품은 명백하게 미샤의 생가인 공작가에서 마련한 것이리라.

그런데 자신에게는 아무런 언질도 없었다. 어젯밤에 처음 들었다.

미리 짰다는 생각밖에 들지 않았다.

"워워. 한껏 꾸민 딸을 보지 못하는 공작님의 마음도 생각해드려. 대리라는 간판까지 맡기셨으니까, 이해하지?"

"……그 무겁기 짝이 없는 간판도 우울함의 원인 중 하나거든요."

이번에 달리 블루하이츠 왕국에서 온 참가자는 없다.

즉 '공작가'를 넘어서 '나라'의 간판을 짊어진 것이나 마찬가지다.

일찌감치 후계에서 도망쳐 기사를 목표로 매진한 몸에게는 너무 무거워서 푸념 하나쯤은 늘어놓고 싶어질 만도 했다.

뭐, 어쨌든 현실은.

아무리 푸념하든 도망치고 싶든 주군의 명령을 거역할 수 있을 리도 없으니.

멈추지 않는 마차는 신속하게 목적지에 도착하고 말았다.

"그럼 즐기고 와~~."

짐(카이트)을 내려놓은 마차의 마부석에서 샤이딘이 태평하게 손을 흔들며 배웅했다.

숲 변두리의
꼬마 마녀

Little witch
at the edge of the forest.

23 첫 야회 2

그 인물의 이름이 낭송되었을 때 공기가 술렁거렸다.

그건 최근 회장에 있는 사람들의 의식 한구석에 항상 머물러있던 이름이기 때문이다.

이웃 나라의 왕제를 아버지로 두었고, 먼 이국에 사는 환상의 일족의 피를 이어받았다는 소녀.

소녀 본인도 그 일족의 지식 일부를 지녔으며 몸이 약한 라라이아 전하의 건강 관리를 맡았다고 들었다.

백금발과 녹색 눈동자에 유례가 드문 미모를 가져서 주위 사람들을 매료한다고 한다.

게다가 쓸모없다고 소문이 자자한 약초원에도 개입해서 무언가 새로운 움직임을 일으키고 있다고 한다.

다양한 소문이 오가는 것치고는 본인을 만난 적이 있는 사람은 극히 일부 고위 귀족뿐. 그것도 대화를 나눈 사람은 거의 없다.

왕가가 신경질적일 정도로 보호하기 때문이며, 그렇기에 귀족들의 호기심을 자극할 수밖에 없었다. 그런 존재의 이름에 회장의 눈은 일제히 문을 향했다.

그곳에 있던 사람은 정말 소문대로 아름다운 소녀였다.

백금빛의 아름다운 머리카락은 연한 분홍색 리본과 함께 복잡하게 땋아 올려 파스텔 컬러의 꽃장식으로 우아하게 장식했다.

머리카락과 함께 땋은 리본과 같은 색인 연분홍색 드레스는 끝단으로 갈수록 색이 진해지며 진한 적자색으로 바뀌었다. 조금 높은 위치에서 벨트 대신 비교적 폭이 넓은 리본을 묶어 가느다란 허리를 강조했다.

에스코트해주는 상대의 손에 가녀린 손을 맡기고 입구에서 살짝 인사할 때 아래를 향했던 그 얼굴을 스윽 들어 올렸을 때, 이름에 반응해서 그 모습을 바라보던 사람들은 숨을 삼켰다.

마치 빨려 들어갈 것처럼 아름다운 푸른색.

그것이 소녀의 커다란 눈동자라는 걸 깨달은 순간 사람들은 저도 모르게 멈췄던 숨을 내쉬었다.

마치 정교하게 만든 아름다운 인형 같은 얼굴 속에서 그 반짝이는 눈동자가 소녀가 인형이 아니라 살아있는 인간임을 알려주고 있었다.

또한 소녀의 하얀 목둘레를 장식하는 목걸이와 귀에서 흔들리는 귀걸이가 마치 소녀의 눈동자를 옮겨놓은 것 같은 아름다운 에메랄드였기 때문에 사람들은 자신들이 마치 녹음의 공간에 사로잡힌 듯한 착각에 빠진 것이라며 이해했다.

"어쩜 저렇게 아름다울까."

"그래. 게다가 훌륭한 보석이야. 역시 왕제의 핏줄이라는 건가."

"생각보다 성숙한데?"

"어머, 코난 님께서 같이 계시잖아."

"어의가 뒤에 있는 걸 보면 소문이 사실인 건가?"

수군거리는 대화가 퍼지는 가운데 두려움 없이 똑바로 고개를 든 소녀는 에스코트를 받으며 왕에게 인사하는 줄에 섰다.

그러자 에스코트하는 청년과는 반대쪽에 선 코난이 소녀의 귀에 무언가를 속삭였다.

그 순간 소녀의 얼굴이 부드럽게 피어났다.

아름다움 때문에 인간미가 희박했던 소녀의 분위기가 순식간에 화사하게 변했다.

그러고는 살짝 발돋움하여 코난에게 무언가를 마주 속삭인 뒤 에스코트하는 청년에게 생긋 웃었다.

청년이 조금 난처한 얼굴로 미소를 돌려주었다.

그건 마치 한 폭의 그림처럼 아름다운 광경이었다.

왕에게 인사가 끝나면 말을 걸 빈틈도 생길 것이다.

사람들은 소문 속 소녀의 됨됨이를 알기 위하여 호시탐탐 살펴보았다.

그랜드 홀에 한 걸음 들어가자마자 쏟아진 수많은 시선에 미샤는 한순간 겁을 먹을 뻔했다.

하지만 미샤는 각오를 다지고 내렸던 시선을 들며 무릎을 폈다.

불빛으로 가득해서 마치 대낮처럼 밝은 그랜드 홀에는 잘 차려입은 사람들이 무수히 모여 있었다.

저마다 환담하고 있었던 모양이지만 지금은 많은 시선이 이쪽을 향했다.

미샤는 우선 악의 같은 불쾌한 느낌은 들지 않아서 안도한 뒤 조금 더 주변을 살펴볼 여유가 생겼다.

입구에서 오른쪽에 형성된 긴 줄이 정면의 한 칸 높은 곳에 만들어진 옥좌를 향해 뻗어 있었다.

저 멀리 작게 보이는 라이언과 순간 눈이 마주친 것 같았지만 너무 멀어서 확실하게는 알 수 없었다.

문득 카이트에게 맡겼던 손이 잡아당겨지는 감각에 미샤는 시선을 살짝 옆으로 돌렸다.

"걸어."

시선은 앞을 향한 채 속삭임이 내려왔다.

그 말에 여기가 입구이자 뒤에는 입장을 기다리는 사람들이 있다는 걸 떠올린 미샤는 당황하며 발을 뗐다.

익숙하지 않은 굽 높은 신발을 신은 미샤를 배려한 건지 카이트가 천천히 걸음을 옮겼다.

그걸 깨닫자 여기로 오는 길에도 몇 번이나 넘어질 뻔한 걸 받쳐줬다는 게 떠올라서 미샤는 조금 웃음이 나왔다.

보는 눈이 있는 곳에서는 기본적으로 침착한 얼굴로 존댓말을 유지하는 카이트가 그 순간은 웬일로 당황해서 본래의 성격이 나왔다.

옆에서 걷던 사람이 갑자기 넘어지면 그야 놀랄 만도 하다.

"뭔가, 예상했다고는 해도 주목이 굉장하구나."

카이트와 반대쪽에서 걷는 코난이 즐겁다는 듯 속삭였다.

"외국인이 신기한 건지도 모르겠어요. 저도 카이트의 이런 모습은 처음 봤는걸요."

마주 속삭인 뒤 미샤는 카이트를 올려다보았다.

'잘생겼다고는 생각했지만, 이렇게 보면 정말 귀공자로 보이네~.'

에스코트라며 나타난 카이트에 깜짝 놀라자, 아버지의 대리를 맡았다는 것과 사실은 백작가 출신이라는 대답이 돌아와 미샤는 한층 더 놀랐다.

공작가에서 시녀로 일하는 고모의 인맥으로 사설 기사단에 들어왔다고 한다.

"후계자의 스페어도 되지 않는 삼남에 불과하니 제 손으로 장래를 찾을 수밖에 없었죠."

놀라는 미샤에게 카이트는 그렇게 말하고는 조금 씁쓸함이 섞인 미소를 지었다.

그런 표정을 보자 그 이상 물어볼 수도 없어서, 미샤는 그냥 '그래서 문득문득 동작이 반듯하거나 춤을 잘 추거나 했던 거구나' 하고 마음속으로 수긍했다.

"기사 복장도 멋있었지만 그런 옷도 잘 어울려."

순수한 칭찬에 카이트는 그저 쓰게 웃을 수밖에 없었다. 하지만 억지로 입었던 옷도 진심에서 나오는 감탄과 함께 그렇게 말해주자 기분이 나쁘지 않았다.

"미샤 님도 무척 아름다우십니다."

잊고 있던 말이 생각나서 소곤거리자 미샤의 눈이 놀란 듯 크게 떠지더니 뺨이 살짝 붉게 물들었다. 그러고는 쑥스러운 듯 카이트에게서 시선을 돌리고 허둥지둥 화제를 바꿨다.

"그나저나 사람이 엄청 많아. 귀족 계급이 이렇게 많구나."

"저쪽에 동료가 몇 명 뭉쳐있네요. 야무지게 요리 주변에 진을 치고 있는 걸 보면 역시 대단하다고 해야 할지……."

귀까지 은은하게 빨개진 미샤를 보고 웃으며 순순히 화제 전환에 맞춰준 카이트는 슬쩍 시선만으로 한쪽을 가리켰다.

카이트를 따라 시선을 향하자 기억에 있는 얼굴들이 즐겁게 요리를 먹고 있었다. 이쪽의 시선을 알아차린 건지 작게 손을 흔들어주었다.

"맛있겠네. 좋겠다. 나도 저기 가고 싶어."

곧 오는 여름의 번영을 축하하기 위한 축제인 만큼 요리도 아주 호화롭다.

차를 마셨다지만 점심은 가볍게 끝낸 미샤는 출출함을 느끼고 부러워하는 시선을 보냈다.

"인사만 끝나면 어디에 가든 자유란다. 아무래도 자국 사람들 사이에 있는 게 가장 평화로울 테지."

코난은 싱글싱글 말하면서도 미샤 뒤에 숨어 여기저기로 날카로운 시선을 날렸다.

제자들을 부려 먹기 위해 최대한 같은 시간에 모이도록 지시해두었다. 방패는 두꺼울수록 좋은 법이다.

"나라를 대표해서 참석한 사람들에게 무례를 저지를 정도로 멍청한 사람도 없을 게다."

흡족한 표정인 코난을 보고 미샤와 카이트는 서로를 쳐다보았다.

대체 미샤는 무슨 소문이 퍼졌고 무슨 주목을 받고 있는 걸까.

'알고 싶기도 하고, 알고 싶지 않기도 하고…….'

미샤와 카이트가 둘이서 똑같은 고민을 하는 사이에 인사 순서가 돌아왔다.

"초대해주셔서 감사합니다."

미샤를 에스코트한 귀족 청년은 이 근방에서는 보기 드문 어두운 색의 머리카락이었다.

우아하게 정형적인 인사를 하는 모습도 익숙해 보여서 청년이 귀족에 걸맞은 고등 교육을 받았다는 걸 말해주고 있었다.

"아니, 얼마 전에는 공작의 사자로서 찾아오느라 고생했다. 오늘은 격식을 내려놓는 밤. 마음껏 마시고 놀면서 즐겨다오."

느긋하게 고개를 끄덕이며 관찰하는 라이언의 시선에도 동요하지 않고 가볍게 무릎을 굽히는 모습이 당당했다.

지나치게 굽신거리지 않는 균형 감각이 훌륭하다며 라이언은 순순히 감탄했다.

이웃 나라의 공작 대리라는 제 입장을 잘 이해하고 있는 모양이다. 무릎을 너무 굽혔다면 속국으로 전락했다고 광고하는 셈이고, 반대로 너무 뻣뻣하면 무례하다며 욕을 듣는다.

'아직 어린데도 제법…… 부하로 삼고 싶을 정도야.'

마음속으로 슬쩍 찬사를 보내며 그 옆에서 다소 긴장한 미샤에게 시선을 옮겼다.

오늘 미샤는 머리카락을 틀어 올렸고 연하긴 하지만 화장까지 했다.

인상적인 녹색 눈동자가 두드러지도록 눈 주변에 반짝반짝 빛나는 가루를 발라놓은 모양이었는데 그 효과가 발군이었다. 똑바로 바라보는 눈동자에 빨려 들어갈 것 같은 착각을 받았다.

게다가 작은 얼굴의 좌우와 목에서 빛나는 에메랄드가 그 효과를 강화해주었다. 저게 소문으로 들은 어머니의 유품인 모양이다.

'꾸며놓으니 정말 분위기가 달라졌네.'

처음 인사했을 때의 모습을 떠올렸다.

그때는 어두운색의 드레스였지만 밝은색도 잘 어울렸다.

라라이아가 자기가 준비했다며 자랑했는데, 동생의 안목은 훌륭했다.

힐끗 옆으로 시선을 주자 말을 걸고 싶어서 근질근질해 보이는 라라이아와 눈이 마주쳤다. 그러자 라라이아가 뿌듯해하며 웃었다.

마치 마음에 드는 인형을 자랑하는 듯한 태도에 라이언은 어쩔 수 없는 녀석이라며 어깨를 으쓱하고 싶어졌다.

"미샤 양도, 오늘의 복장도 아름답군. 추후 한 곡 상대를 부탁하지."

눈동자에 찬미를 담아서 미소 짓자 미샤도 기쁘다는 듯 웃었다.

"영광입니다."

갑작스러운 댄스 신청에도 동요하지 않고 받아들이는 건 사전에 라라이아가 이야기했기 때문인 듯했다.

연습할 때의 모습을 떠올린 라이언의 미소가 한층 진해졌다.

"그럼 나중에 보지."

아직 인사 대기줄이 남아있는 이상, 한 명 한 명에 그리 많은 시간을 들일 수도 없다. 마무리 신호를 보내자 청년이 깔끔하게 에스코트해갔다.

곁눈으로 살피자 라라이아의 시녀가 말을 걸고 있는 걸 보면 이후 약속이라도 잡는 모양이었다.

의외로 철저한 동생을 힐끗 살폈더니 천연덕스러운 얼굴로 웃고 있었다.

평소 공식 행사에도 자주 결석하곤 하던 왕매의 모습에 인사하러 온 귀족들이 조금 놀라면서도 말을 걸고 있다.

눈동자와 같은 색의 드레스를 입은 동생은 정말로 건강해 보였다.

실제로 지난 몇 년 중 가장 상태가 좋다고 한다.

'미샤에게 고맙지.'

전형적인 인사를 적당히 흘려들으며 라이언은 이후 약속을 떠올리고 기분 좋게 웃었다.

인사 행렬이 우선 일단락되자 무도회답게 춤이 시작되었다.

첫 번째 곡은 국왕과 그 파트너 단둘이 중앙에서 추는 게 통례였다.

왕비는커녕 약혼자조차 없는 라이언은 그때그때 적당한 고위 귀족의 딸과 춤을 추었으나, 이번에는 라라이아가 있으므로 남매가 파트너가 되었다.

미샤는 공작가 기사단원들과 코난의 부하들 사이에 둘러싸여 춤에 익숙한 만큼 훌륭하게 호흡이 맞는 댄스를 보여주는 두 사람을 느긋하게 구경했다.

아는 사람들 사이에 파묻혀 있으니 가끔 무례한 시선은 날아와도 아직 모르는 사람과는 한 마디도 대화하지 않았다.

멋진 방패 전술이었다.

"라라이아 님, 잘 추시네요."

"왕족의 교양이기도 하고, 컨디션이 좋은 날은 노력하셨으니 말이다. 본래 몸을 움직이는 건 좋아하시는 건지 너무 열심히 한 나머지 지나쳐서 또 앓아눕는 본말전도가 일어나기도 했었지만."

눈을 가늘게 뜨며 라라이아를 바라보는 코난의 모습은 완전히 손녀를 바라보는 호호 할아버지 그 자체였다.

"빈혈 증상은 많이 가라앉은 모양이지만 최근에는 계절 변화 때문인지 조금 식욕이 떨어지셔서 걱정이에요."

드레스 자락을 풍성하게 나부끼며 아름답게 턴을 도는 라라이아를 보며 미샤가 문득 중얼거렸다.

"요즘은 비도 많이 내리고 후덥지근해서 원. 라라이아 님이 아니어도 지긋지긋해. 그래도 미샤 덕분인지 최소한의 식사는 하고 계시니까. 그리 걱정할 일은 없을 거다."

불안해하는 미샤에게 기운을 북돋우듯 어깨를 가볍게 토닥인 코난은 음악이 끝나가는 걸 깨닫고 히죽 웃었다.

"자, 첫 댄스가 이런 할아버지라서 미안하지만 한 곡 부탁해도 되겠느냐?"

가장 주목을 받을 첫 곡을 함께 춰서 자신이 뒤에 있다는 걸 명확하게 알리려는 의도도 있을 것이다.

거드름을 빼며 한쪽 손을 내미는 코난을 보고 쿡쿡 웃은 미샤는 드레스 자락을 붙잡고 무릎을 굽혀 승낙을 밝혔다.

"잘 부탁드립니다. 발을 밟아도 관대하게 봐주세요."

그렇게 손을 잡혀 춤을 추는 사람들 속으로 끼어들었다.

코난의 리드는 느긋하면서도 너그러워서 안심감이 느껴졌다.

자기도 모르게 회장의 분위기에 삼켜져서 무의식중에 굳어있던 미샤도 천천히 춤추면서 눈에 들어오는 특징적인 사람의 화제를 재미있게 가르쳐주는 코난의 이야기를 듣다 보니 어느새 웃음이 나오고 긴장이 풀렸다.

"그래그래. 그렇게 즐겁게 춤추면 되는 거란다. 리드 같은 건 남자에게 전부 맡겨버리려무나."

어디선가 들은 적이 있는 조언을 들으며 어느새 순식간에 곡이 끝나고 원래 있던 장소로 돌아와 신속하게 카이트에게로 손이 넘어갔다.

바로 시작된 다음 곡으로 자연스럽게 넘어가며 미샤는 카이트와 함께 웃었다.

"즐거워 보이던데?"

"응. 코난 씨가 춤추면서 소문을 많이 가르쳐주셨어."

쿡쿡 웃으며 미샤는 카이트의 품에서 빙그르르 아름답게 턴을 돌았다.

예쁘게 그라데이션이 들어간 드레스 자락이 퍼져나가며 꽃이 피는 것 같았다.

숲속을 뛰어다니며 자연 속에서 단련된 미샤의 몸은 몹시 유연해서 스텝도 턴도 마치 허공에 떠 있는 것처럼 사뿐했다.

"무도회는 더 긴장되는 곳인 줄 알았어. 하지만 굉장히 즐거워."

연습할 때는 어려웠던 스텝도 지금은 간단히 밟을 수 있을 것 같았다.

턴이 마음에 든 듯한 미샤를 위해 카이트가 일부러 많이 돌려주자 눈이 돌 것 같다고 말하면서도 몹시 즐거워했다.

그 후에도 미샤는 꽃에서 꽃으로 옮겨 다니는 나비처럼 파트너를 바꾸며 몇 곡씩이나 췄다.

춤을 추는 동안에는 사람들의 시선이 신경 쓰이지 않았고, 한 명한 명 리드하는 습관이 달라서 아주 재미있었다.

그래도 연속으로 다섯 곡이나 추자 숨이 차서 쉬기 위해 코난에게 돌아오자 카이트의 모습이 없었다.

의아해서 주위를 둘러보자 홀에서 처음 보는 영애와 춤을 추고 있었다.

키가 큰 카이트에게 기대듯이 춤추는 영애는 카이트를 보면서 넋이 나간 것처럼 보였다.

"내가 아는 사람의 딸이라서 말이다. 심심해 보이길래 꼬드겨보았지."

코난이 마실 것을 건네주며 가르쳐주었다.

어딘가 변명 같은 뉘앙스도 눈치채지 못한 채 미샤는 음료를 마시며 카이트를 쳐다보았다.

멀리서 보면 정말로 귀공자 같다.

보는 사람이 없는 곳에서는 꽤 거칠고 귀찮아하는 성격이지만, 그런 모습은 조금도 보이지 않았다.

"하지만 왕자님이라기보다는 역시 기사님이라는 느낌이 드는 건 몸의 움직임이 너무 좋아서 그런가?"

턴을 돌 때나 발을 내딛는 각도를 보면서 고개를 갸웃거리는 미샤를 보고 코난이 작게 한숨을 쉬었다.

'아무래도 그쪽에는 관심이 없는 모양이구나. 뭐, 그건 저쪽도 마찬가지인가.'

시선 끝에는 깔끔하게 리드하는 카이트의 모습.

주변에서 젊은 여성들의 추파가 날아왔지만 전혀 아랑곳하지 않아 했다.

그 무표정에서는 정말로 눈치채지 못한 건지 일부러 무시하는 것뿐인지는 알 수 없었지만⋯⋯.

꿀꺽꿀꺽 맛있게 주스를 마시는 미샤 앞에 누군가가 스윽 서자 미샤는 고개를 들었다.

"한 곡 부탁해도 될까요?"

눈앞에 내민 손을 보고 작게 웃은 미샤는 잔을 급사에게 건넨 뒤 느릿하게 무릎을 굽혔다.

"기꺼이 응하겠습니다. 라이언 폐하."

댄스 홀로 나아가자 조금 전보다 주변의 공간이 넓었다.

역시 다들 국왕에게 경의를 표해서 조금씩 공간을 띄운 모양이었다.

덕분에 주변을 신경 쓰지 않고 편하게 춤출 수 있었다.

"즐기고 있나 봐?"

"네. 코난 님이 배려해주셨어요."

"그건 다행이군. 누구를 붙일지 좀 고민했거든."

변함없이 조금 힘이 센, 하지만 교묘한 리드에 미샤는 느긋하게 몸을 맡겼다.

다양한 사람과 춤을 추는 가운데 미샤는 괜히 힘을 주기보다는 몸에서 긴장을 푸는 게 상대방의 리드를 읽기 쉽다는 걸 깨달았다.

"많이 늘었네."

아주 작은 움직임에서도 적절히 다음 스텝을 읽는 미샤를 보고 라이언은 조금 놀란 듯 눈을 크게 떴다.

그러더니 문득 장난이 떠올랐다는 양 미샤의 가냘픈 몸을 확 끌어당겨 한층 밀착하더니 예정에 없던 복잡한 스텝을 밟기 시작했다.

배운 내용의 응용을 한층 응용했다고 할 수 있는 그 스텝에 눈이 휘둥그레진 미샤는 바로 생각을 포기했다. 휘둘릴 뻔했다가 머리로 다음 스텝을 생각했다간 도저히 따라잡을 수 없다고 깨달았기 때문이다.

끌어안겨서 밀착도가 올라간 몸에서 근육의 움직임을 읽고 라이

언이 하고 싶은 것, 가고 싶은 방향을 파악했다.

갑자기 복잡한 스텝을 밟는 두 사람 주위에서 점점 사람이 사라지자 어느새 홀에는 두 사람만 남았다.

그것조차 눈치채지 못할 정도로 두 사람은 춤의 세계에 몰두해서 계속 춤추었다.

숨도 못 쉴 정도의 스텝.

격렬한 턴.

그런데도 전혀 조잡해 보이지 않는 건 쭉 뻗는 손끝이나 발끝, 목선, 뒤로 젖힌 우아한 허리 라인 등 제대로 구석구석까지 의식하기 때문일 것이다.

흐트러짐 없이 맞물리는 스텝은 마치 일심동체 같았다.

주변의 인간은 매료되기라도 한 듯 그 모습을 바라볼 수밖에 없었다.

영원으로도, 한순간으로도 느껴지는 시간이 흘러간다.

하지만 어떤 것에도 끝은 찾아온다.

두 사람의 춤에 전염되듯 열기가 올랐던 연주가 마지막 소리를 자아내자 두 사람은 종료 포즈를 취하며 정지했다.

기묘하게 고요한 공간에 두 개의 거친 호흡 소리만이 울렸다.

그 소리가 완만해졌을 때 홀드를 푼 두 사람은 상대의 건투를 칭송하듯 천천히, 우아하게 인사했다.

직후 열렬한 박수가 울려 퍼졌다.

주변을 완전히 잊고 있던 미샤는 갑작스러운 박수에 어리둥절해서 주위를 둘러보았다.

그리고 넓은 댄스 홀 안에 서 있는 사람이 자기들뿐이라는 걸 깨닫고 한층 난감해하며 고개를 갸웃거렸다.

그 모습에 라이언은 미샤의 손을 당겨 주변을 향해 한 번 더 인사한 후 웃으며 이쪽을 보는 라라이아에게 에스코트해갔다.

그곳에는 카우치와 소파가 놓여있었는데, 칸막이와 천장에서 늘어트린 천으로 일부 시선을 차단할 수 있도록 만든 공간이었다.

금방 지치는 라라이아를 위해 매번 만들어놓는 공간이자 그곳에 초대받는 건 귀족 여성에게는 일종의 자격일 정도였다.

"잘 즐기는 것 같더라, 미샤. 많이 늘었잖아."

카우치에 느긋하게 몸을 기댄 라라이아의 맞은편 소파로 안내받은 미샤는 바로 건네주는 잔을 받으며 어깨를 움츠렸다.

"실은 라이언 님에게 맞추느라 필사적이라서 잘 기억나지 않아요. 한 번 더 추라고 해도 분명 못할 거예요."

조금 부끄러워하며 대답하는 모습은 순수하고 무척 귀여웠다.

"그런 건 맞춘 것만으로도 대단한 거야. 오라버니도 참 너무 신이 나셨어."

기가 막힌다는 듯한 시선을 받은 라이언도 어깨를 움츠린 뒤 웃었다.

"유도하면 유도한 만큼 잘 따라오니까 그만 흥에 겨워서. 미안해."

조금도 미안하다고 생각하지 않는 미소에 라라이아와 미샤는 시선을 마주친 뒤 쿡쿡 웃었다.

"됐어. 오라버니는 빨리 나가서 기다리느라 안달이 난 다른 영애 상대라도 하고 오시죠. 미샤는 한동안 여기서 내 대화상대가 되어줘."

그대로 눌러앉고 싶어 보이는 오빠를 쌀쌀맞게 내쫓는 라라이아에게 '나도 피곤한데' '매정해'라며 투덜투덜 불평을 늘어놓으면서도 라이언은 순순히 나갔다.

그와 교대하듯 시녀의 안내를 받으며 카이트가 들어왔다.

"자, 미샤. 다시금 네 지인을 소개해줘. 그리고 실컷 대화하자."

갑자기 찾아온 왕매의 심부름꾼이라는 시녀에게 끌려온 카이트는 거기서 미샤와 서로를 쳐다보았다. 그 얼굴이 무슨 일이냐고 물어보고 있다는 건 이해했지만 미샤는 아무것도 모른다는 얼굴로 카이트를 소개했다.

"네. 이쪽은 제 아버지가 보낸 물건을 가져와 준 카이트 다이애슨 님입니다. 공작가의 기사단에서 실력을 발휘하고 있으며, 저도 무척 신세 지고 있죠."

"……이번 파티에 저희 일동을 초청해주셔서 감사합니다."

실질상 이 나라 여성 중 최고 권력자인 왕매 앞으로 영문도 알지 못한 채 끌려온 카이트는 눈을 동그랗게 뜨면서도 귀족의 예를 갖췄다.

"멀리서 잘 오셨습니다. 자, 앉아. 미샤에게는 이래저래 신세 지고 있거든. 나와도 친하게 지내준다면 기쁘겠어."

싱긋 웃는 라라이아에게 거역할 수 있는 사람이 있을 리가 없다. 어쩐지 불길한 예감을 느끼면서도 카이트는 시키는 대로 맞은편 소파에 앉았다. 바로 음료가 나왔다.

'카이트, 화이팅~.'

여성과 대화하는 게 그리 익숙하지 않은 카이트를 알고 있는 만큼 미샤는 마음속으로 슬쩍 응원하면서 그 옆에 있는 1인용 소파에 앉았다.

　그리고 라라이아의 호기심이 만족할 때까지 카이트가 해방되는
일은 없었다.

24 에필로그 혹은 프롤로그?

방으로 돌아오자 상당히 밤이 깊어진 뒤였다.

평소 사용하는 오두막은 정원에 있으니 많은 사람이 찾아온 오늘은 경비망이 불안하다며, 오랜만에 왕궁 객실에서 자게 되었다.

미샤는 목욕하고 나와 개운해진 몸을 침대 위에 눕히고 크게 숨을 내쉬었다.

라라이아는 못 버티겠다며 미샤의 손을 잡고 퇴장했지만, 성의 그랜드 홀에서는 아침까지 파티가 이어진다고 했다. 라이언은 조금이라도 많은 사람을 만나기 위해 끝까지 남는다고 한다.

'어른은 터프하구나……'

내심 그런 생각을 하며 눈을 감았다.

부드러운 감촉에 몸을 맡기자 그대로 깊이 빠져들 것 같은 착각이 들어 자신이 생각보다 더 피곤했다는 걸 깨달았다.

"재미있었…… 지."

뇌리에 그랜드 홀에서 있었던 일들이 떠올랐다가 사라졌다. 실컷 춤추고, 많이 웃고, 다양한 사람과 대화했다.

어쩐지 불쾌한 시선을 보내는 사람도 있었지만 코난이나 카이트를 비롯한 아군들이 바로 가로막아주었기 때문에 그리 인상에 남지 않았다.

"성의 무도회…… 마치 그림책 속 이야기 같았어."

어린 시절 아버지가 선물로 가져다준 그림책 속에 소녀가 왕자님과 춤추는 장면이 있었던 걸 떠올린 미샤는 쿡쿡 웃었다.

몇 번이나 반복해서 읽으며 동경했던, 잊혀진 공주님의 이야기.

"왕자님이 아니라 국왕 폐하와 춤춰버렸네."

마치 등에 날개가 돋아난 것처럼 몸이 가벼웠다.

라이언이 다음에 뭘 하고 싶은지 생각하기도 전에 먼저 알 수 있었고, 다리가 알아서 복잡한 스텝을 밟았다.

그건 무척 신기한 감각이었다.

정신을 차리자 음악이 끝났고 수많은 사람에게 박수를 받았다.

"한 번 더 똑같이 하라고 해도 못할 것 같긴 하지만."

분명 그건 처음 파티에 참석한 자신에게 내려준 포상 같은 무언가일 것이다.

'많이, 많이 즐거웠어. 내일부터 또 열심히 하자.'

몽롱한 기분으로 그렇게 다짐한 미샤는 하품을 한 번 흘린 뒤 저항하지 않고 꿈속 세계로 빨려 들어갔다.

창밖에서는 즐거운 소음이 희미하게 들렸다.

노파는 힘이 들어가지 않는 몸을 얇은 이불에 맡기고 멍하니 그 소리를 들었다.

희미한 소음보다 틈새 바람처럼 쌕쌕거리는 소리가 유난히 선명했다.

고열에 시달리는 노파는 그 소리가 제 목에서 나는 호흡 소리라는 걸 눈치채지 못했다.

그저 몽롱한 머리로 그러고 보면 여름 축제가 있다는 걸 생각할 뿐이었다.

작년 축제 때는 아직 건강했고, 임시 노점으로 과자를 팔아서 소소하게 벌어들였다.

그런데 지금은 몸은커녕 손가락 하나 움직이는 것도 나른했다.

고열에 의한 심한 권태감. 그걸 무시하고 억지로 움직이면 폐를 찢어버릴 듯한 기침 발작과 관절의 통증이 일어났다.

봄이 올 무렵에 무너진 컨디션은 시간과 함께 점점 악화되었다. 올랐다가 내렸다가 하는 열과 권태감.

금방 좋아질 거라며 느긋하게 생각하던 노파가 이상하다고 느꼈을 때는 이미 침대에서 내려오는 것조차 어려워진 뒤였다.

딸이 부족한 돈으로 손에 넣은 해열제도 먹었을 때만 좋아질 뿐 바로 다시 열이 올랐다. 자양을 위해 딸이 바쁜 시간을 쪼개서 잡아온 캘러스도 효과가 있는 건지 없는 건지…….

불현듯 목구멍 안쪽에서 치밀어오른 기침 발작에 노파는 여윈 몸을 굽히며 견뎠다.

어둑한 방 안에 듣는 사람조차 괴로워질 정도로 격렬한 기침이 울려 퍼졌다.

생리적으로 흐른 눈물로 흐릿한 시야가 문득 붉게 물들었다.

간신히 진정된 기침의 여파로 쌕쌕 숨을 내쉬며 노파는 손을 적신 붉은 액체를 멍하니 바라보았다.

독특한 끈기와 냄새가 나는 그것의 정체를 깨닫자 축 늘어져 있던 노파의 몸이 덜덜 떨렸다.

주름이 자글자글하고 말라빠진 손을 붉게 물들인 액체.

태어났을 때부터 수도에서 살았고 그 최악의 해를 겪은 적도 있는 노파에게 현재 자신의 상황이 가리키는 미래는 최악이었다.

두려움에 비명이 터져 나올 뻔했으나, 노파의 쇠약한 몸뚱이는 그런 충동적인 행동조차 허락해주지 않았다.

그 대신이라는 듯 다시 기침 발작이 노파를 덮쳤다.

흐릿해지는 의식 속에서 노파는 일하고 돌아올 딸을 생각했다.

요즘 피곤한 얼굴이었다.

자신의 고통을 견디느라 벅차서 그리 신경 써주지 못했지만, 기침도 했었던 것 같다.

그건 처음 자신의 컨디션이 무너졌을 때와 같았지 않았나?

'아아, 신이시여…….'

마지막 순간, 노파는 늙은 딸을 걱정하며 피로 물든 손가락으로 기도를 올렸다.

"엄마, 다녀왔어. 오늘은 약을 사 왔으니까 식욕이 없어도 좀 힘내봐. 맞은편의 빙 씨가 또 캘러스를 나눠줬어. 올해는 풍어라면서……."

딸은 들뜬 발걸음으로 싸구려 나무 문을 열었다.

예년대로 과자 노점을 열었는데, 축제 분위기가 오가는 사람들의 씀씀이를 아주 넉넉하게 풀어준 덕분에 예상보다 많은 임시 수입이 들어왔다.

평소엔 직접 잡으러 가는 캘러스나 다른 자잘한 생선도 맞은편의 가게 주인이 축제의 후한 인심에 신이 나서 공짜로 나눠주었다.

사소하긴 하나 어쩐지 좋은 일이 이어지자 딸은 오랜만에 기분이 좋았다.

그래서 눈치채는 게 늦어졌다.

어둑한 방 안이 부자연스럽게 조용하다는 걸…….

건강이 나빠진 어머니는 주로 가슴에 병이 있는 건지 요즘은 기침을 하지 않을 때도 숨을 쉴 때마다 쌕쌕 바람 빠지는 소리가 나곤 했었다.

"……엄마?"

치밀어오르는 불안에 초조함을 느끼면서 불을 켠 딸은 시야에 들어온 광경에 숨을 삼켰다.

창가에 놓인 침대 위에 어머니가 있었다.

옆으로 누워 작게 웅크린 상반신이 탁한 붉은색으로 물들었고, 어지간히 괴로웠던 건지 이불도 옷도 구겨져서 엉망이었다.

눈을 감을 때 무엇을 바랐는지 뼈와 가죽밖에 없는 손가락을 기도하는 모양으로 잡은 게 신기하리만치 선명하게 보였다.

"아…… 엄마."

이미 숨을 쉬지 않는 어머니에게 비틀비틀 다가간 딸은 램프 불빛을 받은 어머니의 손을 잡으려다가 문득 멈췄다.

기도하듯 잡은 손.

토혈 때문에 가려졌지만, 거기에 마치 지렁이가 기어간 듯한 붉은 자국이 몇 개씩 그어져 있는 게 보였기 때문이었다.

"히익!"

그걸 깨달은 순간 딸은 뒤로 펄쩍 물러났다가 다리가 풀려서 주저앉았다.

멈추지 않는 기침과 고열. 그리고 시체에 나타난 붉은 자국.

그건 몇 년 전에 수도를 괴멸 직전까지 몰아넣었던 병의 특징이었다.

분명 굳게 닫힌 어머니의 눈꺼풀을 들어 올리면 흰자가 붉게 물들어있을 것이다.

밀어닥치는 공포를 견디기 위해 몸이 비명을 지르려고 날카롭게 숨을 들이마셨다. 하지만 딸은 그 들숨에 사레가 들려서 콜록거렸다.

호흡을 방해할 정도로 격렬한 기침 발작.

몸을 굽히며 고통을 견딘 딸은 가까스로 기침이 멈춘 뒤 헉헉 거친 숨을 내쉬었다.

호흡이 편안해지자 공포에 지배당했던 머릿속이 스윽 차가워졌다.

두 사람이 사는 곳은 가난한 사람들이 옹기종기 모여 생활하는 구역이었따.

가까스로 단독 주택의 형태를 취하고는 있지만, 이웃집과는 사람 한 명 지나가지 못할 정도로 가까이 붙어있다.

이런 장소에서 어머니가 그 병으로 죽었다는 게 알려지면…….

병과는 다른 공포가 딸의 몸을 관통했다.

딸은 떨리는 손으로 어머니의 몸을 얇은 이불로 감쌌다.

그 후 옆에 있는 의자에 앉혔다.

사실은 자신이 해야 하는 일을 알고 있었다.

높으신 분들의 정책으로 만약 낯선 병이 발견되었을 때는 왕립 치료원에 신고하라는 포고가 내려와 있다.

무시무시한 병을 버텨낸 수도는 같은 공포를 반복하지 않기 위한 대책으로서 이런 가난한 아랫마을 사람에게도 그 정보를 철저히 고지해 놓았다.

하지만 그렇게 하면 자신은 앞으로 어떻게 되는 걸까.

달리 의지할 곳도 없는 늙은 모녀가 생활을 꾸려갈 수 있었던 건 옛날부터 여기에서 살았기 때문이었다.

좋게도 나쁘게도 거리가 가까운 이웃들과 서로 도우며 살았다.

하지만 이런 일이 일어났으니 이대로 여기에 계속 사는 건 어려울 것이다.

분명 쫓겨난다.

50살에 가까운 여자 혼자 낯선 곳에서 어떻게 살아가라는 말인가.

춥지도 않을 텐데 여자의 몸이 작게 덜덜 떨리기 시작했다.

그 상상은 자신이 죽어버릴지도 모른다는 것보다 더 괴로웠다.

'조금만. 아주 조금만⋯⋯.'

그래서 여자는 어리석다는 건 알면서도 움직이지 않는 걸 선택했다.

아주 조금만, 마음을 가라앉히고 전망이 보이면 그때 움직이면 된다.

적어도 이틀 정도라면 시간을 둬도 별 차이는 없을 것이다.

떨리는 두 손을 움켜쥐고 여자는 거듭 스스로에게 변명을 반복했다.

그 손이 더는 움직이지 않는 어머니와 같은 모양을 하고 있다는 것도 눈치채지 못한 채⋯⋯.

이렇게 남몰래 부활한 병은 처음 희생자를 내고 조용히 기회를 노리기 시작했다.

숲 변두리의
꼬마 마녀

Little witch
at the edge of the forest.

추가 번외편 ✳ 카인의 이야기

왜?

내 이야기가 듣고 싶어?

인간 주제에 이상한 사람이네.

뭐, 상관은 없는데.

내 이름은 카인. 종족명은 전서조라는 모양이야. 다리에 묶은 편지를 나르는 일을 해.

이름은 레이아 엄마가 지어줬어.

레이아 엄마의 오빠인 라인에게서 따온 이름이라고 했지.

자유롭게 쑥쑥 자라라는 뜻으로.

우리 종족은 어릴 때는 성별을 알아보기 힘드니까 어쩔 수 없지.

하지만 내가 자란 뒤에 레이아 엄마는 실수로 남자 이름을 붙여버렸다면서 사과하는 거 있지?

정작 나는 마음에 드는 이름이니까 문제없었어. 멋있잖아? 유능한 여자라는 느낌이고.

내 첫 기억은 따뜻하고 좁은 장소에서 꾸벅꾸벅 졸면서 어딘가에서 들리는 포근한 소리를 듣는 거였어.

지금 생각해 보면 나에게 말을 거는 레이아 엄마나 미샤의 목소리였던 거지만, 당시 나는 무척 기분 좋은 음악처럼 느꼈지.

그리고 어느 날 '아, 여기서 나가야겠다.' 하고 느끼고 밖으로 나온 거야.

열심히 내 주변에 있는 딱딱한 벽을 부쉈더니 너무 눈부셨어.

어떻게든 주변이 보이게 되었다 싶었는데, 거기에 미샤와 레이아 엄마가 있었지.

솔직히 그 무렵의 기억은 아주 흐릿해.

아마 너무 어려서 기억나지 않는 거야.

너희도 아기일 때의 기억은 거의 안 나잖아?

하지만 시간이 지나 라인이 오고, 그때부터는 전부 생생해졌어.

라인이 준 달콤한 물.

그걸 마실 때마다 마치 안개가 깔려있던 것 같은 세상이 선명하게 보이면서 들리는 소리에 전부 의미가 있다는 걸 깨달았지.

그 물은 라인의 친구가 만든 약인데, 뇌의 활성화를 도와주는 거래.

잘 이해하진 못했지만, 그 물을 마신 뒤에 미샤와 레이아 엄마의 울음소리가 규칙을 갖고 있고 의미가 있다는 걸 알았어.

그 외에도 이것저것.

나는 '생각'하는 걸 알았고, '예측'하는 걸 익혔지.

그리고 세상은 넓고 복잡해서 아주 근사하다는 걸 알았어.

그래서 나는 그 계기를 준 라인이 무척 고마워.

설령 그 약이 연구 단계였기 때문에 자칫 죽어버릴 수 있는 위험한 약이었다고 해도 말이야.

안 죽었고, 훌륭한 효과를 얻을 수 있었으니까. 결국은 잘된 일이지.

물론 그 후 연구는 잘 풀리지 않은 모양이니 내가 특별했던 건지도 모르지만.

하늘을 나는 건 멋진 일이야.

우리 종족은 귀소본능이 강하고 방향감각도 뛰어나.

그 습성을 이용해서 몇 가지 지점을 오갈 수 있게 되지만, 나는 특별하니까.

약 덕분인지는 모르지만, 가고 싶은 장소를 강하게 원하면 막연히 방향을 알 수 있어.

그 능력을 이용해서 시찰하러 나갔던 디노 아빠를 발견할 수 있었지.

나에게 그런 능력이 있다는 걸 알게 된 건 어느 날 문득 라인을 만나고 싶다고 생각한 때였어.

무언가가 부른 것처럼 라인이 있는 방향을 알았거든.

마침 미샤의 집으로 오는 중이었으니까 거리가 가까웠던 덕분도 있겠지.

이 능력도 만능은 아니라서, 거리가 너무 떨어져 있으면 찾을 수 없어.

하지만 경험을 쌓을수록 알 수 있는 거리가 넓어지는 것 같으니 심심할 때는 다양한 곳에 다녀오고 있지.

때로는 다른 새의 영역에 들어가는 위험을 저지른 적도 있지만 그것도 경험이니까.

게다가 그냥 본능에 맡겨서 돌격하는 녀석들은 내 적수가 아닌걸.

지금은 고향의 숲은 물론이고 어디를 날아도 나에게 싸움을 거는 녀석은 없어.

하늘은 넓지만 의외로 정보가 빨리 퍼지거든.

왜냐하면 우리에게는 인간과 다르게 국경이 없으니까.

그런 의미에선 라인은 우리와 비슷해.

가고 싶은 곳에는 어디든 가잖아.

그래서 나는 라인을 좋아하는 건지도 몰라.

물론 미샤도 아주 좋아해.

태어났을 때부터 같이 있었고, 언니처럼 동생처럼 사랑해.

미샤는 항상 숲속을 돌아다니니까 나도 자주 같이 놀았어.

미샤 주변에는 신기한 일이 많이 일어나서 지루하지 않은 것도 있고.

때로는 숲의 신비에 휘말려 미아가 된 미샤를 발견해서 구해주거나, 다친 후유증으로 힘들어하는 레이아 엄마를 위해 약을 찾으러 모험하기도 하고.

가끔 디노 아빠에게 편지를 전달하고, 숲을 순회하고.

그렇게 조금 지루하지만 평화로운 나날을 보낼 거라고 생각했어.

하지만.
디노 아빠가 다치고, 레이아 엄마가 하늘의 부름을 받고.
그리고 미샤는 슬픔에서 도망치듯 나라를 떠났어.
행복한 시간은 순식간에 사라지고 가족은 뿔뿔이 흩어지고 말았지.
미샤는 슬픔에 눈을 감고 귀를 틀어막아 버렸나 봐.
나를 불러주지 않았고, 내 목소리도 들리지 않더라.
쓸쓸했지만, 레이아 엄마를 잃은 미샤의 슬픔을 이해하니까 참았어.
사람은 눈에 보이는 것만 볼 수 있으니까 어쩔 수 없지.
미샤가 여행을 떠날 때 모습을 드러내서 같이 갈 수도 있었지만, 미샤에게는 다른 동료가 같이 있었으니까 대신 라인을 기다리기로 했어.
슬슬 가까이 오고 있다고 내 감이 알려주었고, 그게 더 도움이 될 테니까.
영역을 떠나기 위한 준비도 필요했고.
그렇게, 마중이 왔어.
나는 미샤를 쫓아 라인과 함께 여행을 떠났어.
하지만 어디에 가도 하늘은 하나니까.

금방 고향 숲에 돌아올 수 있으니 쓸쓸하지 않아.

디노 아빠에게 편지를 전달할 일도 있을 테지.

미샤.

슬퍼서 눈을 감아버리는 건 어쩔 수 없어.

하지만 계속 슬픔에 잠겨 있으면 안 돼.

세상은 넓고, 하늘은 끝없이 이어져 있는걸.

나와 함께 숲을 뛰어놀던 미샤라면 알 거야.

앞으로 나아가기 위해 필요한 것.

잊어버렸다면 가르쳐주러 갈 테니까.

조금만 더 기다려줘.

추가 번외편 ❋ 흙발 금지에요!

여태까지 자기 일은 스스로 하는 생활을 보냈던 미샤는 왕성에서 시녀를 대동하고 다니는 생활에 피로를 느꼈다.

시녀들이 싫은 건 아니다.

티아도 이자벨라도 미샤가 쾌적하게 지낼 수 있도록 다방면으로 신경을 써 주고, 답답한 걸 불편해하는 미샤에게 맞춰서 원래대로라면 큰일 날 일인데도 같은 자리에 앉아 함께 차를 마시며 친구처럼 지내준다.

하지만 원래 인기척이 없는 숲속에서 어머니와 단둘이 조용히 살던 미샤에게는 항상 사람의 기척에 둘러싸인 환경은 자기도 모르는 사이에 스트레스가 되어 축적되었다.

그 결과 잠이 얕아지니 피로가 풀리지 않는다.

'어쩌지…….'

아직 문제가 있다고 할 수 있는 변화는 아니나 이런 생활을 이어갔다간 건강이 나빠질 예감이 들었다. 남을 치료하는 약사가 쓰러지는 건 참으로 꼴불견이다.

무엇보다 이제 막 치료를 시작한 라라이아에게 이 사람에게 맡겨도 괜찮은 거냐는 불신을 주는 건 곤란하다.

'그렇다고 약에는 별로 의지하고 싶지 않은데…….'

일단 잠을 유도하는 약 조제법은 알지만, 미샤 안의 약사가 그걸 사용하는 건 시기상조라고 제지했다.

그런 가운데 기분전환으로 성 안의 정원을 산책하던 미샤는 정원 구석, 눈에 띄지 않는 장소에 조용히 서 있는 작은 집을 발견했다.

나무 사이에 가려지듯 세워진 그 집은 밖에서 보는 한 깨끗하게 유지되고 있으나 인기척은 없었다.

살며시 창문을 통해 안을 들여다보자 천을 덮은 가구 같은 게 보였다.

"여기는 빈집인가?"

같이 산책하던 렌에게 물어보자 렌도 궁금한지 킁킁 주변의 냄새를 맡았지만 대답이 돌아올 리가 없었다.

렌과 서로를 쳐다본 미샤는 한 번 더 창문 안을 들여다보았다.

위치상 거실인 모양이었다.

안쪽에 취사를 위한 수도 같은 것도 보였다.

그 외에 문이 두 개.

"어쩐지 아늑해 보여."

창문에서 몇 걸음 떨어져 집의 전체 모습을 바라보았다.

벽은 하얀색 흙벽이고, 지붕은 조금 탁한 붉은색. 그런 페인트로 칠한 게 아니라 오랜 세월 속에서 색이 바랜 모양이었다.

작은 굴뚝이 우뚝 솟았고 그 옆에는 나무로 만든 닭 모양 풍향계가 빙글빙글 돌고 있었다.

마치 그림책 속에 나오는 집처럼 귀엽다.

열심히 집을 관찰하던 미샤는 문득 무언가가 다리에 닿는 감촉에 정신을 차렸다.

발치를 보자 조금 전까지 주위를 달리고 있던 렌이 돌아와서 뭐 하는 거냐고 물어보듯 미샤를 올려다보고 있었다.

"있잖아, 렌. 이 집에 살면 좋을 것 같지 않아?"

그 후 미샤의 행동은 빨랐다.

방으로 돌아가 키노에게 정원에서 발견한 작은 집에 대해 이야기하고, 아무도 살지 않는다면 빌릴 수 없냐고 상담했다.

갑작스러운 요청에 눈이 휘둥그레진 키노는 그래도 위와 상담해보겠다며 흔쾌히 받아들여 주었다. 그러고는 어떻게 했는지는 불명이지만 허락을 얻어왔다.

"대신 한동안 사용하지 않았으니 점검이 필요해서 당장 이동하실 수 있는 건 아닙니다. 그 점은 양해 부탁드립니다. 그리고 문제를 고치는 김에 리뉴얼 작업도 할 생각인데 무언가 요청사항은 있으십니까?"

깔끔하게 허리를 숙이며 하는 말에 미샤는 고개를 갸우뚱 기울였다.

"뭐든 괜찮은 건가요?"

"건물 구조상 불가능한 게 아니라면 괜찮다고 하셨으니……."

키노가 고개를 끄덕이자 미샤의 얼굴이 확 밝아졌다.

"그런 거라면 부탁이 있는데요……."

왕성 구석에 있는, 몇 년 전까지 정원사가 살던 작은 집으로 미샤가 거처를 옮겼다는 걸 들은 지올드는 재미있겠다며 바로 찾아갔다.

아름다운 꽃이 피어있는 인기 장소에서 상당히 떨어진, 나무가 가득한 뒤뜰 근처에 그 집이 있었다.

나무 사이에 파묻히듯 슬며시 서 있는 작은 집은 주변 나무에 동화될 듯한 기세였다.

'이걸 용케 발견했네. 설마 왕성 정원에서도 약초를 찾고 있었던 건 아니겠지?'

황당함 반, 감탄 반.

지올드는 오묘한 표정으로 문을 두드렸다.

참고로 시각은 저녁때이며, 미샤가 돌아와 있다는 건 확인을 마쳤다.

"네."

희미하게 들린 발소리와 함께 문 너머로 미샤의 대답이 들렸다.

"안녕, 이사 축하해주러 왔어."

"지올드 씨?"

가볍게 인사하자 미샤가 깜짝 놀란 얼굴로 문을 열었다.

부드러운 불빛과 함께 저녁을 준비하던 중인 듯 맛있는 냄새가 풍겼다.

"혼자 살기 시작했다고 들어서 살펴보러 왔지. 선물도 가져왔으니까 들여보내 줘."

지올드는 웃으며 그렇게 말한 뒤 들고 있던 주머니를 벌려서 보여주었다.

안을 들여다본 미샤는 자기도 모르게 생긋 웃었다.

거기에는 미샤가 좋아하는 과일들이 산더미처럼 들어가 있었기 때문이었다.

"새고기 채소 수프는 좋아해?"

내일 먹을 것까지 넉넉하게 만들던 수프 냄비를 떠올린 미샤는 작게 고개를 기울이며 권유했다.

지올드는 주변에 풍기는 냄새를 크게 들이마신 뒤 또 싱긋 웃었다.

여행하면서 야영할 때 먹어본 미샤의 요리는 전부 맛있었다.

"오후까지 밖에서 일하느라 쫄쫄 굶었어. 맛있는 거 먹여 줄래?"

의문형이지만 거절할 거라는 생각은 조금도 하지 않는 듯한 지올드의 표정에 미샤는 웃으며 오두막 안으로 지올드를 들였다.

직후.

"지올드 씨, 멈춰!"

안으로 들어오려던 바로 그 순간, 커다란 목소리로 제지당한 지올드는 바닥을 디디려던 발을 공중에서 가까스로 멈추는 데 성공했다.

막상 안에 발을 들여놓으려고 하는 타이밍에 갑작스러운 제지였다.

"미안해. 지올드 씨. 집 안은 **흙발 금지**야!"

"어? 뭐가 금지라고?"

낯선 조건에 지올드가 고개를 갸웃거렸다.

미샤는 그런 지올드에게 익숙하다는 듯 설명했다.

"흙발로 들어오는 건 금지라고."

"……흙발?"

풀어서 설명해도 여전히 낯선 요구에 지올드는 한층 당황했다.

미샤는 근엄하게 고개를 끄덕였다.

"그래. 집에 들어올 때는 입구에서 신발을 벗어."

"응? 신발?"

지올드는 무심코 자신의 발을 바라보았다.

기사로서 업무의 일환으로 성 밖에 나가 있던 지올드는 현재 보급품으로 받은 투박한 부츠를 신고 있었다.

"제일 좋은 건 맨발이지만 이건 문화 문제도 있으니까 강요할 생각은 없어. 이 실내용 신발을 신어줘."

미샤는 천을 가늘게 찢어서 엮은 샌들 같은 것을 쑥 내밀었다. 발뒤꿈치 부분이 없고 발가락 쪽도 터놔서 시원해 보였다.

"……갈아신으면 돼?"

"그래. 저기 의자에 앉아서 해. 지금 족욕용 물을 가져올게."

손가락이 가리킨 곳은 등받이가 없는 심플한 둥근 의자가 놓여있었다.

잘 이해하지 못했지만 시키는 대로 의자에 앉아 부츠 끈을 푸는 지올드는 사실 미샤의 기세에 눌렸을 뿐 상황 파악은 하나도 하지 못했다.

미샤는 그런 지올드를 두고 칸막이 너머로 사라졌다.

본인이 말한 대로 족욕물을 가지러 간 모양이었다.

오늘도 후덥지근해서, 일이라고는 해도 그런 기온 속에서 종일 부츠를 신고 있었던 지올드에게는 고마운 배려였지만 애초에 신발을 왜 벗는지 이해할 수 없었다.

'응? 그러고 보면 맨발이 제일 좋다고 했던가?'

새삼 주위를 둘러보자 현관문을 통과한 바로 앞에는 거친 섬유로 짠 매트가 깔려있고, 정면에는 커다란 나무 칸막이를 세워놔서 집 안의 모습이 보이지 않도록 해놨다.

신발을 벗으라고 한 의자 옆에는 겉옷을 걸치는 장대가 세워져 있는데, 미샤의 것인 듯한 얇은 숄과 모자가 걸려있었다.

그리고 그 아래에는 본 적 있는 작은 신발이 아담하게 놓여있다.

"……당연히 미샤도 갈아신은 건가."

"기다리셨습니다. 이거 써."

커다란 통을 안고 돌아온 미샤가 지올드의 발밑에 내려놓았다.

안에는 절반 정도 물이 차 있었다.

"어어, 고마워…… 아니, 미샤는 맨발이네."

주위 관찰에 바빠서 신발을 아직 벗지 않았던 지올드는 문득 미샤의 발을 보고 눈을 깜빡였다.

미샤는 신발만이 아니라 양말도 신지 않은 맨발이었다.

레드포드에서는 실내에 들어간다고 굳이 신발을 벗는 문화는 없었다.

방에 돌아가면 경우에 따라서는 샌들 같은 편한 신발로 갈아 신기도 하지만, 기본적으로는 밖에서 돌아온 신발 그대로다. 목욕이라도 하고 편하게 쉴 때는 맨발이나 부드러운 천으로 만든 신발을 신기도 하나 제삼자가 있을 법한 곳에서 맨발을 들어내는 일은 거의 없었다. 성인이 된 귀족 여성이라면 창피하다고 혼날 정도다.

눈이 휘둥그레진 지올드의 반응에 미샤는 장난치다 들킨 어린아이 같은 얼굴로 웃었다.

"역시 이쪽의 감각으로 보면 예의가 아닌 것처럼 느껴지지? 하지만 우리 집에서는 항상 이런 식이었어."

미샤는 변명하듯 살짝 웃으며 지올드에게 수건을 건넸다.

"냄비 끓이는 중이었으니까 먼저 갈게. 겉옷은 거기에 둬."

좋게도 나쁘게도 한 달 넘게 같이 여행한 사이다.

손님보다는 가족이 돌아온 감각에 가까운 건지 딱히 대접하는 것도 없이 미샤는 홀랑 안쪽으로 가 버렸다.

혼자 남은 지올드는 우선 벗다 만 신발을 완전히 벗은 뒤 통

안에 발을 담갔다.

차가운 물이 기분 좋다.

후우 숨을 내쉬었다.

수건으로 발을 닦은 지올드는 반듯하게 놓인 실내화를 보고 고민했다.

'미샤는 맨발이 좋다고 했고 본인도 맨발이었지. 뭔지는 잘 모르겠지만, 미샤네 고향 풍습인 건가? 초대받은 이상 그곳의 문화를 따르는 게 맞겠지.'

여기까지 3초.

지올드는 미샤가 마련해준 실내화를 신지 않고 맨발로 걸음을 옮겼다.

"오, 1층인데 굳이 바닥에 마루를 깔아 놨잖아."

왕성이나 귀족의 대저택이라면 모를까 일반적인 가정집에서는 1층 바닥은 흙을 굳힌 흙바닥이다.

게다가 반들반들 잘 닦아놔서 맨발로 걸어도 뾰족뾰족한 감각이 전혀 없었다.

"어, 슬리퍼 안 신었어?"

냄비를 젓고 있던 미샤가 기척을 알아차리고 돌아보더니 웃었다.

"그래, 기분 좋네. 근데 이 오두막 처음부터 마루가 깔려있었나?"

"아니. 이사하기 전에 집 안에서 맨발로 다니고 싶다고 했더니 그걸 수용해서 마루를 깔아준 거야. 처음에는 두꺼운 양탄자라도 깔아둘 생각이었는데."

작은 접시에 수프를 조금 덜어서 내미는 미샤에게서 순순히 받아든 지올드는 다시금 마루에 시선을 떨어트렸다.

'잘 보니까 이거 코르그잖아. 게다가 색을 보면 적어도 가공한 지 10년은 지났겠는데.'

반들거리는 다크브라운의 마루는 왕실에서 즐겨 사용하는 고급 바닥재로, 원래는 브라운인 색상이 시간 경과와 함께 짙어지는 특징이 있다. 만져보면 매끄럽고 부드러운 느낌인데 실제로는 몹시 딱딱해서 식기나 그릇을 떨어트린 정도로는 흠집도 나지 않는다.

'급히 수급한 건지, 다행히 헌상품 안에 재고가 있었는지. 어쨌거나 대체 얼마를 쏟은 거냐…….'

수프의 간을 보면서 미샤를 힐긋 쳐다봤다.

모르고 있을 게 뻔했다.

"여전히 맛있네."

"다행이다. 수프만으로는 부족할 테니까 햄도 구울게. 그동안 거기 있는 수프 그릇에 담아줄 수 있어?"

지올드의 감상에 기뻐하며 웃은 미샤는 자연스럽게 부려먹었다.

야영할 때는 자기가 할 수 있는 일을 각각 협력하는 게 당연했기 때문에 무의식중에 나온 말이었다.

"알았어."

지올드도 딱히 싫은 내색 없이 시키는 대로 접시를 들고 자연스럽게 움직였다.

'우와, 접시도 식기도 일급품인데? 테이블은 데니칸트 앤티크? ……이거 완전히 트리스 취향이네.'

놓여있는 가구도 심플한 생김새이지만 오래된 공방의 시리즈 가구라서 얼굴 근육이 살짝 꿈틀거렸다.

참고로 왜 지올드가 고급품을 잘 알고 있냐면, 성의 가구를 대충 다뤘다가 트리스가 잔소리하면서 해설했기 때문이었다.

아무렇게나 놓인 의자가 지올드의 반년 치 연봉과 같은 가격이라고 듣고 경악했던 추억이 기억이 생생하다.

'대놓고 호화로운 게 아닌 건 미샤가 눈치채고 사양하지 않도록 하려는 건가? 얼마나 배려해주는 건지.'

여기까지 오면 놀라움보다는 황당함이 더 커서 지올드는 코웃음을 친 뒤 저녁 준비를 마저 도왔다.

그렇게 갖춰진 테이블 위.

마주 보고 앉자 미샤와 지올드의 저녁 시간이 시작되었다.

"그러고 보면 실내에서 신발을 벗는 건 미샤네 집의 문화인 거야?"

요리에 감탄하던 도중 지올드는 문득 생각난 걸 물어보았다.

"맞아. 하지만 엄마와 같이 주변의 집을 돌아볼 때 다들 보통

흙발이었으니까, 지금 생각해 보면 엄마 고향의 풍습이었던 건지도 몰라……."

빵을 쪼개던 미샤는 기억을 되짚듯 고개를 기울이며 대답했다.

기본적으로 미샤는 숲속 집의 생활밖에 모르기 때문에 비교 대상은 아주 가끔 왕진하는 레이어스를 따라다니면서 봤던 한촌의 광경과 아버지 저택의 생활밖에 모른다.

"흐음, 그건 숲의 백성이 사는 마을이잖아? 뭔가 의미가 있는 거야?"

"그치. 별로 생각한 적은 없었지만, 신발을 바꿔 신는 건 밖의 더러움을 집 안으로 들여오지 않기 위해서일까? 위생을 개선하면 병에 덜 걸리게 되니까. 숲속의 집에는 현관 옆에 물병을 놔서 안에 들어가기 전에 손을 씻고 입 안을 헹구는 습관이 있었어. 그리고 맨발로 다니면 발바닥의 지압점을 자극할 수 있을지도? 통풍이 잘되니까 발이 쪄서 불결해지는 것도 덜하고…… 아, 그러고 보면 아빠를 따라왔던 사람이 무좀이 개선되었다고 좋아했어."

미샤의 말에 지올드의 눈썹이 올라갔다.

미샤 아버지를 따라왔던 사람이라면, 아마도 호위 기사도 겸하는 사람이 아닐까.

어디든 크게 다르지 않을 테지만 지올드가 지급받는 기사 장비 세트는 아무래도 꽁꽁 싸매는 게 많고 신발은 부츠다.

만에 하나 검을 떨어트리거나 전투가 일어났을 때 보호해주는 의미도 있으니 신발 바닥은 두껍고 단단해서 통기성이 최악이다. 그걸 신고 달리거나 전투 훈련을 하니 당연히 뜨거워지고 땀을 흘린다.

더욱 말하자면 기본적으로 젊은이들은 기숙사에서 단체 생활이다.

공공연히 말하지는 않지만 무좀 때문에 고민하는 기사가 많다.

"그건 발을 씻고 바람을 잘 통하게 해주기만 해도 개선되는 거야?"

갑자기 묻는 말에 순간 이해하지 못한 미샤는 어리둥절해서 눈을 깜빡였다.

"⋯⋯발 말이야."

무겁게 울리는 목소리로 지올드가 물었다.

아예 본인의 발을 가리키기까지 하자 미샤도 덩달아 발로 시선을 내렸다.

"⋯⋯어, 무좀? 심하지 않다면 자주 물로 씻고 통기성을 신경 써주면 개선될걸? 그리고 심한 사람에겐 바르는 약을 처방했는데⋯⋯ 필요해?"

진지한 지올드의 눈빛에 미샤는 조금 위축되면서도 물어보았다.

"⋯⋯부탁할 수 있어? 가능하면 2~3인분, 넉넉하게."

고개를 끄덕이는 지올드의 대답에 미샤는 수프를 마시면서 아무것도 아니라는 듯 가장하며 슬쩍 물었다.

"지올드 씨도, 쓰는 거라면 나중에 진찰도 해줄게. 무좀에도 종류가 있어서 더 적절한 약을 처방하는 게 빨리 나아."

미샤에게는 흔히 보는 병 중 하나지만 어째서인지 지금까지 무좀에 걸린 어른들은 다들 부끄러워했다. 그래서 싫어할지도 모르지만 심한 증상을 참고 있는 거라면 불쌍하니까 일단 살그머니 덧붙여본 것이었다. 참을 건지, 조금이라도 빨리 치료해서 편해질지. 선택지는 많은 게 낫다.

"어, 아니. 내가 아니고."

하지만 지올드는 선뜻 고개를 저었다.

"그래. 역시 증상에 따라 약도 바꾸는 게 좋구나. 하지만 굳이 진찰받는 것도 미안하니 우선 일반적인 걸 받아도 돼? 줘 보고, 그래도 개선되지 않는다면 다시 상담하게 해줘."

무언가를 숨기는 기색도 없이 몹시 자연스러운 걸 보면 아무래도 정말 지올드는 당사자가 아닌 것 같다고 판단한 미샤는 안도한 듯 미소 지었다.

"그렇구나. 만약 힘들어하면 여기로 데려와. 몰래 진찰해줄게."

생글생글 친절한 제안에 지올드는 무좀으로 고생하는 친구와 부하들을 떠올렸다.

안쓰러운 마음도 있는데, 사실 스트레스가 쌓이면 길동무로 삼으려고 드는 게 아주 귀찮았다. 현재 지올드는 잘 도망치고 있으나 기숙사에서 단체 생활하는 인간일수록 감염자는 많다.

'하지만 약사라고는 해도 어린 여자애한테 보여주는 건 거부감이 크겠지.'

기사라는 브랜드를 동경하는 여성이 많아서 이미지 문제로 좀처럼 의사를 찾아가기 힘들다고 푸념하던 것도 알고 있으니 여기에 따라오는 녀석은 없을 것이다. 하지만 미샤에게 그걸 이해해달라고 하는 것도 미묘하다.

"그래, 물어봐서 원하는 사람이 있다면."

왜 이런 화제로 흘러간 건지 고개를 갸웃거리며 지올드는 두껍게 자른 햄을 깨물었다.

그 후 저녁 어둠에 숨어 지올드와 함께 미샤를 찾아온 사람이 있었는지는 비밀이다.

하지만 레드포드 왕국 왕성 기사단 독신 기숙사의 요청으로 현관 일부와 바닥이 바뀌었다는 건 여기에 기록해둔다.

"어?! 이 방에서도 신발을 벗어도 되는 거예요?"

왕성에 마련된 방에서 미샤는 눈이 휘둥그레졌다.

"네. 정원의 집에 초대해주셨을 때 미샤 님께서 무척 쾌적해하시는 게 보였으니까요. 역시 미샤 님께서 편하신 게 제일이죠."

싱긋 웃은 티아가 소파에 앉은 미샤의 발치에 천으로 만든 샌들을 살며시 내려놓았다.

"하지만 아무래도 다른 사람이 보는 문제가 있으니 거실에서는 이 샌들을 신어주셔야 합니다. 침실에서는 맨발이어도 괜찮습니다."

"그래도 기뻐요! 게다가 이 실내화 너무 예쁘다!!"

연한 녹색의 부드러운 천에 색색의 꽃이 수 놓인 샌들은 보기에도 화사했다. 게다가 천 자체는 바닥 부분 말고는 얇게 만들어서 무척 가벼워 신고 있다는 걸 잊어버릴 정도였다.

그런데도 절묘하게 미샤의 발에 딱 맞기 때문인지 걷다가 홀랑 벗겨지는 일도 없다.

"착화감이 좋다면 다행입니다. 정원의 집에서 빌려주신 샌들을 참고했는데, 아무래도 급하게 만든 거라서요."

신이 나서 소파 주위를 뱅뱅 걸어 다니는 미샤를 보며 티아도 기쁘게 웃었다.

"어? 티아 씨가 직접 만든 거예요? 대단해라! 감사합니다."

미샤가 기뻐서 폴짝거리자 조금 부끄러운 듯 티아도 살짝 스커트 자락을 잡고 들어 올려서 발을 보여주었다.

"실은 저도 색만 다르고 같은 걸 신었답니다. 이자벨라 씨와 셋이 세트로 만들었거든요."

"네? 진짜요?"

미샤가 놀라서 구석에서 차를 준비하고 있던 이자벨라 쪽으로 고개를 돌리자, 이자벨라도 웃으면서 스커트 자락을 살짝 들어 보여주었다. 그러자 티아가 쿡쿡 웃었다.

"치마에 가려져서 안 보이니까 괜찮다고 밀어붙여서 끌어들였죠. 일단 시녀장님의 허락도 받았으니 괜찮습니다. 실은 기숙사용으로도 만들어서 신고 있는데, 시녀들 사이에서 발이 편하고 예쁘다며 유행하기 시작했어요."

미샤가 눈을 동그랗게 뜨자 이자벨라도 웃으며 어깨를 으쓱했다.

"사실 저도 집에서 따라 했답니다. 현관에서 신발을 벗으면 집 안으로 흙을 들여오지 않으니까 아이들을 안심하고 놀게 할 수 있더라고요."

'어린아이는 금방 바닥을 구르니까요'라며 천연덕스러운 얼굴로 대답하는 이자벨라는 3살과 5살 형제의 어머니이기도 하다. 아이는 금방 건강이 나빠지니 위생도 신경 쓰였을 것이다.

생각지도 못하게 흙발 금지 문화가 받아들여지자 눈이 휘둥그레졌던 미샤는 그 후 그 풍습이 귀족 내에서(특히 기사 가문과 자식이 있는 집에서) 유행하여 레드포드 왕국 내에 천천히 퍼져나가게 된다는 것을 몰랐다.

숲 변두리의
꼬마 마녀

Little witch
at the edge of the forest.

후기

처음 뵙는 분도, 그렇지 않은 분도 안녕하세요. 야나기입니다.

1권에서 약 석 달. 설마 이렇게 빨리 또 만나뵐 수 있게 될 줄은 몰라서 정말로 깜짝 놀랐습니다. 감사합니다.

"딱딱하기는."

네? 누구세요? 여기는 후기라고 해서 작가가 혼자 쓰는 공간인데요?

"그래. 본래대로라면 내가 올 수 있는 장소가 아니라는 건 잘 알지만, 특별 조치야. 괜찮아. 제대로 담당 편집자에게 허락은 받았거든."

아니, 하다못해 먼저 작가에게 허락을 받으셔야 하지 않나요.

"사소한 걸 신경 썼다간 빨리 늙는다? 그렇지 않아도 요즘 이래저래 위험하잖아. 아무튼, 갑작스럽게 실례합니다. 여러분의 아이돌 카롤루스, 즉 캐로입니다. 잘 부탁해."

시끄러워. 인간은 나이와 함께 변하는 생물이거든요. 이 깜찍한 천사의 탈을 쓴 복흑 악마 같으니! 처음에 만들었을 때는 이런 느낌이 아니었는데 어째서 이렇게 된 거지.

"어? 작가가 그런 소릴 해? 뭐, 굳이 따지라면 제대로 캐릭터의 설정을 짜지 않고 즉흥적으로 만들어낸 작가가 원인 아닐까? 애초에 내 이름부터 다른 캐릭터와 겹치는 느낌이 너무 심하다고 중간에 바꼈으니까."

……으윽. 약점을 찌르다니. 하지만 이름 붙이는 게 어렵다고. 게다가 세세하게 지정해서 굴리려고 해도 잘 안 따라와 주잖아, 너희들. 애초에 왜 이런 곳까지 튀어나온 거야.

"그야 비중이 한참 부족했으니까 그렇지. 나는 단행본에서 갑자기 등장한 거니까 이대로 갔다간 나중에 없었던 캐릭터가 되어버릴 것 같잖아. 그러면 곤란하니까 주장해놓으려고."

그렇게 나왔나. 뭐, 아무리 그래도 잊어버리지는 않을 테지만 다음 등장은 한참 뒤가 될 것 같기는 한데.

"역시나! 그럼 곤란하다고! 어린아이가 귀여운 건 지금만 누릴 수 있는 특권이란 말이야."

우와, 생각했던 것보다 더 너무한 이유잖아. 말은 그래도 다음은 '홍안병' 이야기라서 어린아이를 끌어들일 수는 없고, 원래 너는 축제를 앞둔 시기에만 수도에 돌아온다는 설정이니까. 그렇지 않아도 귀한 후계자니 바로 피난시킬걸? 보통은.

"그거야! 그것도 불만이라고. 나라도 잘 재건하는 중이니까 그대로 삼촌이 왕위에 계속 앉아있으면 되고, 자식도 낳아서 물려주라고. 나한테 떠넘기려고 하는 건 진짜 민폐라니까! 어른의 감정에 애를 끌어들이지 말란 말이야."

우와, 캐로의 불만이 이런 곳에서 폭발하고 있잖아. 그 부분은 좀 미안하다고 생각해. 하지만 스토리 설정상 계속 결혼하지 않는 국왕은 이상하잖아. 선왕도 그렇게까지 해가면서 지키려고 한 게 명확하지 않으면 부자연스럽고. 연재판에서는 스토리가 꼬일 것 같아서 쓰지 않았을 뿐이지 일단 작가의 머릿속 설정에는 있었거든? 자식의 존재.

"진짜? 신빙성이 너무 없는데. 뭐, 그건 됐어. 기억나지 않지만 지켜준 아버지에게는 고마워하니까. 그게 아니라, 다음 권에도 비중 달라고 요구하러 온 거야. 그야말로 후계자라면 병이 수습된 뒤에 인사 정도는 할 거 아냐? 나는 아직 미샤에게 정체 안 밝혔거든!"

그러고 보면 그랬지. 이대로는 신비한 남자아이로 끝나버리겠네.

"신비한 캐릭터는 정체를 밝혀야 의미가 있는 거야. 알아? 그 후에 몇 년이 지나 성장한 뒤에 재회한다고 해도 의미가 달라지잖아!"

아니, 아예 성장한 뒤에 그때 그 남자아이가 사실은!! 같은 게 강렬하지 않아?

"……어? 그건 그거대로 괜찮…… 아니, 안 돼! 속아 넘어가지 않을 거거든! 나는 아직 미샤와 더 놀고 싶어! 알았지!! 다음 권에도 꼭 등장시켜!!"

아니…… 어, 가 버렸다. 등장, 등장이라. 음, 일단 생각은 해 보겠지만.

자기가 하고 싶은 말만 하고 도망치는 건 뭐야? 그래…….

……아무튼.

이번에도 히하라 님의 멋진 일러스트를 붙여주셔서 마음의 양분으로 한껏 활용했습니다. 감사합니다. 얄미운 꼬맹이도 히하라 님의 손을 거치자 정말 천사처럼 귀여웠어요.

그리고 여기까지 읽어주신 독자님.

다음에 미샤는 커다란 벽에 맞서게 됩니다. 계속해서 같이 응원해주신다면 좋겠습니다.

미샤의 이야기에 함께 해주셔서 감사합니다.

야나기

MORI NO HASHIKKO NO CHIBIMAJOSAN 2 by Yanagi

Copyright © 2023 Yanagi
Original Japanese edition published by TO Books, Inc.
Korean translation rights arranged with TO Books, Inc.
Korean translation rights © 2024 by Somy Media, Inc.

숲 변두리의 꼬마 마녀 2

2024년 7월 15일 1판 1쇄 발행

저   자 야나기
일 러 스 트 히하라 요우
옮 긴 이 현노을
발 행 인 유재옥
담 당 편 집 정영길

부 사 장 이왕호
이   사 조병권
출판본부장 박광운
편 집 1 팀 박광운
편 집 2 팀 정영길 조찬희 박치우 정지원
편 집 3 팀 오준영 이소의 권진영
디자인랩팀 김보라
디지털사업팀 박상섭 김지연 윤희진
라이츠사업팀 김정미 맹미영 이윤서
영업마케팅팀 최원석 박수진 이다은
물 류 팀 허석용 백철기
경영지원팀 최정연
인쇄제작처 ㈜코리아피엔피
발 행 처 ㈜소미미디어
등   록 제2015-000008호
주   소 서울시 마포구 토정로222, 502호 (신수동, 한국출판콘텐츠센터)
판매 및 마케팅 (070) 8822-2301

ISBN 979-11-384-2858-3 04830
ISBN 979-11-384-2758-6 (세트)